U0840419

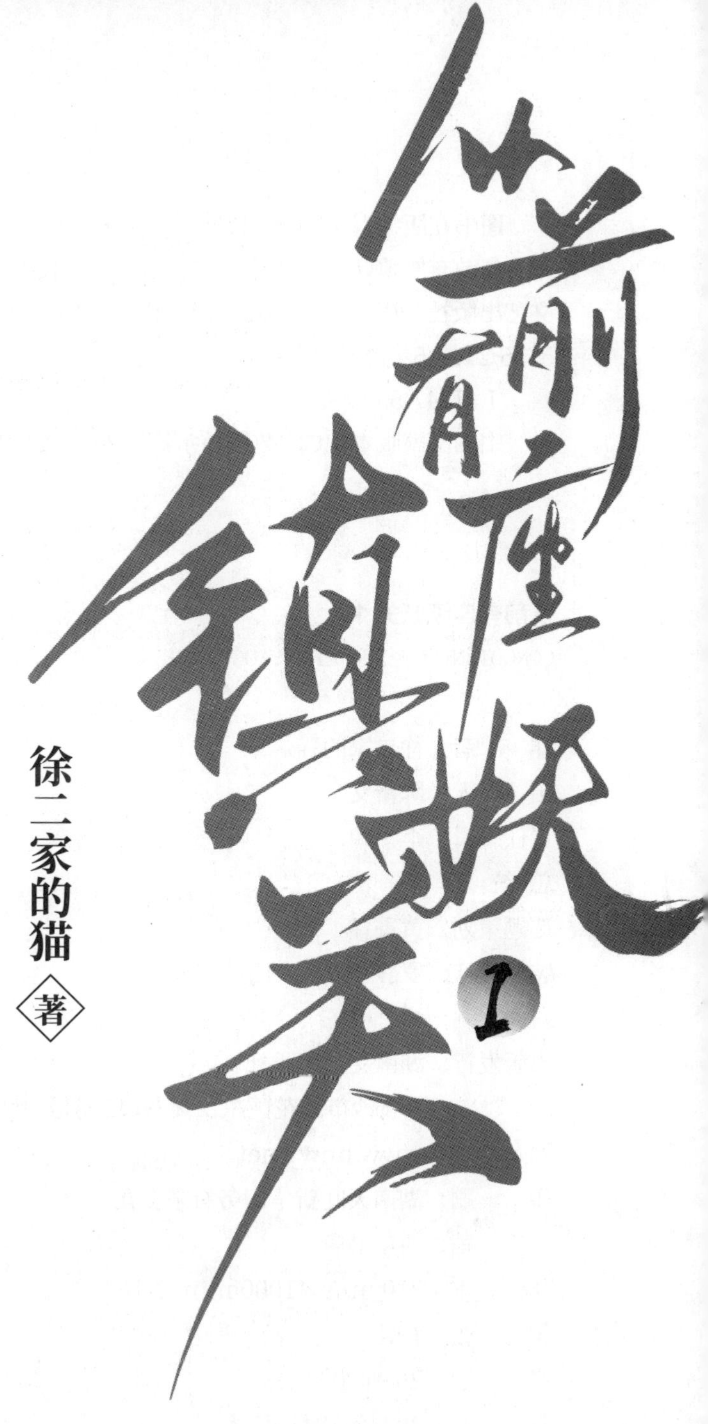

徐二家的猫 著

CNS PUBLISHING & MEDIA
湖南文艺出版社·长沙
HUNAN LITERATURE AND ART PUBLISHING HOUSE

图书在版编目（CIP）数据

从前有座镇妖关. 1 / 徐二家的猫著. -- 长沙 : 湖南文艺出版社, 2024. 12（2025.5重印）. -- ISBN 978-7-5726-2163-5

Ⅰ. I247.5

中国国家版本馆CIP数据核字第20241GA238号

从前有座镇妖关 1

CONGQIAN YOU ZUO ZHENYAOGUAN 1

作　　者：徐二家的猫
出 版 人：陈新文
责任编辑：李　阔
总 统 筹：梁　洁
选题策划：黄香春
装帧设计：罗静颖
封面绘制：半个橙子
出版发行：湖南文艺出版社
（长沙市雨花区东二环一段508号 邮编：410014）
网　　址：www.hnwy.net
印　　刷：湖南天闻新华印务有限公司
经　　销：新华书店
开　　本：710 mm×1000 mm 1/16
印　　张：19.5
字　　数：268千字
版　　次：2024年12月第1版
印　　次：2025年5月第2次印刷
书　　号：ISBN 978-7-5726-2163-5
定　　价：42.00元

目录

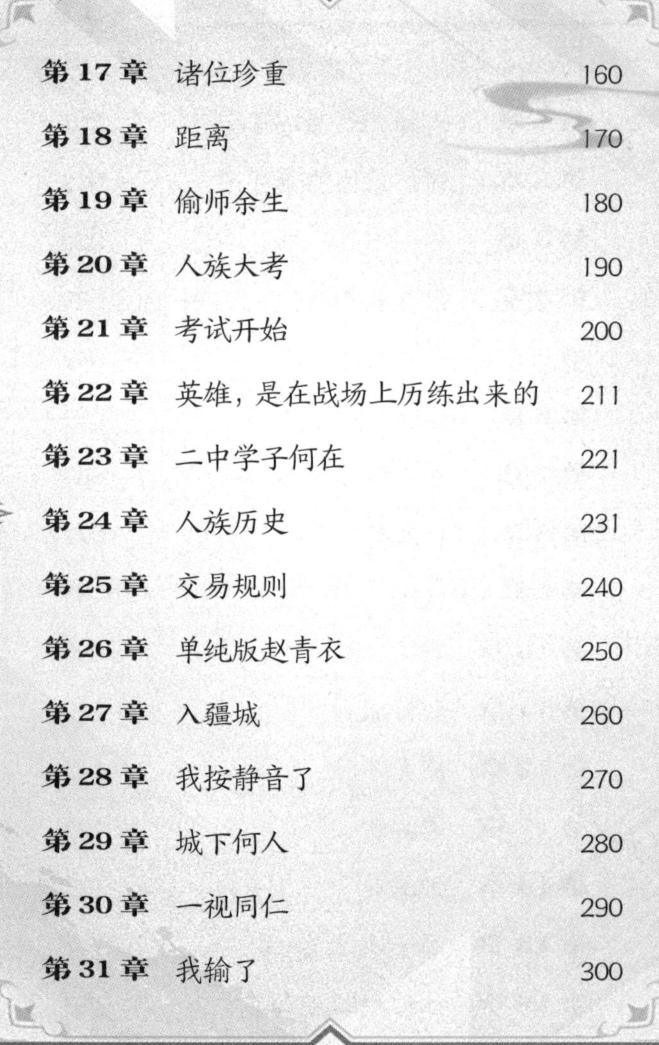

第 1 章

老师，仪器坏了

“饭在桌子上，自己热一下。明天觉醒考核，今晚不要熬夜。”一名中年男子穿着有些老旧却整洁的西装，嘴里叼着玫瑰，对着镜子认真地整理自己的发型。

人到中年，他自认为散发着独有的成熟魅力，嘴角挂着有些放荡不羁的笑意。

余生坐在饭桌前，看起来有些出神，只是敷衍地应了两声。

做好一切准备后，中年男子珍重地拿出很小一瓶香水，朝空气中喷了喷，让香味均匀地布满全身。

“如果没别的事，我要去约会了！祝你明天考核顺利！”说完，中年男子哼着小曲儿离开了家。

中年男子走后，余生拿出手机，按下一串号码拨了出去。

“请问，是警卫司的工作人员吗？我要报警……今晚八点左右，索菲旅馆302室可能会发生淫秽案件……对，我确认，我看见他的房卡了……我和他的关系？”余生沉吟两秒，“他是我的父亲……没关系的，正社会风气，义不容辞……好的，警卫司的工作人员再见。”

挂断电话，余生再次魂游天外。

他叫余生。刚刚离开的，是他父亲，余三水。只不过“父亲”这个词，在他的记忆中有些模糊。

他从小生活在罪城，连自己还有一个父亲这个消息，都是前几个月才得知的。

罪城太黑暗了，没有规则，没有法律，更没有所谓的公平。为了活下去，生活在罪城的人都要不择手段。

直到拿到那个珍贵的名额，他才终于从罪城中走了出来。

明天，就是自己十八岁的觉醒仪式了。只是……自己究竟能够孵化出几纹蛋呢?

从小就出现在自己脑海中，仿佛死物般的画卷，在自己觉醒后，是否会发生变异?

一时间，余生越想越多。

天渐渐黑了下来，余生坐在餐桌前，认真地吃着饭，细嚼慢咽。虽然只是很普通的食物，但这一切在余生眼中是无比珍贵的东西。

电话响起。

余三水?

余生看了一眼时间，已经晚上九点多了。警卫司的工作人员失手了吗?

“说。”余生接通电话，有些慵懒地说道。

电话另一端，余三水的声音中充满了懊恼：“不知道是哪个王八蛋报警，把我给点了！我现在在警卫司，他们坚持说我嫖娼。这你情我愿的事儿，能叫嫖吗？快带点钱来赎我，不然我这几天估计是出不去了！”

余生声音平淡地道：“我没有钱。”

“知道你没有。你去我卧室，床底下有一个盒子，盒子里有一把钥匙。出门左拐，这钥匙能打开王寡妇家的后门。后门口有一个菜缸，钱在下面。不过开门的时候小心点，她家养了一条狗，凶得很！”

这过程，真是一波三折，也难得余三水能够一口气全说出来。

“好。”余生挂断电话，按照余三水所说的去操作，果然在那菜缸底下发现了一沓钞票，大概两千元。他面不改色地将钱收好，回到自己家中，刷碗，扫地，整理床铺。

又过了一会儿，电话再次响起，是警卫司。

余生接通电话。

“对，我是余三水的家属……不赎。我觉得应该制止这种不良风气，才能更好地净化社会环境，所以麻烦你们对他进行深刻的改造……嗯，没关系的，时间不是问题。只要能让他做一个对社会有用的人，这一切都是值得的。”说着，余生的表情逐渐变得严肃，“墨阁一直以来宣扬正能量，哪怕作为普通人，我也在时刻准备着。”说完，余生挂断电话，倒在床上，沉沉睡了过去。

睡梦中，一幅古朴的卷轴在他的脑海之中缓缓展开，上面隐约画着什么，只不过十分暗淡，模糊不清。

一缕星光透过窗口，将余生覆盖。

清晨，余生睁开双眼，洗漱，准备早餐。一切就绪后，他随意地将书包挎在肩膀上，出门上学。

对于从小在罪城长大的他来说，上学是一件很新奇的事情。最开始他也是抱着期待进入校门的，只是跟周围的同学熟悉了之后，他觉得，学校也不过如此。同学有些幼稚，是一群没有见过世面的孩子，每天都憧憬着自己以后会如何所向无敌，维护世界和平。

此时，很多家长都激动地送自己孩子来到校门口。

一年一度的觉醒测试，可以说决定了大多数人的命运。如果天赋不够，又没有奇遇，大概率就只能做一个普通人。

其间余生也见到了几名同学，只不过那些同学并没有跟他打招呼，几乎都下意识地无视了他。

教室里，班主任站在讲台上，表情冰冷。

余生的班主任叫刘青峰，是一名从前线下来的退伍军人。听说他之前在镇妖关参战，只不过后来右手的小指被妖兽撕扯掉，再也没有办法握紧手中的剑，才来到这么一个偏僻的小城市做老师。

他平时总是冷着一张脸，以部队的方式操练学生，惹得大家叫苦连天，背地里称他为“刘疯子”。

“一个小时后，觉醒考核开始！可能你们现在憧憬着，自己觉醒后，天赋很好，修炼很快，能够杀妖兽，镇城池，受万人敬仰。但是，真正能达到如此程度的，又有几个？浴血杀敌，佑人族昌盛，固然令人敬佩，但身处后方，为社会服务，又何尝差了什么？所以，放平心态，在最后的一个小时里，调整好自己。”

随着刘青峰那冰冷且现实的话语落下，教室内一时安静下来。没有人反驳，因为他们知道，刘青峰说的是事实。

“为社会服务，还是被服务的大众？”这时，余生的声音幽幽响起，在这安静的教室内清晰可闻。

一时间，同学们集体陷入呆滞之中。

一连遭受两次打击，他们欲哭无泪。原来……他们连为社会服务都不配。

虽然大家心里都懂，但这么说出来，难免会让人心情沉重。

刘青峰怔了一下，看向说话的人。发现那人是余生后，刘青峰的嘴角略微有些抽搐。

这孩子，在他眼里十分优秀，从来不会抱怨自己对他们的训练有多累，而且特别有韧性，就是性子有些怪。他虽然平时看起来比较随和，但内心像刺猬一般，天然对所有人都抱有几分警惕，别人很难走进他的内心。

这点其实还好，唯一让刘青峰头痛的是……余生的这张嘴。

也不能说是毒，就是他偶尔来这么一句，总能精准地戳中人的痛点。

“好，赶紧休息一下。将精神放松，不要去想那些乱七八糟的。”刘青峰迅速且熟练地转移了话题。

但大家等了十八年之久，到临近考核的时候，怎么可能真的静下心来？就连余生都将目光投向窗外，眼中带着些许期待。

终于……广播通知，所有高三学生到觉醒室所在的广场集合。

三台精密的仪器分别被摆放在三间觉醒室内，几名老师站在仪器旁。学生在门外分成三个长队，等待着属于自己的觉醒测试。

校长站在不远处的高台上，看着眼前这一切，感叹道："每次看到一群孩子觉醒，都感触颇深啊。一转眼，已经到第五代了，想当年，我们在镇妖关浴血奋战的时候——"

"校长，您也是第五代。"一名戴着眼镜、身上的西装没有丝毫褶皱的中年女子，十分严谨地纠正道。

突如其来的提醒，让正在直抒胸臆的校长身体一僵，但很快他就恢复了那种风轻云淡的模样，只是再没有了说话的兴致。

"六班，刘宇轩，四纹蛋。"

一个看起来有些瘦弱的学生站在仪器旁，头顶浮现一道虚影。

那是一枚黑色的蛋。蛋上亮着四道金色纹路，正微微发着光。

这个学生显然有些激动。这种小城市，人口少，人才自然也少。能有四纹，已经是很不容易的事情了。至少，如果运作得当，可以进警卫司，当一名警卫员或者警察。

灵气复苏后，兽类得到巨大的强化，人族同样觉醒了异能。最开始觉醒时，人的身后会出现一枚蛋，蛋上的纹路决定了这人的资质。

分别是一纹至九纹。

这个阶段的人，被称为实习生。

实习生自身没什么能力，但身体素质会得到一定的强化。

吸收妖兽元晶的能量后，大概几个月的时间，这蛋就会孵化。

孵化出的东西，决定了你以后的发展路线。比如：老虎，走力量体系；长剑，走强攻体系；向日葵，走治疗体系……总之五花八门，只有你想不到的，没有这蛋孵不出的。

一名名学生有条不紊地在仪器前检测，有人哭，有人笑。

显然，大部分人的测试结果都不太理想。

“我觉得我能觉醒九纹蛋。到时候孵化出一只朱雀——四大神兽之一，骑着它遨游天际，绝对帅极了。”余生身前，一个满脸麻子的学生带着期待，兴奋地说道。

“嗯嗯，我感觉我也能孵化出四神兽之一，到时候咱们成立一个神兽猎妖队！”

两人明显陷入了幻想之中。只是，余生好心科普了一句：“四大神兽里，有一种叫玄武，俗称神龟……”

正在幻想的两人身体一僵。

“而且孵化出朱雀的话，骑在它身上飞，会不会被烧熟？”余生似乎在认真思索着这个问题。

两人瞬间没了谈兴。

很快，轮到他们二人进行资质测试了。他们雄赳赳，气昂昂地向前走去，还不忘转过头傲然地看了余生一眼。仿佛在这一刻，他们已经觉醒九纹蛋，成了世界上顶尖的存在。

“张三，二纹蛋。”

“李四，二纹蛋。”

仪器旁，老师那冰冷的声音彻底让他们回到了现实。

他们沮丧地转身离开，再也没有了对生活的幻想。

终于……

“余生！”

听到自己的名字，余生微微吐了口气，控制着自己的情绪波动，向觉醒室走去。

“嘀——”

安检门闪烁着红灯，发出的警报声在这空旷的广场上如此刺耳。

“余生，带金属物品了？”刘青峰见到这一幕，皱着眉自远处走来，看着余生问道。

“带了。”余生很自然地点了点头，“出门总是要带些武器防身的。”

武器……防身？身后的同学们有些发蒙地对视着。

人类生活的城市中，还算是比较安全的吧，至少他们普通人出门还是没必要带武器的。因为普通人要么不出事，如果出事，就算带了武器也没用。

“拿出来，觉醒仪器很贵重，金属物品会影响测试结果。”刘青峰深深地看了自己的这个学生一眼，解释道。

余生点了点头，然后……

左右两条胳膊以及一边小腿处绑着的匕首，外套口袋里的钢钉藏在外套夹层里，只要甩动就能射出的细针……一件件物品被余生放在旁边的桌子上。

全场沉默。

这……

取出所有武器后，余生再次过安检门。

“嘀——”警报声再次响起。

众人有些呆滞的目光又一次落在了余生身上。

大家都是学生，虽然在这个时代，经历的可能会多一些，但在十七八岁的年纪，又有几个人出门会带这么多的武器？

“还有东西吗？”刘青峰皱眉问道。

余生沉吟两秒：“可能……是我那钢铁般的意志？”

众人：“……”

刘青峰一时间也变得沉默下来，看了余生一眼，有气无力地道：“继续拿！”

“哦。”余生点了点头，有些犹豫，最终还是脱下外套，隔着衬衫在自己的后背处捣鼓了一会儿，卸下来一把小巧的弩箭。

这是绑在后背处的，开关连接一根细绳，绳子的另一端顺着胳膊，就在余生手边。

也就是说，余生如果突然低头，拉绳……

就连刘青峰这位在镇妖关浴血奋战了数年的老兵，此时都下意识地多看了余生两眼。

最起码也得是几年的老兵，才能攒这么多家什吧。

好在这次，安检门没有继续响了。

余生就在所有人震惊的目光中，苦着脸走了进去。

无他，只因底牌暴露了三分之一。

站在仪器前，余生深吸一口气。

仪器的台面上有一个凹槽，是手掌的形状。

余生将手放在上面，掌心突然一阵刺痛，随后一滴血液被仪器吸收。紧接着，一股特殊的能量通过凹槽传递到余生体内，一瞬间，他体内的血液加速循环，身体有些燥热，一股强大的能量在体内不断游走。

仪器开始剧烈地震颤。

显示器上，一个硕大的金色的“九”字显现出来。

眼看这“九”字越来越大，余生身旁的老师眼睛都睁大了。

天才！

九纹的天才！

在这座小城中，还从未出过九纹蛋。没想到今天有幸见证了！

可就在这时……

“老师，仪器坏了。”余生看了一眼紧闭的大门，又看向负责测试的老师，认真地说道。

“啊？没坏啊！”老师怔了一下，一时没反应过来。

余生拳头攥紧，一拳打在显示屏上。

显示屏……碎了。

当然，代价是余生的手掌被玻璃碎片划破，鲜血滴落。

余生努力压制住体内血液的躁动感，扭头看向老师说道：“现在坏了。”

老师终于明白了什么，下意识地点了点头：“你说得……好有道理。”

“这个窗口的仪器需要维修，你们去另外两个窗口排队吧。”

老师匆匆打开大门，对着在门外排队的众人说了一句，随后声音低沉地看向余生：“毁坏公共用品，跟我走！”说罢，他身后浮现出一只青鸟的虚影，青鸟的额头处镶嵌着三颗幽绿色的宝石。紧接着，他一把拽起余生，直接飞走了。

一时间哀号遍地，后面的学生心里对余生产生了浓浓的怨念。

在余生眼中，一缕缕淡黑色的烟雾自他们的头顶飘起，向自己聚拢过来，最后被吸入自己脑海中的画卷内。

而那暗淡的画卷边缘，突然变得明亮。

那是一根铁棍，九条金纹如同金龙般缠绕其上。

这十余年从未有过动静的画卷，在这一刻终于展现出了异常。

校长办公室中，此时的房间内气氛有些凝重，那负责测试的老师详细汇报情况之后，就转身离去了。

而校长则认真地审视着余生，眼神中透露出些许激动。

他深吸一口气。

“余生，半年前入校，十八岁，罪城出身，拿到了每年只有一个的名额，离开罪城。资料没错吧？”

校长自始至终都盯着余生的双眼，试图看出些什么来。但很遗憾，余生看上去一直都在魂游天外，就连校长跟他说话，他都是过了片刻才反应过来："啊？"

"嗯。"有些沉闷地回了一声后，余生再次陷入了呆滞当中。

校长的眉头紧紧皱起。

罪城……

在人族，一直以来，"罪城"都不是一个什么好的代名词。罪恶、黑暗、灭绝人性……这世间一切能够想到的负面词语，仿佛都可以用在罪城的人身上。

能够觉醒九纹蛋的无疑是天之骄子，未来甚至有可能踏上巅峰。如果这天赋来自一个根正苗红的少年英才，那绝对是人族的幸事，但这天赋来自一个出身于罪城的人……

真的倾斜资源，培养出一个恶人的话，反倒是灾难。

所以校长迫切地想要在余生身上看出些什么来，结果却很失望。

殊不知此时的余生，也陷入了迷茫中。

在觉醒的那一刻，他脑海中那沉寂了十八年的画卷终于展开，并且在学生们抱怨时，仿佛有一种特殊的能量涌入那画卷中。此时那画卷的角落，一根被金龙盘绕着的棍子已经散发出了微光。

"果然如同自己预料的那样，画卷会在觉醒时展开。但那股特殊的能量是什么？这画卷中的图案，又代表了什么？"余生陷入了沉思当中。

看着完全没兴趣搭理自己的余生，校长不禁有些怀疑人生。

觉醒九纹蛋，这人不激动吗？

校长亲自接待，这人不想畅谈吗？

"那个……余生啊，我好奇问一句，如果……我是说如果啊，如果有那么一天，你六次觉醒，甚至九次觉醒，那你想干些什么呢？"眼看自己再不说话，这天就聊不下去了，校长终于还是忍不住再次开口，旁敲侧击地问了起来。

"为社会服务。"余生依然观察着画卷中的场景，随口说道。

校长震惊了。

这是什么觉悟？

这真是一个从罪城走出来的人能说出的话吗？

听听！为社会服务，说得多好！

“那你之前为这个理想做过一些什么？”校长再次试探着问道。

几次三番的问话，终于让余生从那种混沌的状态中回过神来，他沉吟了两秒钟后说道：“我父亲昨天嫖娼，我举报了他，算吗？”

校长再次陷入了凌乱当中。

“你先回去休息吧，关于这次觉醒的结果，不要和任何人说，我会想办法安排你后面的学业。其实凭你如今的天赋，所有高校都是可以随意进的。关于这点，你自己有什么想法，也可以和家人一起……”校长的话才说一半，突然想起了什么，顿了顿，有些无奈地挥了挥手，“估计你父亲一时半会儿也出不来，你自己研究吧。”

余生起身，恭敬地对校长微微弯腰：“校长再见。”

在礼数上挑不出任何毛病。

说完，余生转身离去。

看着余生的背影，校长有些无奈地叹了口气，头痛地捂住自己的额头。

正常来说，他们这偏远地方，出了一个九纹学生，他这个校长能出去吹一辈子，但为何偏偏是来自罪城的呢？

第 2 章

守护最惨的李亦寒

余生有些疲倦地回到家中，坐在沙发上，面带思索之色。

他心中已经隐隐有了一个猜测，但这猜测实在颠覆他的认知，导致他一时间不敢确认。

如果说那根龙纹棍代表自己的觉醒物，而类似的东西在那画卷里还有许多，是不是从另一方面证明，他是有机会多次觉醒的？

自灵气复苏后，百年来能够查阅到的多次觉醒者，一共只有两个，而且两人还有共同的特质——觉醒物都很平凡。第一个人分别孵化出了一把镰刀以及一个键盘，第二个人则孵化出了松鼠和剪刀。虽然双觉醒很稀有，墨阁也倾注资源栽培过那两人，但最终还是没有成效。

资源消耗得多，觉醒物不行，效果不大。

可自己的不一样，那根龙纹棍看起来就很厉害，如果自己的猜测是真的，那未来自己的路可能就会好走许多。

此时的天已经黑了下来，看着窗外的星光，余生一时间有些走神。

向来坚毅的他，在这一刻终于显得有些软弱，笔直的腰杆也弯下去了些许，仿佛背负着什么。但这样的姿态仅仅维持了数秒钟的时间，他表情微变，屏住呼吸，身体向后稍微靠了靠，就完美地隐匿在黑暗之中。

即使借着月色，房间看起来并不是那么暗，也看不清他所处的位置有人在。一时间，房间内陷入了绝对的安静之中。

时间一秒秒地过去……门口突然传来细微的响动，门把手轻轻扭动，门被打开了一道缝隙。借着月光可以看见，一个年轻人悄无声息地钻了进来，并且关闭房门，就这么贴在墙边，一动不动。

又是半分钟过去，一队警卫司的人自窗边跑过，警惕地观察着四周，似乎在寻找着什么，最终消失在远方。

门口的人终于长舒了口气，身体陡然放松起来，坐在了地板上，轻声咳嗽着。休息片刻后，他勉强爬了起来，借着月色环顾四周，发现并没有人后，这才走到沙发的位置坐下，开始处理自己胸口那道狰狞的伤口。

这伤口很深，应该是刀伤。

少年微微蹙眉，抬起头看看四周，似乎在寻找着什么。

“药酒在前面第二个柜子上。”

陡然间，这人身后传来余生平静的声音。

他的身体猛然绷直，刚准备起身，一把匕首就抵在了他的脖子上，而且不是试探着威胁那种。

“最好不要动，匕首距离你的大动脉很近，稍微用力你就会死的。”余生皱眉说着，似乎回忆起了什么不太美好的画面。

少年僵在原地，一动不动，小声说着：“我只求药，不伤人。”

“哦，药酒在前面的第二个柜子上。”余生再次认真地说了一遍。

少年沉默，保持着原本的姿势。

两人就这么僵持着。

“为什么不去取药？你的伤很严重。”余生好心提醒。

少年因为失血过多，此时脸色已经苍白，身体都在轻微地颤抖着，但因为脖颈处的匕首，他不能有任何的动作。

药他看见了，还有绷带，他倒是想去，问题的关键是……

你倒是把匕首拿走啊！

“我感觉伤势好多了，不用上药。”少年缓缓开口，“你是要杀我吗？”

余生认真地摇了摇头：“罪城外杀人是犯法的。”

听着余生的话，少年轻轻松了口气，绷紧的肌肉也放松了些许：“山高路远，我欠你一条命，这个人情我会还的。”

但余生依然没有挪动匕首的想法，反而在沉吟了数秒后，开口问道：“既然你欠我一条命，那你可以自己去死吗？”

一直表现得十分沉稳的少年在这一刻有些震惊，像是在消化余生这古怪的逻辑。

这还是他第一次见识到这种说法。

“我是一名杀手，免费帮你完成一次刺杀任务，可以吗？”少年再次挣扎了一下。

余生点了点头：“好，麻烦帮我杀了你。”

理所应当，顺理成章。

少年陷入崩溃的边缘，看起来有些痛苦，不仅是身体上的，还有心灵上的。

“我们无冤无仇，你为什么一定要我死啊？”他终于问出了自己心中的疑惑。这问题憋在他心中半天了，他实在忍不住。

余生有些奇怪：“因为你夜晚溜进我的房间，还弄脏了我的地板啊。如果在罪城的话，刚进门你就已经死了。”

“罪城……你是罪城的人？”少年反应过来，情绪有些激动，但很快就再次开口，“不可能。罪城每年只有一个脱罪名额，你这么年轻，不可能抢到的。”

“算了，没必要计较这个。我认栽，你动手吧。”说着，少年认命般闭上双眼，像很多将死之人一样，回忆着自己的一生。

但……他都回忆到了第五遍，脖颈处那把匕首依然没有落下。

“你为什么不动手？”少年忍不住问道。

余生像是看白痴般看着他：“罪城外杀人是犯法的啊。”

“那你就放我走！”少年开始变得暴躁。

余生摇头：“不放。”

“那你这属于非法拘禁，也是犯法的！按照墨阁刑法，处三年有期徒刑，严重者处五到八年有期徒刑！”少年灵光乍现，这一刻突然明悟了什么，语速很快地向余生普及着专业的知识。

余生若有所思：“你多大？”

“我十七，按照墨阁律法还属于未成年人，如果你对我非法拘禁，惩罚会更加严重！”少年仿佛找到了求生密码，条理越发分明，现场来了一堂普法课。

“十七？也就是还没有觉醒……”余生慢慢放下了匕首，冲着少年咧开嘴，露出了一副友好的笑容，“你可以走了，再见。”说着，他还亲切地挥了挥手。

少年松了口气，甚至不顾自己身上的伤口，大步向门外走去。

不知为何，这一刻他觉得，这间看起来十分普通的住宅，似乎比警卫司的监牢都要可怕得多。

哪怕在这种情况下，少年依然维持着谨慎，他推开门，小心翼翼地看了看四周，确认没有警卫司的人后，这才走了出去。

逃出生天了——这是少年脑海中最真实的想法。

可是就在他的脚迈出房门的一瞬间，一只手抓住了他的衣领，将他粗暴地拽了回去。

手掌的主人力气很大，如果他没有受伤，还可能撕扯一下，但如今……

少年再次回到房间，有些茫然地抬起头，看着站在自己对面的余生，眼神中充满了不解。

余生顺手关闭房门，神情依然平静："我并没有限制你的自由，所以，这应该不算非法拘禁，至少你离开过这个房间。嗯，就是这样。"最后，余生还不忘点了点头，仿佛要以此来证明自己说的话的确很有道理。

少年已经记不清在这短短半个小时内，自己崩溃过多少次了。

余生这稚嫩的面孔，在他眼中犹如魔鬼般恐怖。

"随便坐。你的伤很严重，最好不要乱动，然后记得帮我把地板清理干净，不然我会不开心的。"余生嘱咐了两句之后，随手将柜子上的药收了起来，坐在一旁的椅子上，再次陷入了发呆的状态。

而少年则站在原地，有些呆滞，一时间竟不知道自己究竟该休息一会儿，还是该马上打扫房间。

"看来不是错觉。"

余生坐在椅子上有些出神，少年每次情绪崩溃时，都有一缕缕淡灰色的能量升空，很快没入他脑海中的画卷。

而画卷中的龙纹棍看起来也比之前真实了些许。虽然进度很慢，但的确有效。也就是说，这能量产生自其他人的情绪，并且这情绪要由自己造成才可以。

余生隐约间想通了些什么，看向少年的目光有些发亮。

正拖着重伤之身打扫房间的少年此时却感觉后背有些发凉。最让他接受不了的是，此时他胸前的伤口还在不断渗血，他每擦拭掉一些，就会有更多的血滴落在地板上。

眼看少年的呼吸越发粗重，一副摇摇晃晃的样子，余生体贴地上前两步："你的伤势很严重，再有过激的动作，是会死的。"

在少年难以置信的目光中，余生到洗手间取出一块香皂递到他的手中："用硫黄皂清理地板更方便些，这样你就可以早些休息了。"

少年漠然地接过硫黄皂，内心无喜无悲，麻木地跪在地上，擦拭着地板。

看着少年头顶逸散出的灰色气体越来越少，直至消失不见，余生愣了一下，立刻起身，再次来到少年面前。

“我想了想，硫黄皂伤手。”余生一把将硫黄皂夺了回来，看着少年头顶再次有灰气散发，这才满意地坐回到了椅子上。

“我同意了！”少年仿佛做了某个重要的决定，深吸一口气站了起来，看着余生严肃地说道，“给我纸和笔，死之前我想留下一份遗书。”

余生茫然地看着少年，带着不解。

“反正我会因失血过多而死，还不如死得有尊严一些。你不是说我欠你一条命吗？现在还你。”少年有些骄傲地扬起下巴。这一刻，他想起了那个阳光明媚的午日，决心做世界第一杀手的自己是那么的意气风发。

在他看来，杀手，就应该不惧死亡，甚至勇于直面死亡。原来自己在不知不觉间已经忘了初心，还好在最后一刻，自己找回了尊严。

“你不能死。”余生果断地摇了摇头，没有任何犹豫。

如此稳定的能量源，如果死了，未免太可惜了些。

“不，我必须死！只有死才能捍卫我的尊严。”少年固执地摇了摇头，“也罢，既然就要死了，遗书这种东西不留也罢，杀手……没有感情。”说着，少年指缝间突然出现一块小巧的刀片。

他缓缓闭上双眼，像很多将死之人一样，再次回忆起了自己的一生。

半年前，决心做世界第一杀手。

三天前，接到第一单。上午，踩点；下午，动手；不敌，逃跑，误闯狼窝，卒。虽然不太圆满，但毕竟也算是杀手的一生了吧。

不知不觉间，少年的嘴角勾起一丝解脱般的笑意。

余生起身，皱眉，借着月光第一次认真地注视着少年的面容，这才有些奇怪地说道：“你真的是杀手？”

少年猛然睁开双眼，怒视着余生：“我只是失手罢了，如果给我时间，我早晚会成为世界第一杀手！算了，和你说你也不懂！”

带着对余生的不屑，少年再次闭上双眼，重新回忆自己的一生。

“位置不对，你这样不会第一时间死，并且会很痛苦。”余生好心指点了一下。

少年掐着刀片的手僵在半空，犹豫了一下，微微调整了一下位置。

该死，又要重新回忆自己的一生。少年暗骂。

“这里也不行。房间脏了，很难打扫。”余生皱眉，有些不开心。

“我都要死了，死，你知道是什么意思吗？可以不要打断我吗？啊！”少年的额头青筋凸起，看着余生怒吼道。

由于太用力，伤口裂开，他疼得跌坐在了地上，捂着胸口，想要发出两声哀号，却又维持着体面，硬生生忍了下来。

“死的意思吗？我不懂。”余生沉吟数秒，摇了摇头，“下次我会请教一下那些快要死的人的。”

“我还不知道你叫什么。你死之后，我要怎么和警卫司说，怎么联系你的家属？”余生再次问出了很有道理的问题。

少年硬生生按捺住自己内心的火气，努力心平气和地说道：“我叫……李亦寒。还有问题吗？”

“没有了。”余生认真思索片刻，摇了摇头。

李亦寒狐疑地注视了余生许久，这才试探着抬起手，看余生没有提出异议，这才缓缓闭上双眼，又一次开始回忆自己的一生。

“他是自己动的手哟。”

突然，李亦寒感觉到了刺眼的光芒，他麻木地睁开双眼，只见对面的余生不知何时拿出了手机，打开灯，一边对着他的位置录像，一边细心地解释了一句。

察觉到李亦寒的目光，余生迟疑着解释道：“呃，我总要留下点证据。”

“你是魔鬼吗?！有完没完?！啊？不是你让我死……嘶……不是你让我死的吗？你在搞什么？嘶……我……嘶……作孽啊！”李亦寒每吼一句，伤口都会撕裂，疼痛刺激着他的情绪，他再次怒骂，伤口再次撕裂，再骂……

经历过太多次后，李亦寒再次举起手中的刀片，却发现自己已经没有了落刀的决心。

他颓废地将刀片丢在地上，瘫坐在沙发上，因为又撕扯到了伤口，他下意识地倒吸了一口凉气，目光幽幽地看着余生："我不知道你这个疯子究竟在想些什么，但是如果你希望我死，大概半个小时我就会因为失血过多死掉。如果你不想我死，就把止血药和绷带给我。"

他就这么直视着余生，等待着最终的答案。

余生有些好奇地打量着他："其实我更好奇的是，你为什么不杀我？"

"作为未来的世界第一杀手，我有属于自己的职业操守。拿人钱财，替人消灾。做杀手是我的工作，而不是我的兴趣。我没有收到雇主的赏金，就不能杀你。"

这一刻的李亦寒表情分外严肃，没有任何开玩笑的意思，眼神中充满了认真。

余生若有所思："我现在相信你真的是一名杀手了。"

"不过是一个还没有觉醒的杀手，怎么会有人给你下单？是因为贫穷吗？"余生颇有兴趣地追问道。

"我觉得你在提问之前，可以把止血药给我，不然我恐怕回答不了你多少问题了。"李亦寒看了一眼自己胸口的伤，无奈地说着。

"不急，如果你情绪不再激动的话，大概还能坚持三十二分钟。"余生只是随意地扫了一眼。

这究竟是一个什么怪物？李亦寒总觉得，他比自己更像是一个杀手。

"我还有半个月就成年了，很快就能参加觉醒仪式，所以我谎报了年龄，接了任务。只不过我没想到，觉醒者和非觉醒者之间的差距有这么大，哪怕他只孵化了一把勺子。"说到这里的时候，李亦寒显得有些无力。

虽然那人的觉醒物毫无作用，但那人的反应速度比他快许多，力气也比他大许多。能够逃出来，都算是他比较灵敏了。

“现在……能给我药了吗？”李亦寒再次问道。

这时，透过窗户可以看见，一队警卫司巡逻的人走过。李亦寒下意识地向后靠了靠，又一次撕扯到了伤口，但他却紧紧地闭着嘴，不让自己发出一点声音，冷汗自他的额头不断滴落。

“不用怕，我警卫司有人的。”余生倒是十分乐观地说道。

李亦寒愣了一下：“你家里有人在警卫司工作？”

“不是啊。我爸嫖娼，刚刚被我举报送进去了。不出意外的话，他现在应该在警卫司关着吧。”

余生摇了摇头，说出的话朴实无华，再搭配上他那“人畜无害”的面容，李亦寒一时间不知道该说些什么。

面前的这个人，明明看起来与自己年龄相仿，脸上同样带着一丝稚嫩，身形也很瘦弱，但不知为何，自己却总有一种错觉，仿佛坐在对面的是一个恶魔，正隐匿在黑暗之中，随时都有可能伸出利爪，将自己拖入无尽的深渊。

“先上药吧。”余生不知道在想些什么，过了片刻突然说道，并且将药拿起，丢在李亦寒的身边。

李亦寒轻轻地松了口气，看来眼前这人的确没有弄死自己的想法。

李亦寒拿起一瓶看起来是特制的药水，小心翼翼地浇在伤口上，剧烈的疼痛感席卷着他的神经，全身都在轻微地抽搐着，但他紧咬着牙关，没有发出任何响动。

“其实我给你的是辣椒水。”余生突然开口。

“你……啊！”李亦寒猛地看了余生一眼，似乎想要说些什么，但开口之后，却再也忍不住，疼得低吼起来。

余生耸了耸肩膀：“开个玩笑，疼就要喊出来，憋着很难受的。缠好绷带后，记得帮我把房间打扫一下。门口有垃圾，走的时候也帮我带走。不过你欠我的命还是要算数的，有事我会去找你，希望到时候你还活着。”说着，余生打了个哈欠，起身走向卧室。

而李亦寒看着余生的背影，眼神有些复杂，不知道在想些什么。

“其实，觉醒者也没有你想的那么强大。”余生站在卧室门口，没有回头，说了一句没头没尾的话后，将卧室门关闭。

“真的吗？也许……咝，好疼，好疼！”刚准备感慨两句的李亦寒再次忍不住痛呼起来。

第 3 章

你们不算人族

次日清晨，看着整洁的客厅，以及被放回原位的药品，余生的目光没有过多停留，依然保持着自己每日的节奏。做饭，吃饭。每一口饭他都吃得很慢，不断咀嚼，神情严肃，仿佛这是一件十分神圣的事情。

接下来的几天都不需要上学，按照惯例，刚刚觉醒的学生都需要吸收妖晶能量来强化自己的身体素质，包括正在孵化的蛋。

而这些只需要在家里就能完成。

当然，有条件的也可以去参加专门帮助新觉醒者吸收晶石能量的培训班，只不过这大部分都是交“智商税”。

将碗筷刷好，余生穿好外套，推开门走了出去。

这种偏远城市一般以老年人居多，年轻人大都怀揣着远大的抱负，孤身一人背着行囊，独自远行，最后客死他乡。

城市不算太大，余生走了大概两条街的距离，拐到了一个角落。

那里开着一家杂货铺。卖货的是一个中年大叔，或许是没有生意的原因，他百无聊赖地坐在椅子上，不时打着哈欠。

看见余生进来，中年大叔只是随意地瞥了一眼：“东西在桌子上。”

余生没有回应，径直走到一张破旧的小桌子前，将上面的一个布袋拿起。

“喂，你的人情我可还完了。”中年大叔随手关闭了电视，再看向余生时，表情已经变得严肃起来，并且露出了自己的左脸。

他的左脸上，有一道狰狞的刀疤。这道刀疤从额头连到下巴，如同脸上趴着一条蜈蚣，令人不寒而栗。

“嗯。”余生轻轻答了一声，看着中年大叔，“回见。”说完，他就拎着那满是油渍的袋子离去了。

看着余生的背影，中年大叔咧嘴笑了笑，他明明是在笑着，眼神却没有任何波动：“未来一段时间，是见不到咯。”

中年大叔起身，整理了一下衣服，就这么走出了杂货铺，逐渐远去。

而杂货铺的内屋中，正倒着一个肥胖、秃顶的男人，显然已经陷入了昏迷中。

“鑫海城那边，城区突然出现了几只妖兽，人族伤亡很重！”

街道的一家店铺门口，老板正无聊地晒着太阳，玩着手机，突然跳出一则新闻，他猛地站了起来，惊呼道。

周围一群人很快围了上去，不停地讨论着。

“鑫海城虽然位于偏远地区，但也是有除妖阁的吧，怎么会发生这种事？”一人问道。

那老板一边看着新闻，一边摇了摇头：“新闻中说，是因为当天城外发生动乱，疑似有妖族出没，当时除妖阁大部分人都不在城中。”

“唉——局势越来越不安稳了，我们这里不会出什么乱子吧？”

“但愿不会吧。”

“最近潜入的妖族越来越多，是不是镇妖关那边顶不住了？”

一群人有一句没一句地议论着，所有人的言语中都透露出一个意思——不看好目前的局势。

自从百年前灵气复苏之后，妖族也跟着崛起，人族的生存环境越发艰难。好在当初第一批觉醒者站了出来，以生命为代价筑起了四座关隘——镇妖关、破晓关、穹顶关、鬼门关。四座关隘宛如天堑，将妖族拦截在外，并且每隔一段距离，就有人族高手坐镇，争取不放过任何一只妖兽。而墨阁，就是人族的最高权力机关。

余生回到家中，打开布袋，里面是三颗半透明的晶石，可以看见晶石内部有着一缕缕淡淡的红色丝线。这便是晶石中所蕴含的能量，也是妖族吞噬人族气血后所凝聚的精髓。

余生将房门反锁，拉上窗帘，小心翼翼地在门口拉起一条细线，而细线的另一端，则是小型的手弩。

只要有人开门进来，这手弩就会在第一时间发射。

同样，窗口也布下了类似的陷阱。

做完这一切后，余生走到房间的一个角落坐下，确保就算有人进来，也不会第一时间发现他，这才握着晶石，缓缓闭上双眼。

那红色的丝线在这一刻宛如活过来了一般，在晶石中不断地摇曳着，涌入余生的手心。

余生头顶再次出现了那枚蛋的虚影，九道金色的纹路使这蛋显得越发神秘。隐约间，九道纹路开始十分缓慢地扩散，似乎要将蛋彻底覆盖。

镇妖关不远处的一座深山中，一个老人穿着一身宽松的白色大褂，盘膝坐在山巅。突然，他睁开双眼，眼中闪过一丝寒光。

“此路不通。”老人淡淡说了一句，目光落在山脚下。

几个穿着红袍的人猛然停住脚步，为首者是一个面容英俊的青年。他抬起头看着山顶的老人，露出阳光般的笑容：“前辈，借个路罢了。同为人族，要互相帮衬才是。”

老人缓缓摇头，重复道：“此路不通。”

"如果我今天执意要从这里走呢？"青年脸上的笑容渐渐收起，玩味地看着老人说道。

"死。"老人声音依然平淡，仿佛在陈述一个事实。随着他的声音落下，他身后突然出现了一柄权杖的虚影，权杖上还镶嵌着七颗造型各异的晶石，分外璀璨。

山林间，花草无风自动，轻轻地摇曳着，在这一刻如同活过来了一般。

"晚辈只是开个玩笑。我万神教一直以来也为人族呕心沥血，并无二心。同为人族，晚辈又怎么会和前辈争执？晚辈告辞。"青年恭恭敬敬地对着老人鞠了一躬，这才带着众人倒退着缓缓离去。

"让你走了吗？"老人再次开口。

那柄权杖由虚幻变得真实，插在老人身边的泥土中，七颗晶石的光芒越发璀璨。

"前辈还有何指教？"青年低着头，眼底闪过一丝阴狠，语气却一如之前那般恭敬。

"只是想让你回去告诉你们神座，给你们所谓的万神教改个名字。叫邪教，也挺好的。你们这些人，不算人族。如果不是老夫需要镇守此处，不宜动手，你们已经是死人了。"老人平静地注视着青年，淡淡地说着。

此时的青年脸色有些发白，额头上也出现了细密的汗珠，但他却硬撑着，缓缓抬起头，脸上带着一丝笑容。

"谢前辈教诲，我会转达的。"话音落下，青年带着众人转身离去。

老人表情一如之前那般冰冷，再次闭上双眼。那权杖也逐渐暗淡，没入老人的体内。

不知不觉间，一周过去。看着已经完全没有了能量的晶石，余生起身，打扫了一下已经落满灰尘的房间，收回门口、窗口处的机关，打开窗户，让屋内有些浑浊的空气散掉。

而电话在此时响起。

"喂，是余生吗？"刘青峰的声音自电话中传来。

余生坐在沙发上，拿着电话"嗯"了一声。

似乎已经习惯了余生的说话方式，刘青峰不以为意，继续说道："明早回学校。鑫海城那边的事，墨阁十分重视，似乎还牵扯到了上面的一个什么计划，具体情况我还没有资格知道。但是，明天会有除妖阁的人来，对所有学徒级的学生进行摸底考核，并且对其中的优秀者分配资源。这次考核很重要，一所学校估计也就几个名额而已。无论成不成，尽全力试试。"

刘青峰说得十分详细，包括这次考核的时间、流程，以及一些可能存在的问题。

余生就这么安静地听着。

"嗯。"他再次回应了一声。

"行，你好好准备吧。我多问一句，为什么给你父亲打电话打不通？"刘青峰有些疑惑地问道。

余生认真地想了想："可能是监狱里面不允许用手机吧。"

电话那边变得安静。数秒后，电话挂断。

不可否认，再怎么理智的人，和余生聊天聊久了，都会觉得不太舒服。

而作为和余生沟通最多的刘青峰，对这点理解得更是无比透彻。

将电话放下，余生站在窗口，有些出神地看着远处的天空，不知道在想些什么。过了片刻他才回过神来，翻着墙上的日历，喃喃地道："还有……三百一十二天。"

至于这日子具体代表什么，不得而知。

次日，余生回到学校，找到自己的座位坐下。

此时班里的同学大部分还是很兴奋的，虽然他们在得知自己远没有想象的那么天赋异禀，几乎不可能成为拯救世界的英雄时会有些沮丧，但沮丧很快就被新鲜感取代。

毕竟，天赋只是起步，而并非结局。

墨阁十老中，唯一暴露在明面上的那位，据说刚刚觉醒时，也不过五纹而已。有这么一个前例在，同学们就可以毫无压力地再次憧憬未来。

成为人族脊梁，一人退万妖，想想还真是让人热血沸腾。

余生坐在角落里，显得格格不入，仿佛和其他人分别属于两个世界。

很快，刘青峰表情严肃地走了进来，看着众人：“情况有变。刚刚接到通知，这次省里来的，不仅有除妖阁的人，还有警卫司和预备役的。考核模式也改了，由每所学校推出四名学生，参加淘汰制考核。”

刘青峰的话音一落下，下面瞬间就炸开了锅。

每个人都在憧憬着，自己是学校那四名代表之一。

要知道，整个漠北城就只有三所高级中学，也就是说，这场考核一共只有十二人参加。参加考核者哪怕在第一轮就被淘汰，也会进入高层领导们的眼中。而这，就是通天的道路。

他们虽然年轻，但不傻，自然知道这四个名额能带来多大的利益。一时间，所有人的目光都落在了刘青峰的身上。

“咱们班……校长亲点，余生入选。”刘青峰停顿了片刻，这才开口说道，目光落在余生身上，有些疑惑。

余生虽然性格孤僻，但各方面的数据还算不错。作为班主任，这点他还是很清楚的。

刘青峰想不通的是，以这个数据，在学校内应该也只是算优秀而已，余生想要入选成为那四名学生代表之一不太可能，没想到他却是连校长都注意到了的存在。

一时间，刘青峰的思维不断扩散。

昨天电话里，余生说他父亲在监狱，难道是自己理解错了，实际上他父亲在监狱工作，而且是监狱里的领导？但漠北城这么一个小地方，大家知根知底的，监狱领导里也没有姓余的啊。

“凭什么啊？”

“就是，我们谁不比他强啊！”

“黑幕！”

一群学生顿时变得激动起来，纷纷大喊着。

在学徒期间，身体强度才是决定一个人实力强弱的标准，余生身形消瘦，怎么看都是“打酱油”的角色。凭什么他能入选？

一时间，群情激昂。

刘青峰冷静地注视着众人，在众人情绪逐渐平复后，才淡淡地说道：“不服吗？的确，连我也不知道余生为何能够入选，但这并不是你们叫喊的理由。如果余生自身实力过硬，这只能说明他低调、内敛，你们不如他。就算如你们所说，这里面有黑幕，那又如何？如果你们感觉到了不公，那就提升自己的实力，直到有一天成长到能够打破你们眼中的规则，而不是在这里无能地叫喊。”

刘青峰说这番话的时候，表情严肃。

台下的学生们逐渐沉默下来。

“余生，去校长办公室。他要见你。”刘青峰的声音恢复了平和，看着余生说道。

“好。”余生点了点头，在所有同学的注视下起身，推门，离去。

“记住，你们没有时间去憧憬未来！与其做着不切实际的梦，不如努力修炼，哪怕实力提升一丁点儿，当危险真的来临时，也能救你们的命！看着电视里那些人族高层，你们感觉光鲜吗？羡慕吗？你们又是否知道，他们光鲜的外表下，是满身的伤痕！这伤，代表着守护！如果你们只看见了他们的外表，那你们永远不能理解何为人族！”

刘青峰那冰冷的声音在教室内不断回响。

下方的学生，有的若有所思，有的无动于衷。

看着这一幕，刘青峰的眼中带着些许无奈，他叹息一声，不再说话，有些疲倦地转身，推开门离去。

教室内，则再次喧嚣了起来。

一群人好奇地分析着这次考核的具体目的，以及余生父亲的职业。

门外的刘青峰看着这一幕，嘴角泛起一丝苦涩的笑。

年少不知愁滋味，他们只盼着有一天能鲜衣怒马，接受世人的崇拜。他们管这样的人，叫英雄。但是，他们不知道，在镇妖关，每一块青砖上都染了不知道多少人的血，那些砖甚至都已经被染成了褐色。直到有一天，见到一条条生命自身边消亡，他们可能才会幡然醒悟，变得成熟。

这一幕，刘青峰看得太多了。

真正亲身经历之前，他们永远不会理解战争究竟有多么残酷，他们眼中的英雄身上又背负了多少。

就连墨阁十老——墨阁战力最强的十人，都有九位隐匿在人海之中，于暗中制衡着妖族，可能终其一生，唯有到死的那天，才会被世人知晓。

这是英雄吗?

是!

但他们从未觉得自己是英雄，只不过默默做着自己该做的事。所谓光鲜，所谓崇拜，在他们眼中，甚至不如一只小妖来得重要。

“余生，你父亲……”校长看着余生，迟疑了两秒，换了一种委婉点的方式，“还好吗？”

余生想了想：“应该还算不错，窝窝头在罪城很值钱的。”

校长沉默。

听了前半句之后，他还以为余生的父亲已经出狱了，没想到还有反转。

这几天，他一直想着余生的问题，并且查了很多资料，毕竟罪城关押的一般都是十恶不赦的罪人。而余生的父亲只是一个普通人，并没有什么犯罪记录，余生又是在很小的年纪就进了罪城。这点很不合理。

根据资料上的记载，余生在很小的时候，因为一场灾祸，被误卷到了罪城之中。而罪城有自己的规矩：进城者，不论原因，一律不能出城。想要离去，只能拿到每年一个的名额。虽然哪怕是觉醒者，在罪城内也无法调动异能，但觉醒者的肉身力量怎么也要比余生强大太多太多。

最让校长感到离谱的是，余生的父亲这些年从未想办法去救自己的儿子，就仿佛将儿子遗忘了一般。

这种复杂的关系，让校长一时间完全摸不到头绪。但至少有一点他能肯定，既然能从罪城走出来，哪怕站在面前的是一个孩子，想要在考核中压制一些学生，还是很容易的，这完全是“降维打击”。

校长虽然没有真正见过罪城内的环境，但也能想象出一些。

往年从罪城出来的人，有不少已经飞入云端，高高在上。

“这次考核，不仅仅是考核学生，也是考核学校。因为漠北城太小，设立三所学校的意义不大，所以上面准备整合。合并后的新学校到时候以哪个学校为主，大概率就是根据这次的排名来定。所以，千万别放水！”校长郑重地嘱咐着。

余生的思路实在太清奇了，如果不反复提醒几次，他还真不放心。

余生默默地抬起头，看了校长一眼：“价格。”

“啊？”校长愣了一下，有些疑惑。

余生耐心解释：“我们罪城的规矩，托人办事，要给钱。免费的活儿，不做。”

校长的脸瞬间黑了下来：“但是你也得到了参加考核的名额。”

余生思索了片刻，认真摇了摇头：“以我的理解，你需要我去办事，而考核名额，就是门票，这本就是你应该出的。酬金，要单算。在罪城，不讲规矩的人，都是死得最快的。”

听着余生这认真、严肃的话，校长有些头痛，一时间，他很难想象罪城究竟是什么样的一个地方。

毕竟他所知道的有关罪城的信息，不过是外界的流言罢了。

“好。三颗一级晶石，我个人出。”校长咬了咬牙说道。

一级晶石，就是余生之前用的那种，里面的能量不算太多，一般取自最低等级的妖兽。

余生点头：“成交。”

似乎突然想起了什么，余生又问道：“嗯……不需要杀人吧？”

校长蒙了，看向余生的目光就像是在看一头怪物，这一刻的他突然有些后悔，他不知道自己让余生上场究竟是对是错。

“不用！记住，绝对不能杀人！”校长急忙说道。

余生轻轻地松了口气：“那就好，在罪城外杀人是犯法的。三颗晶石的话，有些亏。”

校长如遭雷击般看着余生，一时间竟然不知道该说些什么。

按照余生的解释，也就是说，在罪城内杀人的话，三颗晶石就不亏了？

这次，其他两所学校参加考核的学生一共八个。

三颗晶石，在罪城内可以换八条人命？

罪城……究竟是怎样的？

这一刻，就算是曾经上过镇妖关的校长，身体都不禁有些发凉。毕竟站在这里的，不是悍匪，不是凶徒，而是一个刚刚满十八岁的……学生。

“校车在门外，你上去歇着吧。还有，另外三名学生……算了，你不用照顾他们。”

校长有些心累，原本还想让余生在考核中关照一下另外三名学生，但又考虑到余生的行事风格，他怕照顾着照顾着，那三名学生就被淘汰或者被气疯了。

如果在现场，自家人大打出手，那才真的会闹笑话。

“切记，千万别杀人！”眼看着余生已经走出了门，校长心有余悸地又嘱咐了一句。

而回应他的，则是余生那阳光，甚至有些羞涩的笑容。

恍然间，校长想通了什么。

或许，余生并不是精神不正常，只是在不断陈述事实而已。

也就是说……他很诚实。

只不过他所陈述的事实，是大部分人接受不了或者不愿意接受的。毕竟有一种东西，叫作善意的谎言。而这，是人与人之间交际的一部分。

第 4 章

跟着我的步伐

连司机都出去吃午饭了，校车上，只有余生一个人在。不过他倒是没有动。在罪城多年，他早就已经养成了不吃午饭的习惯，毕竟以罪城的环境，还不允许人如此奢侈。即使到了最后两年，余生的生活条件不断改善，也依然保留了以往的习惯。

过了半个小时左右，两男一女从校门口缓缓走了出来，彼此间有说有笑。只不过通过三人的站位可以看出，比较英俊的那位应该是占据了主导地位，其他两人总是会下意识地落后他半步。

三人来到车上。

那英俊青年几乎第一时间就注意到了余生，他脸上带着友善的笑容，向前两步，对余生说道："你好，我叫赵子成，九年级三班的。这两位分别是李凯、杨若馨，和我是同班同学。不知道这位同学怎么称呼？"

赵子成自带一种温和的气质，看起来特别绅士，而且应该有着不错的家境。另外两人则表现得兴味索然，看了一眼余生那羸弱的身形之后，更是没了什么兴致，只是随意地点了点头，就坐在了远处。

"余生。"对赵子成点了点头后，余生再次变得沉默。

赵子成不以为意，反而顺势坐在了余生的身边。

“我这边有内部消息，这次考核，其实是由墨阁暗中主导的。咱们这种城市过于偏远，人口不多，墨阁没有将太多的精力放在这里，但鑫海城那种惨剧在前，所以孙阁老的意思是，筛选出本地的一些优质人才，在当地建立墨阁分阁，前期由高手坐镇，给予资源，等把新人培养起来之后，再将高手撤走。未来，咱们这一批再培养出下一批守护者。这样也算是入了墨阁，地位很高的。这是千载难逢的机会，想要脱颖而出，全看这次考核。其他两所学校的高手我都知道，谁会入选我心里也有数。咱们所有人都出头是不可能的。我的意思是……”

赵子成停顿片刻，真诚地注视着余生的双眼，终于说出了自己真正的目的：“想要所有人都脱颖而出，是不现实的。所以我的意思是，推选出一个人，剩下的三人辅助，这样入选的可能性更大。如果我真的成功拿到名额，入了墨阁，那我只需要一句话，就能把你们三个带进去。毕竟漠北城的未来，要交到我们年轻人手中。况且，我父亲是漠北城警卫司司长。”

赵子成又抛出了一枚炸弹。他有着警卫司司长儿子的身份，再加上他之前所说的一切都有理有据，自然让人信服。

的确如赵子成所说，情报属实的话，这个计划是最有可能双赢的。

见余生依然沉默着，赵子成有些急了。

“余生同学，还在犹豫什么？吾辈年轻人，当奋勇向前！修炼一途，更是必争先进。如果怯懦，不如放弃觉醒，做一名普通人！未来，我们不会局限于墨阁漠北城分阁，甚至可以加入墨阁总部，为人族先！”

赵子成这番话说得热血沸腾，就连旁边坐着的两人呼吸都有些加重，脑海中似乎浮现出了赵子成所描绘的画面。

“跟着我的步伐，有前途！”赵子成话音落下，然后死死地盯着余生。

余生突然抬起头，目光幽幽地看着他：“应该是有大饼吃。”

一瞬间，热血的气氛凝固，场面甚至有些尴尬。

一肚子热血词汇的赵子成，一时间不知道该继续说些什么。

倒是余生突然想起了什么。

“你爸是警卫司司长？”

赵子成眼睛一亮：“没错，如假包换！”

余生点了点头：“我父亲目前在监狱里……”

赵子成仿佛明悟了什么，脑海中划过一道亮光：“我懂了……你是想让他提前出来。”

余生却摇了摇头：“我的意思是……能多关几天吗？”

“啊？”赵子成僵在原地，最终只能勉强挤出一个还算不丑的笑脸。

怏怏地回到自己的同学身边后，赵子成有些失落。

怎么不对？

他平时看父亲演讲的时候，就是用的类似的话术，十分热血，慷慨激昂，下面警卫司的人一个个脸色涨红，激动得不停鼓掌。

一时间，赵子成不由得有些郁闷。

至于因此怨恨上余生，不死不休之类的，那倒不至于。

大家都是学生，还没有出校门，如果因为这么点事儿就变成敌人的话，那人族应该已经灭亡几十年了。

倒是李凯悄悄用胳膊碰了碰赵子成，对着余生的方向撇了撇嘴。

赵子成却依然有些垂头丧气地坐在那儿，没有理会。

或许，在这个年纪，他画下的大饼真的是他心中所想，只不过他太单纯，想象得太美好了些。

杨若馨好奇地看了余生一眼，很快又收回了自己的目光。倒不是什么心生情愫，她只是不知道什么时候学校里出了这么一位。

司机终于吃完午饭，回到车上，启动了车子。赵子成很快就调整好了心态，他们三人都有些期待、有些紧张，在车上不停地嘀咕着什么。

余生靠在窗边，闭着双眼休息。

值得一提的是，刚刚赵子成身上，没有散发出那种灰色的能量。

很快，赵子成愣了一下，站了起来，走到窗口，不停地看着四周，微微蹙眉。

“这是……出城了？难道考核地点不在城里？但鑫海城刚刚出现变故，这时候城外应该不太安全才对。”他自言自语般说着。

司机这时候笑着开口：“就在城外不远，有一处老工厂，空间大。城内不方便。放心，有墨阁的人在，安全着呢。”

赵子成若有所思地点了点头，这才放心地回到了原本的座位上。倒是余生，目光一直落在司机的身上，表现得很平静，但靠在窗边的那只手藏在袖子里。果然如司机所说，不过五分钟左右，他们就远远地看见了一座废弃的工厂。

校车缓缓驶入。

此时工厂的空地上已经稀稀疏疏地站了十余人。其中有穿着校服的学生，也有一些中年男子。远远地，余生就看见了自己班主任刘青峰的身影。

校车停下。

“果然，杜旭也来了。他是六纹天才！”赵子成没有急着下车，而是看着一个人，神情凝重地说道。

李凯有些疑惑：“哪个是杜旭？”

“看见那个一脸络腮胡的人了吗？”赵子成指了指那个人。

那个人的络腮胡密密麻麻的，如同口罩般，将面容遮挡得很严实，只露出一双眼睛，看起来古井无波。

“这哪是脸上长了络腮胡，分明是络腮胡下长了张脸啊。”余生透过窗户，惊叹道。

一时间，另外三人竟然难得地认同余生的话，互相对视一眼，深表赞同地点了点头。

“走吧，其他两所学校的人已经到了。余生，虽然咱们之间没有谈妥，但我还是要提醒你，小心那个叫杜旭的。这人……很强。希望你不要丢我们二中的人！”

赵子成的脸上写满了严肃。

“嗯。”余生轻轻点头，和赵子成等三人走下校车。

那校车司机同样走了下来，靠在车边点了支烟，猛地抽了一口，然后晃晃悠悠地走进了工厂里面，打开一扇生锈的铁门。

潮湿的房间内，坐着两个中年人，面前是一块块屏幕，显示着空地上的画面。

“怎么样？”司机随手搬了张凳子坐下，问道。

那两个中年人摇了摇头。

“警惕性低，心思也单纯了些，容易轻信陌生人的话。上面想得太简单了，偏远城市自治，根本就是妄想。”说话这人的声音中透着些许失望。

抽烟的司机倒是若有所思，点了点头，目光落在监控画面中余生的身上。

“这小家伙有点意思，也许会给我们带来一点惊喜。”这司机回忆着余生在校车上的举动，随口说道，但很快又笑了笑，“不过也不用抱太大的期待。这次任务不是纯粹浪费时间吗？也不知道上面是咋想的。就让除妖阁那群憨货忙活去吧，我先睡会儿。”

说着，他伸了个懒腰，倒在了角落里那唯一的一张单人床上。哪怕床单都已经发霉了，他却依然觉得睡觉是一件享受的事情。

“不用出任务，真舒服啊。”司机发出一声感慨，闭上双眼，不过一会儿的工夫，就轻微地打起了呼噜。

另外两人对视一眼，眼中都带着些许无奈，而后重新将目光放在了监控画面上。

工厂空地。

“这次由我带队。具体的考核内容还不清楚，要等除妖阁的人来才会知晓。不过学徒阶段，大家都处于同一起跑线，无关天赋，充其量就是别人比你力气稍大一些，所以这对你们来说，是无比珍贵的机会。切记，无论考核的内容是什么，一定要保持谨慎、冷静，只有这样，你们才会有更高的胜算！”刘青峰脸色严肃地看向众人说道。

赵子成用力点了点头，再次看向杜旭，眼中充满了战意。

是啊，大家都处在学徒期，还未彻底觉醒，无法使用特殊能力，比的就是自身的意志！

论意志，他赵子成不输任何人！

下午逐渐到来，太阳暴晒，除妖阁的人却迟迟未到。学生们不禁变得急躁起来。

眼见太阳逐渐落下，远处终于出现了一辆有些破旧的越野车。

这车卷起漫天的尘沙，冲进了工厂之中，带起的尘土落在在场的十二名学生身上。

一时间，大部分人都下意识地蹙眉，向后退了两步。

车门打开，一个中年壮汉戴着墨镜，嘴里还叼着支烟，从车上下来，随意地看了一眼四周，目光落在了几名老师身上。

看见刘青峰时，这壮汉怔了一下。

“老刘？我找了你好几年，你去哪儿了？”说着，他彻底无视周围的学生，几步就来到刘青峰面前，用力拍了拍刘青峰的肩膀。

刘青峰看见这壮汉时，表情同样微微发生变化，沉默了数秒才恢复平静：“在当老师。”

“什么？你当老……”壮汉一脸的难以置信，打量着刘青峰，直到看见刘青峰右手缺少的小指，声音才戛然而止。

“行！当老师也不错，至少比我们刀口舔血来得安逸。”壮汉再次重重地拍了拍刘青峰的肩膀，呼吸有些粗重，脸上带着对刘青峰的羡慕。

只不过应该是不善于演戏的原因，他的表情和动作略显浮夸。他自己似乎也明白这一点，马上转移了话题：“哪些是你们学校的学生？”

刘青峰指了指余生这边的方向，略微冰冷的脸上难得浮现出了一丝微笑。

壮汉摘下墨镜，猛地抽了口烟，咧开嘴露出了些许笑容。

只不过，这笑容在学生们看来，有些狰狞。

尤其是摘下墨镜后的那双眼睛，只是一眼看去，就令人不寒而栗。

看着学生们畏惧的神情，壮汉似乎特别满意，笑容更明显，但很快他就怔了一下，目光停在了余生，或者说是余生那双平静的眼睛上。

“小子，你不怕我？”壮汉脸上的笑容逐渐淡去，声音冰冷地说道。

这一刻，淡淡的杀气仿佛在空气中不断蔓延。

虽然只是一句话，但给人带来了无尽的压力。

“为什么要怕？”余生有些好奇，看着壮汉反问道。

上一秒还神情冷峻的壮汉爽朗地笑了起来：“哈哈，老刘，你这学生有意思啊！不错，不错！”说着，壮汉第三次重重地拍了拍刘青峰的肩膀。

刘青峰微微皱眉，默默向后退了两步。

这些从灵武学院出来的家伙，一个个壮得和牛一样，一群莽夫。

看着刘青峰和壮汉之间如此热络，另外两所学校的带队老师微微蹙眉，对视了一眼。

有这种关系的话，二中此次岂不是稳压他们一中和三中一头？

不过他们对此都选择了保持沉默。

这，就是新世界的规则。

就算壮汉真给二中走了后门，那也是刘青峰自己在战场上无数次挣扎在生死边缘拼出来的。而他们连战场都没有上过，一直处于人族的后方，享受着他人用生命换来的安逸，又有什么资格在争好处的时候去谈公平？

“晚上好好喝点！”壮汉有些兴奋。

眼看那如同熊掌般的手再次向自己拍来，早有准备的刘青峰果断侧了侧自己的身体，才让那可怜的肩膀有了片刻喘息的工夫。

“还是这副德行。”壮汉翻了个白眼，毫不在意地转过身，脸上已恢复了严肃。

“小家伙们，自我介绍一下，江北省除妖阁三队队长，罗云！第五代觉醒者！其他的一些功绩就不说了，也没啥意思，和你们这些小屁孩儿也显摆不着。今天考核内容……我想想。”说着，罗云竟然真的陷入了沉思，久久没有动静，就像他来之前真的没想好要考核什么一样。

监控室内的两人此时如遭雷击，对视一眼，久久无言。

“我就知道，除妖阁的人就是一群憨货！”终于，其中一人再也忍不住内心的冲动，捂着头说道。

另外一人则幽幽叹了口气，很快调整好了自己的心态：“我们应该习惯的，不是吗？”

“有道理。我们已经习惯了。”

两人努力让自己的情绪保持平稳。

下一秒，监控画面中又一次传来了罗云那粗犷的嗓音。

“哈哈哈，男人嘛，就应该勇往直前！擂台赛，赢的上，输的下！就这么定了！”

这声音中隐约间还带着些许骄傲、自豪，仿佛他很庆幸自己想到了如此好的计划。

“这次考核是看他们的心性以及应对突发事件的能力！这个憨货，我受不了了！上面为啥把他给放出来了？他们三队的神机呢？”监控室内，刚刚还在安慰同伴的那个人瞬间崩溃，冲着监视器的方向破口大骂。

神机，除妖阁的小队中几乎都会配备，算是一个小队真正的核心策划者，一般都是动脑子的。当然，也有一些小队的队长本身就担负这个职责，但显然罗云不是。

另一人捂着脸，有些痛苦：“最近鑫海城不是出事了吗？他们队的神机带队去帮忙了。”

“亏我还以为他故意晚出场是在看这些人的心性。”

一时间，监控室内的两人郁闷无比。

刘青峰一直站在角落里，表现得很沉默，哪怕知道自己的老战友就是这次考核的主考官，也没有多聊什么。

只不过赵子成三人的脸上多少带着些喜色，看着刘青峰的眼睛也在闪烁着光芒。

虽然是自己学校的老师，刘青峰却一直表现得十分低调，大家对他的了解都不多。

没想到他竟然这么厉害。

“考核规则都清楚了啊，那我就开始了。”

罗云身后猛然出现一道青狼的虚影，而青狼的眉心处隐约能够看见镶嵌着四颗宝石。

下一秒，这青狼消失在了原地。

尘土再次飞扬，阻挡了众人的视线。

当尘埃落定，众人再看去时，地面上已经画出了一个巨大的圆。

“这个就是擂台。认输的、出圈的，都算输。”说着，罗云一跃，坐在了自己那越野车的引擎盖上，让人怀疑这引擎盖下一秒会不会被压塌。

罗云又给自己点了支烟，伴随着缭绕的烟雾，他随手指了指。

“就你们俩，打吧。”

庆幸的是，罗云还知道根据校服不同选择上场的学生，没让同一所学校的人上来战斗。

那两人的神情有些肃穆，缓缓进到了圆圈之中，深吸一口气，缓解着自己的压力。

“一中，萧子枫！请赐教。”

眼看另一人直接就要动手，叫萧子枫的那个学生眼珠子转了转，突然大声喊了一句，在另一人露出有些茫然的神情时，这才猛地冲了出去。

很快，另一人反应了过来，心里不禁暗骂了一句，也准备开口喊上一嗓子，但已经晚了。

萧子枫一拳对着他的脸部打去。

那人咬了咬牙，向后退了两步，勉强躲过这一拳，刚要反击，结果萧子枫突然抬起脚，踹了过去。

一时间，场中……

嗯，没有什么肃杀、紧张的气氛。

就两个没觉醒的孩子打架，能打出什么精彩的招式来？

更何况双方也不是从大城市出来的，不属于一出生就会学点武的那种，所以大家也就是看个乐呵。

不过罗云倒是看得津津有味，十分认真。

战斗结束，萧子枫脸上青一块紫一块，却依然傲然立在场中。

“一中，萧子枫，献丑了。”他再次大喊了一声，目光有意无意地从罗云身上扫过。

罗云失笑，没有多说什么，而是随便又指了两个人上场。

自萧子枫那一嗓子之后，比斗气氛仿佛有些变味儿了，上场的学生一个个都恨不得用全部力气报出自己的名字，声音喊得老大，此起彼伏。

而罗云也逐渐失去了兴趣，哈欠连天，手里的烟一支接着一支。

赵子成他们三个也上场了，赢的只有赵子成一个，而且是险胜。

赵子成的脸上有些红肿，站在后方，嘴里不停地嘟囔着什么。

第5章

何为天才

场上的人越来越少，昏昏欲睡的罗云勉强抬起头：“你俩，上吧。”

余生没有动，而是好奇地看了罗云一眼：“请问一下，能用武器吗？”

罗云看到自己指定的人是余生后，勉强打起了几分精神，打量了一下双手空空、身材瘦弱的余生：“可以啊，随便用。”

“好的，谢谢。”余生认真地点了点头，这才进入那简易的擂台。

而那些被淘汰的学生，则不停地捶胸顿足。

竟然能用武器！

如果早点想到的话，他们是不是就不用吃力气不足的亏了？

大家都是学生，后方被保护得勉强还算可以，至少不需要还未觉醒的他们去打打杀杀，也就导致了他们上场时，不会第一时间想到用武器。

毕竟动了武器，可就代表着比斗变得危险了。

另一边要出场的，就是赵子成一直说的那个杜旭。

原本要踏入擂台的他，在听见余生的提问后，脚停住，默默收了回去，在四周巡视了一圈，最终在杂物堆里找到了一根木棍，这才进入了擂台。

令人意外的是，提出问题的余生却没有行动。

众人看向他的目光就像在看一个傻子。

这不是平白便宜了对手吗？

倒是赵子成不顾自己脸部的肿胀，深吸一口气大声喊道：“余生加油！别给咱们二中丢脸！”

战斗开始。

毕竟是刘青峰的学生，而且之前面对自己的威压没有反应，罗云对余生还是有些兴趣的。他一边抽着烟，一边期待地看着。

很快，他的眼睛瞪得老大，就连嘴里叼着的烟烧出的烟灰掉落在身上都没有察觉。

“哇！”他下意识地发出一声惊叹。

那个一直被赵子成忌惮，并且名声传遍了漠北城三所学校的杜旭，举起手中木棍的下一秒，余生就撞进了他怀里。

杜旭的身体颇为强壮，和瘦弱的余生形成了鲜明的对比。

这也就导致杜旭只是身体有些摇晃而已。

但还不等杜旭站稳，余生右手的双指之间就多出了一块刀片。

这刀片两边有着严重的磨损痕迹，哪怕在光的照耀下，都不会引起任何的反射，刀片却异常锋利。

杜旭下意识松开了手中的木棍，捂着手向后退了两步。

余生就像变戏法一样，右手中的刀片消失。

一把匕首顺着余生的袖口落下，被稳稳地攥在手中，他用手指抵住刀背，只露出一厘米出头的刀锋。

杜旭有些茫然，显然想不通只是一个考核怎么还动上刀了。

但这位能在漠北城出名，显然也是有实力的。

杜旭自带一股狠劲儿，虽然很疼，但他咬了咬牙，攥紧拳头，不顾余生手中的匕首，宛如熊般向余生扑了过来，想要用蛮力将余生按在地上。

也就是在这时，让罗云目瞪口呆的一幕出现了。

余生表情始终平淡，果断地将匕首丢在地上，向后只退了一步，就精准地躲过了杜旭这一扑，并且稍微伸了伸自己的右脚。在强烈的冲势下，杜旭直接摔倒在了地上。

余生单膝顶在杜旭的后背上，撸起袖子，露出了绑在手臂上的弩弓，而且是上弦状态，随时可以发射的那种。

余生下意识地将弩弓对准了杜旭的后心，但怔了一下后，他还是将弩弓收起，一拳打在了杜旭的后脑勺上。

杜旭没有了起来的机会，晕了过去。

“哈……哈哈……小子你……”

罗云此时都有点发蒙了，这真是一个十八岁孩子能做出来的？哪怕是一些混的年头少的兵，都不一定能行。

一时间，罗云有些惊讶。

但余生根本没看罗云的方向，而是默默地将杜旭翻了个面，掰开杜旭的嘴，一颗颗牙齿仔细检查起来，整套动作如行云流水。

检查完，一直表现十分平静的余生第一次露出了意外的神情，嘴里还嘟囔着：“为什么会没毒呢？难道藏在别的地方了？”

余生又开始在杜旭的衣领、袖口处翻找。

而罗云在这一刻终于隐隐有了一个猜测，试探着问道：“你不会是在找……毒药吧？”

余生停下了手头的工作，眉头越皱越紧：“对啊，很奇怪，找不到他藏毒的位置。”

罗云深吸一口气，看向余生的目光就像在看一个怪人：“你有没有想过一种可能，就是……他身上没藏毒？”

“不可能！”余生果断摇了摇头，“如果被仇家抓住，没有办法自杀的话，会被折磨得生不如死。”

回忆着自己在罪城中的过往，余生说得特别认真。

杜旭刚刚勉强醒来，就听见了余生的话，一缕缕灰气散发，不停地没入余生体内的画卷中。他看向天空的眼神都变得有些茫然。

罗云神色逐渐变得郑重起来，他丢掉了手中的烟头，认真地审视着余生，缓缓开口："你是……从罪城出来的？"

下手干脆利落，有在牙齿、衣领等处藏毒的习惯，身上总是带着武器……种种细节都表明，余生来自罪城。

唯一不协调的，或许就是他的年龄。

"嗯。"余生轻轻点头，问出了自己心中的那个疑惑，"罪城外的人，真的不藏毒吗？"

罗云脸色有些凝重，缓缓摇头，而后将目光落在了刘青峰的身上。

"老刘，你知道他来自罪城吗？"

刘青峰表情不变："他来自哪里，和他是不是我的学生，有什么关系吗？而且按照罪城的规矩，不管之前是不是罪恶滔天，走出来后，就不再计较，除非再犯杀孽。他只要一天没有犯错，就依然是我的学生。"

刘青峰一边说，一边走到余生身前，将他挡在后面。

一直沉默着的余生此刻有些茫然地抬起头，看着刘青峰的背影，似乎有些疑惑，许久后才又把头低下。而此时还躺在地上的杜旭，看着余生的目光有些复杂。

罗云看到刘青峰的态度后，有些烦躁地挠了挠自己的头。

"算了，这些和我又没什么关系。我的敌人是妖，不是人。"罗云沉闷地说着，看了一眼逐渐暗淡的天色，"今天考核就到这儿，明天继续。工厂里面地方大得很，你们随便找地方睡吧。"

"好几年没见了，喝点？"一把搂住刘青峰的肩膀，罗云有些期待。

刘青峰摇了摇头："我的学生还在。"

罗云嗤笑，鬼鬼祟祟地凑到刘青峰耳边，嘟囔了两句，眉头还冲着角落里的一个监控器挑了挑。刘青峰却没有了再搭理他的想法，转身离去。

"唉，刘老大还是那么无趣啊。闷葫芦。"

罗云调侃着，在所有人的注视中回到越野车里，扬长而去，只留下场中呆滞的学生们。

这……这就走了吗？

这可是城外！脱离了警卫司、预备役、墨阁的庇护，鬼知道会发生些什么！而且之前也没说考核要持续到第二天啊。

看着已经黑下来的天色，以及周围荒无人烟的场景，众人的心瞬间提了起来。

好在带队的老师还在，老师们分别带着自己学校的学生走进了工厂里面。这工厂看起来已经弃用了有些年头，空气中充满了潮湿的味道，周围的墙壁上，墙皮已经破裂，一些铁门上更是布满了斑驳的锈迹。

“这家伙究竟在搞什么啊！”

“我发誓，以后再和这家伙一起行动，我就是傻瓜！”

监控室内的两人还在痛苦地哀号着。

考核进行到一半，人跑了，还把他们也扔下了？

如果他们被分配到其他城市，此时考核估计已经结束了！

更让他们难受的是，身后还躺着一个呼呼大睡的队友。

唯一让他们感到欣慰的是，他们在这次考核中也算是发现了几个不错的苗子，比如，第一个想到喊一嗓子的萧子枫、自带疯劲儿的杜旭……

其中最主要的还是……来自罪城的余生。

罪城，对大部分人来说，原本就是神秘的代名词，而余生那出手果断、狠辣的风格，更是让他们惊讶万分。余生成为他们重点观察的对象。

角落里，赵子成看着脏乱的地面，最终还是没有坐下去的决心，李凯、杨若馨同样站着。

倒是刘青峰、余生就这么淡然地坐下了。

“老师，我有一件事想不明白。”赵子成看着眼前的刘青峰，眼中带着几分尊重，小心翼翼地说道。

刘青峰点了点头，面对学生时，他总会表现得温和些许：“你说。”

“不是天赋越高，就代表未来的成就越高吗？为何除妖阁那位……一直都没有看我们的天赋？”赵子成有些不解。

他认为，自己五纹的天赋在大环境下可能不算太高，但和在场众人比起来，也算是优秀了。

那些如同孩子打架般的战斗，在觉醒者面前不过是一个笑话。

虽然余生现在实力碾压在场的众人，但真当大家全部觉醒，蛋孵化后，如果余生孵化出的觉醒物平平，而他们的觉醒物杀伤力异常强大，最多半年光景，余生就会彻底归于平凡，而他们则扶摇直上。

所以，罗云一直没有看他们的天赋，在赵子成看来这十分不合理。

刘青峰抬起头，认真地看着赵子成，缓缓开口：“你觉得天赋很重要吗？没错，天赋是一个人能否通往巅峰相当重要的因素，但天才，这个世界上不缺。人族如此庞大的人口，每年出一些天才是很正常的事情，如果说天赋好，就会站在这世界的巅峰，那人族早已平定妖族之乱了。”

刘青峰的话显然也吸引了其他学校学生的注意。

大家下意识地听刘青峰说着。

“单单是我见过的天才，就不知道有多少。但结果呢？真正能够崛起的，有多少？自认为天赋异禀，高人一等，带着傲气，阴沟里翻船的，我见过；出身名校，天之骄子，踏上镇妖关，却吓得颤颤巍巍，一敌未杀，身首异处的，我见过；自视甚高，纸醉金迷，错过最佳修炼时期，最终泯然众人的，我也见过。”刘青峰的声音有些低沉，脸上带着回忆的神情。

曾经，他也是一个年轻人，天资不算出众，亲眼见过一些在他那个年代被无数人吹捧的天之骄子。他们有的如同烈日冉冉升空，展现无敌之姿；有的却像一个笑话，如同金丝雀般，没有展露出任何属于自己的锋芒。

“这世界最不缺的就是天才，在墨阁可以随便抓出一人把来，每一个都比你们天赋要好。但这有价值吗？你们没有去过人族的四大关隘，在那里人命就像是草芥，甚至比一口水、一个面包还不值钱。能不能活下来，看的不是你们的天赋，而是你们的心性、你们的运气。天赋差，不代表不能站在这世界的巅峰。心性差，才是最可怕的。没有一往无前的决心，没有遇事冷静的头脑，没有足够的警惕……最终不过是一个笑话而已。”

听着刘青峰的话，大家都变得沉默下来。

到现在，他们都不知道人族那四座关隘究竟代表着什么，就像不知道神秘的罪城究竟是什么样子一般。

只听别人说，永远不会清楚事实有多残酷。

听了刘青峰这番话，可能有人依然会不屑一顾，也有人会认真思考，尝试改变。

作为一名老师，能做的就是把自己这一生所有宝贵的经验全部告诉学生。信，则受益良多；不信，那也是自己的命。

或许当他们将来真的在某一刻回想起当年破旧的工厂内刘青峰这认真、严肃的话时，会幡然醒悟。可那时，也许已经晚了。

“休息吧，明天还要继续考核。”刘青峰靠在长满青苔的墙壁上，闭着双眼，淡淡地说道。

但此时大部分学生依然是站着的。

他们虽然疲倦，虽然迟疑，却依然带着嫌弃之色。

“老师，我……我不累。”赵子成尴尬地说道。

刘青峰自黑暗中悠悠睁开双眼，看着赵子成三人无喜无悲：“这就脏了吗？你们在满地狼藉的战场上睡过觉吗？你们知道每一次睡觉，都有可能再也无法睁眼是什么感受吗？还活着，还能躺下睡觉，不用担心生命的安危，这已经是世界上最幸福的事了。当然，如果你们只想做一个普通人，被服务的人民，那无所谓。但你们既然到了这儿，想要获得资源，享受别人享受不到的权利，又不想吃苦，那还是直接回去吧。我不奢求你们做人族的英雄，但也不希望你们……成为人族的耻辱。”

其他两所学校的老师在角落里看着刘青峰，眼神都有些复杂，陷入了回忆当中。

这世界上，有战斗力的觉醒者谁还没经历过几次生死？

一时间，他们豪气万千。

“都给我坐下！看看人家余生，刚进来就坐下了！他不是比你们任何人都要优秀吗？你们在他身上看到一点傲气了？”

学生们面面相觑，目光纷纷落在余生身上，最终他们咬了咬牙坐下，带着独属于少年的倔强。

然后……在众目睽睽之下，余生站了起来。

一时间，场上的氛围有些怪异。

你就看我们这么不顺眼吗？

“上厕所。”余生平静地解释了一句，就这么双手插在口袋里，向工厂外走去。

此时的工厂有些暗，不过几步的距离，他的身影就消失在了众人的视线中。只有角落里的刘青峰双眼中隐约闪过一抹青色，注视着余生离去的方向，若有所思。

“其实余生平时只不过沉闷了些，人还是挺好的。”赵子成突然感慨道。

杨若馨抬起头，幽幽说道：“他人好，具体表现在哪几个方面？”

赵子成：“……”

一时间，他心中不由得有些悲哀。看来自己和父亲之间终究还是差了很多啊！他记得父亲就喜欢看着人的背影夸人，话术也类似。自己突发奇想用了一次，没想到效果竟然这么差。

刚走出工厂的大门，余生就停住了脚步，向右侧挪了挪身子，身体靠在角落处。而在他的头顶，有一个精巧的小型监控摄像头，而且还被修饰了一下，类似破旧的燕子窝。但要是仔细去看的话还是能够看出，里面有细微的红点在闪烁着。

余生将手臂处的手弩解开，拎在手中，等待了三秒钟左右，这才悄然转身，进入门内。他动作极快，只是一闪，就再次融于黑暗之中。

他走的路线很怪，总是能将自己很好地隐藏在黑暗之中，而且每次突然转弯，都会恰好走在监控的盲区。就好像这破旧的工厂内究竟有多少摄像头，他都了如指掌。

终于，余生停在了那扇生锈的铁门外，他靠在墙边，呼吸声都变得小了起来，耳朵轻轻地动了动。

“你有刘青峰的资料吗？”监控员甲看着画面，思索了片刻后问道。

监控员乙摇了摇头：“没有，不过看之前他和那憨货的对话，应该也是从镇妖关上下来的。”

“是一个合格的老师，待在这里，屈才了。我觉得可以和上面提一下，看看能不能把他调到省会去。他的教育方式很有意义。”监控员甲的表情有些严肃，一脸认真。

监控员乙认同地点了点头，显然刘青峰在外面教育学生说的话，他们也听得很清楚。

很快，房间内的两人就再次沉默下来。

余生微微侧了侧头，像是在想些什么。过了一会儿，他把手中的弩弓收起，转身离去。他没有去推开这房门，就仿佛无事发生般。

他按照原路返回，站在工厂门口，将身影暴露在摄像头下，若无其事地回去，坐好，靠在墙上闭上双眼，仿佛睡了过去。

刘青峰看了回来的余生一眼，没有说话。

一时间，场内最安静的，就数他们二人了。

剩下的人都在小声讨论着明天可能会出现的考核内容，讨论着罗云的不靠谱，以及余生的……凶狠。

余生全程不过动了几秒钟的手，却已经让他们完全生不出抗争的想法了。

他们只能期待明天的考核是动脑子的，那样他们应该还有胜算，毕竟余生今天看起来并不是太聪明。

监控室内，原本倒在床上熟睡的校车司机不知何时睁开了双眼，但他没有动，依然保持着之前的姿势，只不过微微侧头，看着监控画面。

直到余生重新出现在工厂门外，司机这才再次闭上双眼。很快，呼噜声再次响起。

房间内只有监控员甲、乙还在不停地说着回去一定要投诉罗云，细数着这两年里罗云各种不靠谱的行为。

那一条条“罪行”，成了这夜晚他们打发时间的最好的谈资。

第 6 章

看看人家余生

不知不觉间，夜深了。饥饿、疲倦、寒冷……在这种状态下，众人睡了过去。杜旭靠在墙上一边睡，一边嘟囔着什么，身体还在不安地扭动。赵子成手舞足蹈，嘴角还带着笑意，只不过笑得太过，扯到了红肿的腮帮子，疼得龇牙咧嘴。

恍然间，工厂外传来一声低吼。但因为距离还远，声音并不明显，哪怕没睡的人，也会以为这是自己的错觉。

黑暗中，余生双眼睁开，异常平静。刘青峰也几乎同时睁开了双眼。两人对视了一眼。刘青峰耸了耸肩，一副事不关己的样子。余生则起身，走路没有发出一点声音，自人群中穿行而出，消失在黑暗里。

刘青峰微微皱眉，过了许久才叹了口气。

“独狼的结局……往往都是悲剧。”刘青峰喃喃自语，看了看身边睡得安稳的学生们以及那两名老师，再次叹息一声，闭上双眼。

“与神同在。”

“与神同在。”

郊外，几个中年人看着远处那废弃的工厂，轻轻说道。

他们衣着各异，有穿着西装的精英，有肥头大耳的厨子，还有一个衣衫褴褛的乞丐。这些生活中本应没有交集的人，此时却目光狂热，仿佛有着同一个信仰。

“今日，星光沐身。神，此刻就在注视着我们！”那西装男深吸一口气，猛地攥紧了拳头。

其他几人也激动起来。

“这次计划如果顺利完成，也许我们就有机会晋升为神仆了！这是莫大的恩赐。”西装男依然在不断地说着。

几人的情绪也不断高涨。

直到远处突然传来一声低吼，众人的声音才戛然而止。

“有妖？”厨子的脸色明显变得紧张，看了看四周，小心翼翼地问道。

“作为神的奴隶，我却在你身上感受到了畏惧，这是对神最大的羞辱！”西装男的表情瞬间冷了下来，脸色阴沉地看着厨子，说道，“有妖又如何？今夜，漠北城这些资质最好的学生必须死，哪怕付出我们的生命！神，会救赎我们的！”

听到西装男的话，厨子紧张的情绪逐渐消失，恢复了虔诚之色，嘴里嘟囔着：“神会救赎我们，神会救赎我们……”

显然，西装男的话感染到了其他人。

一时间，大家的情绪再次变得稳定。

“按照计划，再等半个小时，动手。”西装男看了看手表，说道。

其他几人用力地点了点头。

作为人族北部边缘省份江北省的省会，白春城哪怕到了深夜依然灯火通明。而此时，墨阁设立在白春城的分阁，林副阁主的电话突然响起。

正在忙碌的林副阁主拿起电话，接通。

从另一头传来一个有些沙哑的声音：“林副阁主，做一笔交易如何？”

林副阁主怔了一下，微微蹙眉，似乎在思索着什么，过了数秒才淡淡地说道："说。"

"其实也不是什么大事，借个道。十分钟后，会有一个车队自城北入城，再从城南出城，希望守卫不要为难他们。"那沙哑的声音再次传来，十分平静。

林副阁主面色不变："邪教的人？"

"林副阁主说笑了，是万神教。"沙哑的声音纠正着其中的错误。

林副阁主按下手机上的免提键，随手将手机放在桌子上，一边处理文件一边问道："既然是交易，那你们给出的价钱是什么？"

"如果没记错的话，林副阁主刚刚组织了偏远城市的学生考核吧，其中漠北城的考核还没有结束。一共十二名学生的命，您觉得可以吗？"

那个声音沙哑的人仿佛在叙述一件很平常的事，没有任何杀气。

林副阁主沉默了数秒。

"交易总是要个担保人的，毕竟你那边出尔反尔，我没办法相信你。"

电话那头传来一声轻笑："林副阁主，这次交易，我是甲方，您没有资格谈条件。当然，如果墨阁要卸下这么多年伪善的面具，任由这些可怜的孩子死去，那我没话说。"

"好。"林副阁主深吸一口气，目光有些冷冽，"但漠北城哪怕死一个人，半年内，江北省就将对你们邪教再次发起扫荡！"

他的语气有些愤怒，最终却不得不妥协。

"是万神教！"那人再次纠正了一下，挂断了电话。

林副阁主随手将手机关闭，拿起办公桌上的电话拨通一个号码，说了些什么。数分钟后，白春城北大门打开。几辆卡车呼啸着驶过大门，在马路上飞驰而去，带起缕缕尘烟。

"小兔崽子们，享受狂欢吧！"

哪怕在深夜，罗云依然戴着那副墨镜，他靠在越野车旁，身边是一只眼睛血红的狗。这狗的体形很大，眼中只有野兽般的疯狂，眉心处有一道暗红色的纹路，只不过它的脖颈上套着一个项圈。

罗云随手将项圈摘下，这狗猛地转过身，盯着罗云发出一声低吼。

“去去去！滚！”罗云厌烦地一脚踹了过去，将狗踢飞。

那狗在地上滚了一圈，再起身时眼中带着本能的畏惧，渐渐向后退去，距离罗云越来越远。

很快它就嗅到了什么，变得狂躁起来，向工厂的方向飞奔而去。口水顺着它尖锐的牙齿不断落在地面上，腥臭异常。而罗云则悠闲地给自己点了支烟，蹲在一处山坡上，欣赏着自己的“杰作”。

“嘿嘿，小崽子们，也该让你们知道知道觉醒者究竟要面对什么了。野外睡觉，真敢啊。”啧啧两声，罗云猛吸了一口烟，吐出缕缕烟雾，嘴角带着一丝笑意，眼神却有些冰冷。

那狗的速度很快，几乎一次呼吸间就冲出了百米的距离，来到了工厂门前。只不过似乎感受到了什么，它突然止住了脚步，后背微微弓着，就连身上的毛都奓了起来。

监控室内，床上躺着的司机翻了翻身，嘴里还嘟囔了两句梦话。负责监控的两人看着监控画面中的狗，不禁皱起了眉头，互相对视了一眼。

“狗妖？虽然只是刚刚妖化，但那也是妖啊！它为何会出现在这种偏僻的地方？不会是罗云搞来的吧？这不是开玩笑吗?！难道他想让几个还没出校门的学徒来斩妖？”

两人明显有些不满。

“一只小妖能搅出什么乱子？再说，不是还有罗云背锅吗？”司机仿佛刚刚睡醒般，伸了一个懒腰，睡眼蒙眬地看了一眼监控画面，不以为意地说道。

“你想过真出事的后果吗？这是把生命当儿戏！更何况，万一这狗妖不是罗云放出来的呢？”监控员甲看着司机怒斥道。

监控员乙认同地点了点头。

“你们看不见这狗妖的脖子上有锁妖圈禁锢过的痕迹吗？而且，哪一位人族英雄的成长不伴随着鲜血？难道在教室里读书，就能读出一个天下太平来？文员就是文员，难免秀气了些。”

司机的嘴角带着一丝讥讽，晃晃悠悠地坐了起来，随手点了支烟。

他脱掉外套，露出里面那暗红色的衬衫，而在衬衫右侧袖子的位置，贴着一枚勋章，上面画着一道云纹。

看着这勋章，监控员甲、乙原本的愤怒情绪瞬间收了回去，看着司机的眼中带着几分尊敬。

“总算有点乐子了，活动活动也不错。”司机斜叼着烟，随手拖了一把椅子到两人中间，将两人往边上挤了挤，坐下来看着监控画面。

弹了弹烟灰，司机脸上带着些许兴奋之色，嘴里还嘟囔着：“快开始吧！让我看看那小家伙究竟能做到什么程度。”

在他声音落下的一瞬间，门外原本踌躇不前的狗妖似乎感觉到没有危险了，于是发出一声低吼，猛地冲入工厂中，还不停地嗅着什么。确认了目标后，它精准地向那群学生的方向冲去，不时碰撞到一些杂物，发出响动。

在这种异响下，学生们终于迷迷糊糊地醒了过来。

他们醒来后，第一时间就看见了黑暗中狗妖那猩红的双眼。

这眼神，令人发寒。

这狗妖，狰狞、贪婪，仿佛在择人而噬。

学生们一直躲在安全的城市内，根本没有经历过这种场面。虽然学校教过在野外遇见妖兽突袭时的应对措施，但在慌乱之下，全部都是雏儿的他们手足无措。

那两名老师最先反应过来，他们率先起身，下意识地挡在学生面前，身后逐渐有虚影浮出。

“你们觉得，这是为学生好吗？”刘青峰睁开双眼，看着两名老师的身影，轻声说道。

两人怔了怔，看着对面的狗妖，又看了看身后的学生，最终还是咬了咬牙，向后退了两步。只不过他们在收手前，还是选择了用气息震慑狗妖，给学生们拖延了数秒钟的时间。

在生死面前，几秒钟的时间往往会起到决定性的作用。

学生们壮着胆子，不停地回忆着老师在课堂上讲过的东西。

杜旭是最先行动的。他就近捡起一根木棍，拎在手里，默默地站在了其他人的前方。那壮硕的身躯给了众人一种莫名的安全感，那一脸的络腮胡子此时也显得顺眼了许多。

赵子成则第一时间寻找着余生的身影，结果却没有看到余生，不由得有些疑惑。很快他就咬了咬牙，猛地冲上前，站在了杜旭身旁，还不停地小声嘟囔着给自己加油打气。

“不怕，不怕！我爸是警卫司司长！不怕！”虽然这么说着，但他的脸色显得有些苍白。可是，无论内心有多么恐惧，他的脚步却没有退后半分。

又有两三个人站了出来，与杜旭、赵子成并作一排，拦在最前面。

可大部分人还是本能地退缩着。

两名老师看着眼前的一幕，生出些许无奈，轻叹一口气，收回了自身的气息。

狗妖再次变得暴躁，凶狠地看着在它眼中犹如补品的人类。完全没有灵智的它也无法预知，自己今天的宿命究竟如何。只是有一种本能的欲望在它的心底浮现，告诉它：吃了他们。

“嗷！”又一声低吼，狗妖发起冲锋。

杜旭算是现场最冷静的一个，拎着木棍不退反进。

木棍迎着狗妖的利爪，对着狗妖的脑袋，带着瑟瑟风声抡了下去。

潮湿的木棍直接折了，那狗妖只不过轻轻晃了晃脑袋，而杜旭的胳膊上则出现了一道带血的抓痕。

仿佛是因为嗅到了血的味道，狗妖表现得更加疯狂，躁动不安。

“倒是有点骨气，就是蠢了点，不知道狗妖最硬的部位就是头吗？傻乎乎的。倒是像那些憨货，有一股子愣劲儿。”

监控室内，司机看着这个画面，吧唧吧唧嘴说道，虽然语气有些嘲讽，但看着杜旭的目光中却实打实地带着欣赏。

作为一名军人，他最喜欢这种虎头虎脑的小家伙了。

平时在预备役的时候，这种小家伙扛揍，还不服，能反复“蹂躏”。跟这种小家伙打起来特别爽。

不过很快他就收回了目光。这种刚刚妖化的小畜生还构不成什么大威胁，只要人多点，胆子大点，总归是能搞定的，更何况在场的都是学校里的精英。他甚至下意识地想，如果这些人中真的有一人出了意外，对他们反而是一件好事，或许能激励出一两个好苗子来。

可惜，这些只是学生，不是军人。

“不过，那个小家伙倒是真令人不爽啊。”司机突然没头没尾地说了这么一句。

另外两人一脸蒙，下意识地在监控画面中寻找着，想要找到司机说的究竟是谁。

“不对！那个余生呢？”监控员甲反应比较快，率先意识到了不对，在一个个监控画面中疯狂地寻找着，但始终一无所获。

余生就仿佛凭空消失了一样。

“别找了！你们要是能找到，就不至于做文员了。”司机吐槽了一句，起身，随手拉开那生锈的铁门。在刺耳的噪声中，铁门被拉开了，司机冷漠地注视着门外。

余生此时就站在门口，和司机平静地对视着。

谁都没有说话。

“你是怎么发现这里的？”监控员甲微微皱眉，看着门口的余生问道。

“脚印。”余生指了指地面。

落着些许灰尘的地面上，如果借着灯光仔细去看，的确能看见脚印，但很不明显。

那些老师、学生进来，嘈杂得很，将他们的大部分脚印破坏了。

难道罪城出来的人，一个个真就这么异于常人吗？！一时间，两人陷入了深深的自我怀疑中。

很快，监控员甲若有所思地看向了司机。

这家伙貌似是最后进来的，应该留下了……

“别看我，我走路没脚印。”仿佛猜到了监控员甲的想法，司机淡淡地说道，随后看着余生，嘴角露出一丝笑意，“进来坐坐？”

“嗯。”余生轻轻点头，就这么大大方方地走了进来，环视了一下布置有些简洁的四周，最终在床边坐下。

“你为什么不去帮助自己的同学？”司机指了指监控画面问道，声音中带着一丝冷意。

此时的杜旭身上已经出现了好几道伤痕，赵子成和其他几名选择站出来的学生同样如此。

“因为他们不会死啊。”余生的神情有些茫然，带着不解，仿佛不懂司机为何会问出这么一句没价值的话来。

司机被噎了一下，一时间竟然无法反驳。但很快他就再次开口：“那如果说，我不出手，你不救他们的话，他们就都会死，你会怎么做？”

余生更加茫然了，看向司机的眼神有些古怪：“那只狗妖很弱的，你不出手，他们也不会死啊。”

司机愣了一下，烦躁地搓了搓头发：“如果！如果那狗妖的实力突然增强了呢？”

余生摇头：“不会增强的。”

“我帮它增强，行不？”司机几乎是咆哮着喊道。

余生神情十分郑重，认真地摇了摇头：“你这算间接杀人，甚至是谋杀，按照墨阁刑法第七十五条，是要处七年以上有期徒刑甚至死刑的。”

这句话掷地有声，甚至还带着劝诫的意味。

司机：“……”

为啥聊着聊着，我就被判死刑了？明明我是想教导他团结友爱，怎么反而我变成罪人了？最离谱的是……这家伙为啥对墨阁刑法如此熟悉啊！我都不知道得这么详细。

“好！如果现在，是我要杀他们，你救不救？”司机深吸一口气，强行让自己保持冷静，再次提问。

余生又一次摇头。

司机的神情越发冰冷，内心原本对余生的欣赏逐渐消失。

一个自私自利的人，哪怕再优秀，对人族也没有益处。

“他们可是你的同学，难道你要眼睁睁地看着他们去死？”司机说这句话的时候，没有任何情绪波动。

余生看着司机的目光中已经带着怜悯了：“我打不过你，怎么救？陪他们一起死？还不如报警，替他们领一点抚恤金。按照墨阁今年最新颁布的校园法规第一百六十二条，在读学生在学徒期间外出执行任务死亡，是可以领三万到五万抚恤金的。并且作为目击者，主动举报凶手，提供凶手信息，也会获得奖励。杀害十一名学徒，属于通缉重犯，我若举报可以拿十万左右。这样，你还会杀他们吗？”

余生一边说一边思考着，突然抬起头，眼神中带着一丝期待。

司机已经说不出自己的内心此时究竟是何种情绪了。

他既想结束这糟糕的话题，又感觉有些不服。

不能认输。

“那你有没有想过，我会连你一起杀了？”司机身上开始释放杀意，气息也锁定在了余生身上，看向余生的目光更加冷漠。

余生摇了摇头："我打不过你，但是你杀不了我的。"

司机有些颓废地坐回到了椅子上，刚刚散发出的强大气息也瞬间消失。

监控员甲、乙对视了一眼，擦了擦额头上的冷汗。

刚刚就连他们都差点相信司机要动手了，那种压力可想而知。

"我最后再问一次，如果你的同学遇到危险，而你又恰巧有能力去救，你会不会出手？"此时的司机已经放弃了那些花里胡哨的东西，就这么坦诚地问道。

余生几乎没有犹豫就点了点头，一副理所当然的样子。

"当然要救啊。根据墨阁奖励政策第九十五条的热心市民奖，以及觉醒者条例第五十三条的见义勇为奖的规定，每救一个人，并且保留证据，我都可以去任何一个墨阁分阁兑换奖励。我仔细分析过，这两个奖其实可以同时拿，大概可获得奖励……三万块。"

"……"

司机再次陷入了沉思。只不过他这次不是生气，而是后悔。

自己应该见义勇为了好多次吧，在野外救的人就有十多个了，一人三万……

也就是说，自己错过了三十多万？

如果有了这笔钱，自己是不是就能多兑换一些品质好点的晶石，万一又突破了呢？

最主要的是……这家伙为啥把墨阁法律、政策研究得如此透彻啊！

第 7 章

墨阁信仰永存

一时间，司机不禁有些怀疑，是不是有问题的……其实是自己。

虽然理由出乎意料，但余生终究给出了司机想要听到的答案。

“那你来这边做什么？以你的水准，应该不需要我的庇护吧。”司机有些无奈地问道。

余生摇了摇头：“能安逸地躺在床上，为什么要警惕地躲在外面？”说着，余生就这么躺下了。

但很快，余生又猛地站了起来，看着监控画面道：“这监控画面，回头能拷贝一份给我吗？”

监控员甲、乙怔了一下，下意识地点了点头。

“作为一名学徒，在考核期间并不知晓考核内容，误以为是真的遭受危机，救下队友，应该也能拿奖金。校园法规第十六条，对！一个人三万！”

一时间，余生的双眼在这昏暗的房间内格外明亮。

“如果我负伤，还会有额外的救助金两万……”说着，余生猛地起身，推开门就走。

那司机显然还没有彻底反应过来，愣了两秒后才看着余生的背影喊道：“你这是作弊！这对其他学生公平吗？我一定会向墨阁如实禀报，坚决打击这种不正之风。”

司机说这番话的时候表情十分严肃，格外认真，仿佛房间内都有一缕正义之气在不断飘荡。

监控员甲、乙看着司机的身影，眼中不禁流露出几分尊敬，不愧是获得过功勋的人。

人族栋梁，当之无愧！

“分你一半。”

余生的身影已经消失在黑暗之中，只留下一句话在房间内回响着。

原本严肃的司机突然换上一副笑脸：“好嘞，合作愉快，这边我来解决！”说着，司机顺手关闭房门。

监控员甲、乙露出错愕的神情，司机看着他们，淡淡地说道：“作为出色的文员，你们回到墨阁之后，应该知道怎么向上面汇报这件事吧。”

他捏了捏自己的拳头，发出清脆的响声，就像是看着小白兔的恶狼。

监控员甲、乙看着神色不善的司机，疯狂点头。

司机满意地拍了拍两人的肩膀，这才再次倒在床上，已经没有了继续看监控的兴趣。既然余生回去了，监控也就没有看下去的必要了。

“我能多嘴问一句吗？”监控员甲多少还带着一丝纠结，虽然他不过是墨阁的一个小文员，但还是一身正气的，哪怕可能会面临一顿暴揍，也还是倔强地问出了自己的问题，“你毕竟获得过勋章，哪怕只是最低级的云勋，也代表你为人族付出过。可是今天这件事，你……”

监控员甲十分不解，这简直超出了他这些年来一贯的认知。

英雄，不就应该一身正气吗？

司机嗤笑：“在你眼中，英雄应该如何？奋勇杀敌，一往无前，不顾自身利益？”

司机换了一个更舒服些的姿势，又点了支烟，伴随着缕缕烟雾，他的眼神变得有些迷离：“有时候真不是瞧不起你们这些后方的文职人员，你们看待一些事情，过于想当然了。有一个词是怎么说的来着，我想想……哦，对！理想主义。”

弹了弹烟灰，司机继续说道：“你们总觉得，这世界就该是你们所认为的那样，英雄，就应该死战不退。我告诉你，那都是傻瓜，大傻瓜！如果你的死能够为后面的计划拖延时间，那你死得其所！但如果不能，那就赶紧跑，跑得越快越好，省得最后变成妖兽肚子里的一坨粪便，排出来了都不知道哪坨是你。”

司机带着些许讥讽，似乎回忆起了什么，眼中闪过一丝伤感，就连声音都低了下来。

“人族的资源太少了，远远不够。能提升实力的资源都在妖兽身上，但妖兽是那么好杀的吗？人人都想变强，想当英雄，那资源不够怎么办？拼，拿命拼。你知道有多少人为了一颗妖晶就葬身荒野吗？实力变强后，去镇妖关就能杀更多的妖，救更多的人。但得不到善终，为啥不享受精彩的人生？有些规则，是墨阁默许的。”

一支烟抽完，司机的谈兴也逐渐消失，他随手将烟头丢在地上，留下了最后一句话：“英雄，没你想的那么高尚，但也没你想的那么不堪。”说完，司机闭上双眼，嘴里不停地哼着小曲儿，看起来十分惬意。

他脑海中甚至已经盘算好，等这十多万的巨款下来，要买些什么资源来提升实力了。

听说最近省城新运回来一批虎妖血，能强化肉身。四级妖晶也是好东西，说不定可以让自己的实力再精进一些。能够提升实力的资源实在太贵了，买不起。要不跟余生这小子交换个联系方式？

他总觉得以这家伙的脑子，能发大财，自己趁着他实力不足、后台不硬的时候，跟他合作一下，说不定就能吃上肉！这一看就是个闷声发大财的主儿。不然等他实力提升起来之后，绝对懒得搭理自己。

一时间，司机的脑子开始变得活络起来，甚至已经在考虑怎么委婉地要到余生的通信号码。

“杜旭，还挺得住不？”赵子成气喘吁吁地问道，身上同样有几处抓痕。但相比于最初的恐惧，此时他的眼神中已经带着些许倔强。

交手几次之后，他发现，这所谓的妖，似乎也没有看起来那么吓人。它也知道疼，也懂得害怕。

那狗妖虽然外表没有什么伤痕，但状态似乎也并不好，即使眼中流露的躁怒越发明显，却没有再轻易动手。

“现在想想，还是余生有先见之明，走到哪儿都知道带刀！也不知道这家伙跑哪儿去了，他现在要是回来，让我叫他爸爸都行！”赵子成吐了一口带血的唾沫，捂着胸口道。

就在下一秒，黑暗中，一道人影缓缓走了出来，站在众人对面，与他们一起对狗妖形成了夹击之势。

赵子成愣住了。他刚刚说出来的话还在工厂里回响着，带着回音。

“我叫他爸爸……

“叫他爸爸……

“爸爸……”

伴随着回音，场中的气氛变得有点诡异。

原本属于杜旭、赵子成的热血剧情，突然就变成了“认亲大会”。连余生都怔了一下，有些迟疑地看了赵子成一眼：“你这……不太合适吧。”

“……滚！现在不是说这个的时候！你刚才到哪儿去了？”赵子成有些恼羞成怒。平日里显得十分儒雅的他，此刻都忍不住说了脏话，仿佛这样就能够掩盖自己之前说的话。

“上厕所。”余生挠了挠头。

“这么大动静你听不见？我不信，你在撒谎！”赵子成脑子飞速运转，想要拆穿余生的谎言。

“嗯。”余生只是平静地点了点头，“我其实不太擅长说谎，见笑了。”

余生的坦诚让赵子成猝不及防，知道余生是什么人的他果断终止了这个话题："喂，给我丢把匕首过来。"

余生有些纠结，就这么从狗妖身边走过，来到几人身边，带着些许羞涩，小心翼翼地试探道："那个……能不能麻烦你们受一下重伤？"

众人："……"

杜旭下意识地挪了挪身子，离余生稍远了些，也不怕因此而变得与狗妖更加接近。不知为何，他总感觉和狗妖在一起，似乎更有安全感。

赵子成的身体也陡然一僵。他一边死死盯着对面那暴躁、蠢蠢欲动，随时都有可能再次动手的狗妖，一边从牙缝里挤出微弱的声音："你要干什么？"

"就是……你们可以和它再打一架吗？打得狂野一些，只攻不守的那种。"余生沉吟着，将自己的想法掰开揉碎，又表述了一遍。

赵子成发暂，他脑袋都是蒙的，整个人陷入了混乱中。

鬼知道余生又在抽什么风？什么狂野一些？

如果不是对面还有一只狗妖，并且确信自己打不过余生，恐怕赵子成早就揪住余生的衣领，咆哮着问他"你是不是有病"了。

眼看狗妖那股本能的兽性再次压制住了自身仅有的理智，赵子成的脑海中突然划过一道亮光！

"啊！我好疼啊！"说着，赵子成猛地倒在地上，嘴里还不停地哀号着，看起来像是抽筋了一样。

其他人虽然不知道具体什么情况，但余生的实力碾压全场，他们还是懂的。既然余生说他们受了重伤，那他们就受了重伤。

不到三秒钟的时间，场上还站着的，只剩下了杜旭一人。

杜旭、余生面面相觑，最终杜旭眼中带着一丝无奈，十分敷衍地"哎哟"了几声，这才靠坐在墙边，还保留着一个略显帅气的姿势。

余生怔住，看了一眼角落里的摄像头，眼中带着询问之意。

很快，摄像头轻轻地动了动，像是点头一样。

余生松了口气，神情很快变得严肃起来。

“竟然有如此凶残的妖兽欺我同袍！如果不是我及时赶来，恐怕这足足十一条人命，都会葬送在你的手中！”

其中，“十一”这个数字被咬得很重。

“我辈年轻人，在墨阁的带领下，应当一往无前，誓死捍卫河山，以人族安全为己任，保护……”

余生的话还没说完，那狗妖终于彻底变得疯狂，低吼着向余生冲了过来。

“啧啧，听听，说得多好。要是将这段视频拍在墨阁财务部的桌子上，那些人肯定一看就会感动，资源不就来了？就是演技太笨拙了，像是念台词，可惜了这段发言。”司机坐在监控室，一脸的赞赏之色，甚至还摆出了虚心学习的架势，看得津津有味。

看到那狗妖打断了余生的话，他有些不满，懊恼地捂住额头：“我的错，应该先控制住那狗妖的！第一次合作就翻车，这小家伙会不会看不上我，以后不和我合作啊？现在重新控制住，那就太假了。怎么办……”

司机嘴里嘟囔着，想着救场的办法。

而监控员甲、乙早就已经变得麻木，对此视而不见。天知道短短一天时间内，他们那脆弱的心灵究竟受过几次重大的冲击。他们明明只是记录数据、制作表格的文员啊！为什么要让他们经受这些冲击？

“保护同袍，义不容辞。我并不认为这是见义勇为，在墨阁的教导下，职责告诉我，自己理应这么做！墨阁信仰永存，人族薪火不断！”余生那生硬的台词再次响起。

司机已经惊讶得嘴巴变成了O形。

画面中，那狗妖已经惨不忍睹，短短半分钟的时间，身上就出现了多道伤痕，最终失去力气，趴在地上。而余生则骑在它的身上，将那把手弩抵在它的额头上，不断地大声朗诵着。

“还能这样……”司机有些呆滞地说道，连烟灰掉落在地上都没有察觉，看起来就像一个傻子。

“不过……有点难啊。太假了，我怕老大也罩不住。”司机有些头痛，用力地抽了一口烟，面带愁容，过了许久才下定决心，拍了一下桌子，“大不了给老大分一半！如果这事儿办不成，以后就真没有合作的机会了。就怕老大直接把人撬走，把我甩了……不会不会，老大应该不会。”

司机不断地给自己打气，一支烟不过几口就抽得只剩烟嘴，被烦躁的他扔在地上。

监控员甲、乙懂事地选择闭口不言，就像两座只会出气儿的雕像。

终于，余生那洋洋洒洒数分钟的演讲结束了。他看向摄像头的位置，而司机还有些呆滞，一时间没反应过来。

余生微微蹙眉，从狗妖身上跳了下来，重新站在了赵子成等人身前。

“竟有如此凶残的妖兽，欺我同袍！如果不是我及时赶来……”

这画面，不光司机蒙了，就连狗妖都蒙了。

在这一瞬间，狗妖茫然地看着这个原本即将杀掉它的人。

“这祖宗当拍电影呢！”司机终于反应过来，急忙操控着摄像头疯狂摇摆，像是抽风了一样。

余生的声音戛然而止。那狗妖红着眼，面目狰狞地嘶吼着，再次向余生扑来，想要圆满地终结自己这短暂的一生。按照人临死时的习惯来说，它如果也能回忆的话，估计会是……

“偶得妖化，幸事。豪气万千，出门觅食，路遇一狠人，被捕。被释放，再次激起壮志，觅食。又遇一狠人，卒。”

或许这就是它那短暂却精彩的一生吧。

刘青峰坐在角落里，安静地看完了这整个过程，他的目光自监控器的显示屏上一扫而过，若有所思。

其他学生此时已经没有什么想法了，就当是余生的日常抽风，挺正常的。如果有一天余生突然变得正经起来，和大家笑着、聊着，他们反而会觉得这人是不是被妖兽侵占了身体。

嗯，绝对的!

监控室内，监控员甲脸色几次变化，最终还是咬了咬牙，再次发起了对命运的抗争。

“我还是不理解！或许你之前说的都是对的，你所说的英雄至少是真正心系人族，甘于为人族牺牲、奉献的。可余生明显是自私的人，他的眼中恐怕完全没有人族，你如此配合他，会不会养出一个真正意义上的恶魔？如果这件事你不能给我一个让我接受的解释，我就算拼着丢了这份工作，也要将真相原原本本地上报。”监控员甲这番话说得很严肃，虽然还是有些怯懦，但是敢于直视司机的双眼，不曾移开视线。

司机笑了，只不过这次他看着监控员甲的目光中没有了之前那种讥讽，而后他逐渐严肃起来：“无论他是否自私，只要墨阁的规矩一天不变，他就会拯救人族。我知道，你认为既然墨阁在守护着整个人族，无数的先驱为了人族而奉献、牺牲，所以，后人更应该如此。这种话，先驱有资格说，镇妖关上的无数将士有资格说，但一直被保护着的百姓，包括在后方拿着薪水、做着安逸工作的你们，没有资格说。站在道德的制高点，去要求别人拼命，这……不对，更不人性化。”

司机缓缓摇头：“他喜欢钱，那就给钱。杀妖，奖钱，他会去；救人，奖钱，他也会去。只要他心中有所求，并且有着自己的价值，墨阁自然就会制定独属于他的规则。就算有一天，他真的无欲无求了，甚至要伤害人族，自然也会有墨阁的人来处理他。就算他这一生只救过一个人，那也要超过大多数人，超过站在道德制高点去批判他人，自己却无所作为的人。当然，你不算，你有人族风骨，我信。我只是想说，这才是墨阁的魅力——有教无类。对于自私自利的人，还可以引导其向善，但废物……真的就只是废物了。”

这还是司机今天第一次如此严肃、郑重。

那声音在监控员甲的耳边不断回响。

过了许久，监控员甲才长舒了一口气，认真地对司机微微鞠躬：“受教了。或许这次回去，我应该辞去文员的工作，去镇妖关走一走。”

司机满意地点了点头，很快又恢复了之前不正经的样子，笑嘻嘻地说道：“不过你这种菜鸟，去了镇妖关大概率会被秒杀。还是来我们预备役先练两年吧，至少被秒杀的可能性会小一些。”

监控员甲有些狐疑地看了司机一眼，不知为何，他突然感觉，这家伙之前一脸严肃地发表长篇大论，只是为了把自己挖过去。

但很快，他就哂然一笑。以自己的水平和能力，还不至于。

至于全程沉默的监控员乙，只是紧紧地攥着拳头，眼中闪过激动，但最终还是保持了安静。

“车队过去了吗？”省城，林副阁主拨通一个号码，淡淡地问道。

“嗯，目前已经有暗阁的人跟上去了，随时可以行动。”电话那边，一个中年人说道。

林副阁主看了一眼手表，距离约定的时间只剩下十二分钟：“再跟十分钟，不管能不能钓出大鱼，都收网吧。”

“是。”那边应了一声，将电话挂断。

而林副阁主则随手将电话放下，打开电脑，微微蹙眉，神情紧张、严肃。原本连面对万神教都风轻云淡的他，此时却像是面对着什么严峻的选择。

屏幕上，是一个宁静的小院。院子里种满了菜，这菜正不停地攻击着对面不断拥来的妖兽。

不时还有一个个小太阳冉冉升起。

第 8 章

我太善良了

车队的速度很快，在城外的土路上急速行驶。突然，前方的路面上出现一根根冰锥，将路彻底拦住。卡车来不及停下，直直地撞了过去，最后在地面上翻滚。就像是多米诺骨牌，后面的卡车也纷纷停下。

“暗阁……赵青衣？”几人从卡车上下来，紧张地聚集在了一起，看着不远处那在月光下略显晶莹的冰锥，下意识地开口说道。

不远处的树上，一个穿着有些复古的白色长裙的少女，面无表情地俯视着他们。而少女的身后则是一座有些虚幻的冰雕。

这冰雕是女性形态，散发着寒意，上面镶嵌着四颗淡蓝色的宝石。

陡然间，第二颗宝石光芒闪烁，地面上那几根冰锥突然激射而出，在半空碎成一道道细小的冰刃，从天而降。

“冰雨！”

“该死，神仆不是说墨阁那边不敢对咱们出手的吗？”

几人有些绝望地喊叫着。

几人身后勉强出现了一件件觉醒物，但不过是些笔、纸之类的东西，甚至还有一个鼠标。

这些觉醒物上面更是连一颗晶石都没有镶嵌，对比之下，有点惨。

不过数秒钟的时间，这些人就已经倒在地上，带着不甘，彻底失去了呼吸。那细小的冰刃上沾染着鲜血，融化，流淌进泥土中。

赵青衣从头到尾表情都没有发生过任何变化，见任务完成，她转身，从树上轻飘飘地离去，随后……重心不稳，摔落在了地上。

“嘶……”她迅速起身，小心翼翼地看了看四周，确定周围没有其他人后，神情恢复冰冷，在夜色中逐渐远去。

那冰雕则缓缓淡去，消失不见。

“我刚刚……是不是产生幻觉了？”远处，一名穿着墨阁服饰的青年正躲在暗处观察着，有些迟疑地问道。

他的一个同伴则不确定地点了点头：“应该不是幻觉……吧。”

“我心中的冰山女神……”

一时间，全程在暗处隐藏着的几名墨阁青年感觉，自己的青春伴随着赵青衣那一摔……结束了。

冰山女神谁不爱啊，但她怎么融化了？

“算了，先去接手物资。晚了的话，组长又该骂人了。”

直至赵青衣彻底远去，几人这才急匆匆地跑了出来，将侧翻的那辆卡车上的箱子全部搬到后面的车上，随后上车，掉头，把车开回白春城。

路上，赵青衣迎着月光，还在淡然地行走着，步伐不快。

在月光下，面容绝美的她仿佛仙子落入凡尘，是那么的出尘、仙气飘飘。那复古的白色长裙，更显得她与众不同。

很快，一辆辆卡车自她身边呼啸着驶过。开车的墨阁众人目不斜视，仿佛完全没有看见女神一般。

赵青衣的身体有那么一瞬间有些僵硬，嘴角微微抽搐，却依然保持着优雅。

“林副阁主，难道墨阁就如此没有诚意吗？”电话响起，那沙哑的声音中带着愤怒。

林副阁主有些不舍地放下鼠标，回应道："说得就像你是好人一样。咋？我不动手，你那边就能放人？你们这些家伙就是欠削。真以为我装着和你唠两句，你就是文化人了？还转文。"

林副阁主完全没有了半个小时前那斯文的样子，对着电话讥讽道。

电话那边的人沉默了许久，似乎没想到墨阁在一个省会的分部的副阁主竟然是这种性格。

"有辱斯文，你会付出代价的。"沙哑的声音有些冰冷，那人挂断电话。

"不好好唠嗑，还压着嗓子，你是压声第一人啊？还敢来江北省装犊子，早晚把你给揪出来。"林副阁主嗤笑一声，嘴里嘟囔了几句，就再次全神贯注地将目光放在了电脑屏幕上。

漆黑的办公室内，只有电脑屏幕还散发着幽暗的光，映照出林副阁主那有些秃顶的脑袋，以及紧张、认真的面庞。

许久……

"又输了！不接那傻瓜的电话，我怎么可能输？！把我的思路都打断了。"林副阁主骂了一句，再次进入了紧张的状态中。

"动手！"看了一眼手机，西装男咳嗽两声，起身，慷慨激昂地说道，"兄弟们，神仆刚刚发来消息，说他一直在关注着我们，甚至神也在关注我们。这次，我们都将成为神仆，与神同在，常伴左右！"

西装男这番话说得热血沸腾。

其他几人也变得激动起来，嘴里都叫喊着："与神同在！"

他们的目光则落在远处那废弃的工厂上，疯狂且虔诚。

"冲！"西装男嘴里吼着，率先冲了出去。

其他几人紧随其后。一个个觉醒物自他们身后浮现，其中西装男的觉醒物上还镶嵌着两颗晶石。

"这次邪教那边新来的神仆究竟是个什么玩意儿？情报工作都做不好。

来这么几个歪瓜裂枣能干啥？浪费时间吗，这不是？”罗云远远地看着他们，撇了撇嘴，嘴里嘟嘟囔囔的，带着不满，身后狼影浮现。

第一颗晶石亮起，那狼猛地扑向罗云，与其融为一体。

下一刻，罗云的身影陡然消失，再出现时已经到了几人身前。

“嘿嘿，吃我一掌！”罗云有些兴奋地咧开嘴笑了笑，瞳孔中带着一抹青色。下一刻，他单手拎起那厨子，随意一甩，就将其撞到树上。

厨子在地上不断地惨叫着，再也无法起身。

西装男变得惊慌起来，转身就跑。剩余的那名乞丐嘴里则还在嘟囔着“与神同在”，不要命地向工厂冲去。

“算了，给他们留一个玩儿，也让他们体验一下，杀妖和杀邪教的人究竟有什么区别！啧啧，我太善良了。”

罗云猫捉老鼠般紧跟在那西装男身后，还不忘自夸了一句。

“确定罗云、王文轩都在漠北城了吗？赵青衣也在白春城出现了？嗯，我知道了。”一名青年手中把玩着手机，嘴角带着一丝笑意，“鑫海城暴乱，白春城的几个悍将都不在……真当我是蠢货吗……”

“可以出发了。走那条老路，谨慎些，应该不会出现意外。”他看着窗外的明月，慵懒地靠在沙发上，轻抿了一口红酒，对着电话说道。

工厂内，一群学生神情呆滞地从地上爬了起来。虽然他们不太懂究竟发生了什么，但至少有一点可以确认——他们安全了。

那令人惊惧的狗妖，在余生手里似乎仅仅撑了几个回合。

一时间，众人有些悲观。

这次考核虽然还没有结束，但结局似乎已经注定了。

大家都是学徒，为什么差距会大到这种程度？难道他们真是……废物？

众人精神恍惚。

“与神同行！”门外传来一声狂热的呐喊，紧接着，那乞丐冲了进来，第一时间将目光锁定在了他们身上。

乞丐背后的觉醒物浮现。

那是一个破碗，碗上镶嵌着一颗有些暗淡的晶石。单纯从质量上来说，这个乞丐的觉醒物和罗云的比起来，差得不是一点半点。

但哪怕如此，他依然是觉醒者，而且是一级觉醒者！

无论是身体强度还是反应速度，他都远远超过了这些学生。

距离众人还远，那乞丐身后碗上的晶石就散发着淡淡的光，在能量的注入下，碗迎风而涨，如同一口大铁锅。

乞丐一把将那巨碗抓在手中，虎虎生威。

“邪教的人？搞什么？一级觉醒者对学徒，这考核难度是不是太大了些？”

两名带队老师有些不满。

“简直是在胡闹！如果不允许我们出手，是真有可能死人的！不行，考核必须终止了！”

最终，两名老师做出了决策，他们刚准备向前，却被刘青峰拦住了。

“还没到我们必须出手的时候，再看看吧。或许，这将是他们人生中最生动的一课。”刘青峰淡淡说了一句。

两名老师对视一眼，最终还是收回了体内逐渐躁动的能量。

“邪教？”

“怎么办？听说邪教那些家伙杀人不眨眼！”

“这不会也是考核的内容吧？”

学生们再次慌了起来。从小到大，老师、父母以及墨阁给他们灌输的一个概念是：邪教的人就是彻头彻尾的疯子，为了利益，什么都做得出来。

而且一级觉醒者要比刚刚被他们“齐心协力”干掉的狗妖强许多，最主要的是，人，是有智慧的。

他们的目光下意识地落在了余生身上。这一次众人很自觉，在赵子成的带领下，一个个捂着胸口集体倒在地上。

余生蒙了。

而赵子成还悄悄对余生挑了挑眉毛，仿佛在说：看我们，懂事不?

“罪城外杀人是犯法的啊。”余生有些痛苦地嘀咕着，看向距离自己越来越近的乞丐，一时间有些出神。

眼看乞丐举起手中的巨碗对着自己砸下，余生如同鬼魅般向后腾挪着。

巨碗砸在地面上，发出一阵轰鸣，地面更是被砸出了一个大坑。

融于黑暗中的余生走路一点声音都没有，并且正好卡在乞丐的视线盲区，手中出现一把弩弓，对着乞丐所在的位置。

但最终他带着无奈，又把弩弓收了回去。

杀邪教的人……犯法吗?

此时的乞丐眼中带着红血丝，在失去了余生的踪迹后，没有停留，加速向其他学生冲去。还在地面上躺着的学生们表情依然平静，大有一种“我们只管躺，所有事情余生来扛”的感觉。

刘青峰依然没有动，目光落在黑暗中的某处，眼睛一眨不眨。他有些期待，也有些失望。

眼见乞丐距离学生们已经近在咫尺，刘青峰眼中出现青光。

而就在这时，黑暗中的那道人影终于又一次动了起来。他无声地出现在乞丐身后，手指轻轻转动，下意识地将夹着的刀片对着乞丐的某个部位划去，但他很快反应过来，手法有些生疏地改变了一下位置，使刀片落在了乞丐的右臂上。

乞丐的手臂上出现了一道深深的划痕。吃痛之下，他的目光越发疯狂。

“与神同行，神辉永固！”乞丐嘶吼着转过身，完全没有任何章法地向余生发起了撞击。

他虽然看起来笨手笨脚的，但速度极快，转瞬间就来到余生身前，用肩膀顶向余生的胸口。

在这黑夜中，身材瘦小的余生仿佛一片落叶般，一直缠在乞丐的身边。乞丐知道，自己只要击中一拳，就能干掉余生，却永远差那么一丝一毫。

他的拳头每次都是贴着余生的身体擦过，换来的，却是自己身上越来越多的伤痕。

失去理智的他在伤势的刺激下，速度反而越来越快，打法越来越狂野。

余生却打得越来越别扭，好几次出手后果断收手，脸上还带着郁闷。

刘青峰注视着这一幕，似乎想到了什么。

“余生，邪教中人，可杀！”

听到这个声音，余生却依然闷着头，一言不发，只是与乞丐缠斗着。

刘青峰有些无奈地叹了口气，接着说道：“杀邪教的人……不犯法。”

“杀邪教中的一级觉醒者，奖金十万。”想了想，刘青峰又补充了一句。

在他话音落下的一瞬间，原本看起来还十分别扭的余生动作突然变得凌厉起来，如同一个幽灵般，借着乞丐抡拳的空当，与其擦身而过。

而后他转身，平静地注视着乞丐。

那乞丐有些茫然，眼中的疯狂逐渐退去，恢复了些许理智，脸上带着恐惧，痛苦地捂住了自己的脖子。

乞丐拼了命想要呼吸，却再也没有了机会，最终重重地摔倒在地，激起一片尘土。

整个过程干脆，利落，没有任何多余的动作。

余生默默收起手中的刀片，看向刘青峰，面露疑惑：“你说的奖励，为什么我没有看到？是我遗漏了吗？”

刘青峰看着余生的目光有些复杂，不知道此时他心中究竟是什么想法。

“这是只有成为真正的觉醒者后，才能够了解的条例。普通人就算知道，也没什么意义，甚至有可能因为贪财而送命。”

听着刘青峰的解释，余生若有所思地点了点头。

竟然还有自己不知道的法律。看来要争取早点成为觉醒者，这样以后遇到类似的局面就不会太被动。

毕竟，他是真的不擅长打架。

那乞丐眼睛睁得很大，流露出恐惧、疯狂以及悔恨，让在场的学生们不忍直视。

有些胆小的甚至已经闭上双眼，转过身去，连再看一眼的勇气都没有。

刘青峰看着学生们的举动，眼中的失望越发明显。

“你们是第一次见到这样的场面吗？是不是觉得，为什么一定要下杀手？余生会不会太残忍了？毕竟是一条生命。”

刘青峰声音冰冷，那两名老师似乎想要说些什么，但最后还是无奈地选择了沉默。

大部分学生眼神茫然，下意识地看着刘青峰，虽然没有说话，但所表达的意思不言而喻。

正是如此。

他们全程只不过是躺在地上而已，要说对冲进来的乞丐有多恨，还真不会有太多。

刘青峰嗤笑，看向这些学生的眼神中没有流露出任何情绪：“如果不是余生拦下他，现在死的就是你们。或许，你们觉得有我们几个老师在，也不会有问题。但如果来的是连我们也无法战胜的人呢？你们又会怎么办？我观察了你们一天的时间，我失望了。因为你们都觉得，觉醒者代表的就是人前风光，生活富裕，受人尊敬。可是，如果连手刃邪教中人的勇气都没有，又如何上镇妖关，去面对一只只更加可怕、更加狰狞的妖兽？现在，所有人过去那儿，给我去看！看他的伤口，看他的眼睛，直到能够战胜心底的恐惧为止。如果连这点恐惧都战胜不了，又拿什么去守护人族？嗤吗？当然，实在接受不了的，去那边。明早送你们回学校，老老实实地当一名普通人，或许对你们来说才是最好的选择。”

刘青峰指了指一处角落，看着众人，没有任何商量的余地。

不知为何，这一刻的刘青峰身上竟然有淡淡的肃杀之气。

相比起老师的身份，此刻的他更像是一名军人。

学生们面面相觑。

杜旭看了看余生那平静的面容，咬了咬牙，直接坐在了乞丐的旁边，从络腮胡子里露出来的眼睛直勾勾地与乞丐对视。

他看起来浑然不惧，只不过那紧紧攥着且轻微颤抖的双手还是出卖了他的内心。

赵子成脸色苍白，哆哆嗦嗦的，一步步向乞丐那儿蹭去，嘴里还不停地念叨着。

“我不怕……我爸是警卫司司长……他不怕，我也不怕。”

他不断地给自己打气，最后一屁股坐在杜旭身边，只不过动作有点大。

表情原本还算平静的杜旭听到自己身边的动静，不由得一激灵，差点站起身来。

发现是赵子成后，他这才松了口气。

又有两名学生走了过去，但大部分人依然站在原地，包括之前表现得十分聪慧的萧子枫。

看着这些止步不前、眼中充满畏惧的学生，刘青峰叹息一声，看向另外两名老师，无力地说道：“明早……安排校车送他们回去吧。做一名普通人，对他们而言可能才是最好的结局。”

那两名老师沉默着，轻轻点头。

余生则好奇地打量着这些学生，带着一丝不解，仿佛在思考：一个死人，真的如此令人畏惧吗?

真正可怕的，不应该是活着的那些才对吗?

殊不知此时的他，在这些学生的心中，同样留下了不可磨灭的印象。

余生……杀了一个邪教的人。

这件事在短短几天的时间内，就会传遍漠北城的校园，引发无数争议。

“有时候我觉得，墨阁还是将他们保护得太好了。真不知道当他们有一天看到镇妖关的场景时，会作何感想。”

说着，刘青峰的目光落在余生身上：“跟我出来一下。”

留下这句话后，刘青峰率先向工厂的门口走去。

余生平静地跟在刘青峰身后，一言不发。

“之前杀过人？”刘青峰站在工厂门口，抬起头看了一眼夜空中的明月，突然问道。

“嗯。”余生轻轻点头。

刘青峰没觉得意外，这件事单凭余生那老练的手法就可以看出。

“第一次是在什么时候？”

突然间，刘青峰对余生的过往产生了浓厚的兴趣，他很难想象，一个才十八岁的孩子为何会如此冷静、警惕，甚至……冰冷。

或许已经不能用冰冷来形容。

余生微微思索了一下：“应该是五岁还是六岁吧，记不清了。”

“我是在罪城杀的人，不犯法！”余生突然神情郑重地解释了一句，狐疑地看着刘青峰，仿佛下一秒刘青峰就会拨打警卫司的电话举报自己一样。

第 9 章

夜谈

刘青峰刚刚酝酿的情绪，以及心中勾勒出的千字“小作文”，突然被余生这一下打得稀碎。

许久，他才重新捋清了思绪。

五六岁杀人，而且杀的还是罪城的人。

如果罪城真像余生无意间透露出的信息那般，里面绝对全是狠角色。

很难想象，五六岁的余生用了什么办法。

刘青峰看向余生那认真且严肃的脸，眼神有些复杂，有同情，有怜悯，也有……忌惮。

“第一次……怕吗？”

刘青峰下意识地想给自己点一支烟，恍惚间却想起，自己当了老师之后，就把烟给戒了。

余生挠了挠头：“没有吧。哪有时间害怕？”

刘青峰再次沉默。

仔细想想，余生入学这几个月来，虽然嘴巴有点讨嫌，但其实很诚实。

包括一些在其他人听来匪夷所思的话，余生也说得很认真。

而今天面对摄像头的演戏，显得十分拙劣。

或许，他真的很诚实?

“说实话，你是我这些年遇到的人中最优秀的。只要你的觉醒物没有问题，可以预料，你很快就会脱颖而出，甚至成为一代天骄，而且是能活下去的天骄。”刘青峰语气逐渐变得严肃，转过身，认真地看着余生的双眼，“作为客观的评价者，我觉得你做得很对。一切以保全自己为主，不做无意义的牺牲，只有这样才能活得长久。作为长辈，我甚至会告诉你，无论何时，我只要你活着，哪怕你在面临危险时做了逃兵。”

余生眼神清澈，可在这清澈的表面下，隐藏着独属于自己的沧桑。

他没有说话，只是听刘青峰继续说下去。

“但……我是一名教师，人族的教师。”刘青峰嘴角泛起一丝苦涩的笑意，“教师的职责，就是告诉你，人族……还处在水深火热之中。无数人还在前仆后继地赶往人族四大关隘，用自己的鲜血和生命，去铸造属于人族的城墙。人族，一撇一捺都是风骨，皆为脊梁。要用吾辈之热血、人族之气概，将妖族彻底灭绝，还人族一个朗朗乾坤，为后代留一个太平盛世。这对你来说，或许有些遥远，对我来说，却是职责。”

深吸一口气，刘青峰继续说道：“就如今天，确实是你杀了狗妖，除了邪教中人，但在一名老师的眼中，你不如杜旭，不如赵子成。因为他们明知不敌，却依然坚定地向前。而你，却隐藏在黑暗当中。或许你看破了这个局，但无论如何，面对危险，你都要站在队友身旁，如此，队友才会将后背放心地交给你。”

“罗大头，给我一支烟!”刘青峰突然扯了扯衣领，冲着远处大吼。

黑暗中，一个烟盒画了一道优美的弧线，被刘青峰稳稳抓住。

“你……你可以给我个火吗?”

刘青峰的脏话被硬生生憋了回去，没等暗处的罗云有所行动，余生就默默掏出了个打火机，递到刘青峰的手中。

“你抽烟?”刘青峰眉头紧皱。

余生摇头：“不抽，只是习惯带着。”

刘青峰拿着打火机，将烟点燃，用力地抽了一口，突然剧烈咳嗽起来：“真……呛。”

“未经他人苦，莫劝他人善，这个道理我懂。我不知道你的过往，没有资格点评你的所作所为，更没有资格要求你去做些什么。但是，作为路人，我愿你人前风光；作为长辈，我愿你安然无恙；作为老师，我愿你……善良。我知道，你其实是一个很有主见的人。我只希望……永远不要把武器对准人族，好吗？甚至在不会伤及自己的情况下，尽量去救一些人，就当是为了镇妖关那些为人族赴死的英魂……”说这番话的时候，刘青峰的语速很慢，烟却抽得很快，眼神真挚。

余生平静地看着这个自己不过认识几个月的老师，没有回应，而是在思索着什么。

半分钟后……

“我会尝试的。”余生看着刘青峰，说道。

虽然没有给出肯定的答案，也没有拍着胸脯信誓旦旦地保证，但不知为何，余生说的这几个字格外令人心安。

“但是，我今天还是算见义勇为，墨阁的奖金要给！”余生又补充了两句，格外郑重。

刘青峰笑了：“好，以后你救了人，墨阁不给你奖金，我给，卖房卖车都给！当然，今天这种不算。”

在这破旧的工厂门口，在月光下，刘青峰和眼前这还是青年的余生，立下了彼此间的约定。

不知为何，刘青峰原本有些郁闷的心情突然就畅快起来。

直到……

“老师，我的打火机……被你揣起来了。”余生幽幽地说道，看向刘青峰的目光有些古怪，仿佛在怀疑，一个连打火机都顺的家伙，真能兑现承诺吗？

“喀喀，习惯了。”

以刘青峰的冷淡性子，此时都忍不住有些尴尬。

他从口袋里拿出打火机递到余生的手中，余生这才变得满意起来。

打火机这种东西，能生火，能自救，如果就这么丢了怪可惜的，还得再买新的。

在刘青峰的注视下，余生默默地掏出一把匕首，转身向工厂内走去。

“等会儿，你干吗？”刘青峰吓了一跳，急忙问道。

余生停住脚步，有些茫然：“妖兽不是很值钱吗？我去处理一下，回去卖钱。”

“这种刚刚妖化的，不值钱。别浪费时间了。”刘青峰无力地说道。

“哦。”余生有些失落地将匕首收了起来，看上去心情十分不好。

一时间，刘青峰有些无奈。

余生的实力可以说已经达到了宗师级，但对一些常识，却没有基本的了解。看来未来两个月内，自己要多辛苦一下。

“哈哈，知道我为啥不给你打火机了吧！”看到余生离去，罗云这才嘻嘻哈哈地从黑暗中走出，双手、衣服上还沾着血。

可罗云浑不在意，大手对着刘青峰的肩膀拍去。

刘青峰面无表情地向后退了一步，他退后的动作甚至比罗云落掌的速度更快。

“你拍人肩膀的习惯，这些年还是没改。”刘青峰淡淡地说道。

罗云倒是无所谓，随意地把双手在衣服上擦了擦：“哎，我记得当年的你虽然话少，但可是雷厉风行，杀伐果断啊，不像现在这么文质彬彬的。怎么当个老师还转性子了？”

说着，他拿起旁边的烟盒，抽出一支烟点燃，递给刘青峰。

刘青峰随手将烟接过，抽了一口：“人总是会变的。我也是当了老师之后才发现，老师和战士的确不同。战士只需杀敌，而老师却要让自己的学生们尽可能在战场上多活下来一些。算了，不聊这些。”

“一个偏远地区的考核，还用不上你这位除妖阁悍将出马吧。有计划？”刘青峰吐出一缕烟雾，弹了弹烟灰，看着罗云问道。

罗云摇了摇头：“规矩你懂的。”

“嗯，考核还继续吗？”刘青峰了然地点了点头，一般上面出的计划，都是需要保密的。

“考核得差不多了。杜旭不错，还有……还有……啊，对，赵子成那小子也不错。至于余生，是个狠人，就是还需要再看看，不过预备役那群疯子绝对会喜欢他。”罗云认真地想了想，说道，显然对预备役的人有些忌惮，嘴里还嘟囔着，“那些家伙就没一个正常人，思考问题的角度也都很离谱，玩不来。不过其实最适合他的地方，应该是暗阁——拿钱办事儿，还都是大买卖。”

罗云竟然真的思考起了余生未来的发展方向。

一时间，他越来越感觉自己的想法有道理：“对啊，他可以去暗阁啊，没准未来又能出一个绝世狠人。”

显然，比起预备役，暗阁的人更加让罗云感觉……嗯……惊悚。

应该是这样。

如果说预备役的人是一群疯子，那暗阁的人就是一群变态。对比之下，他们除妖阁的人就显得分外和善。

“他还小，以后的事以后再说吧。记得考核奖励，不要拖，不然余生会生气。如果他认为是你贪污了他的财产……”刘青峰饱含深意地说了一句，转身就走。

而罗云则陷入了沉思，很快又打了一个寒战。

“这事儿还真得抓紧，不然这狠人几年之后实力上来，搞不好能玩死我。”罗云嘟囔着。

他没有再回那破旧的工厂，而是开着自己的越野车伴随着轰鸣声离去。

考核进行到这里，这群学生究竟如何他已经门儿清了，再继续考核也只是浪费时间罢了。

都说罗云是一个没有脑子的憨货，但就是这个众人口中的憨货，只是简单几个组合拳，就将小家伙们看得明明白白了。

“嘿嘿，余小哥儿，你放心，这件事我肯定办得明明白白。这几天你有空就去一趟省城，到了那儿给我打电话。我关系硬得很，绝对摆平！”司机用力地拍了拍胸脯，一番话说得信誓旦旦。

最后，他还鬼鬼祟祟地看了看四周：“其实，你等于救了两次人。我回去把录像分开剪辑，咱们拿双份！”

仿佛已经想到了奖金入账后那美妙的人生，司机嘴角忍不住泛起微笑。

余生却认真地摇了摇头。

“不能算两次的。雇主给的活儿就是保护他们，分开要钱就是不守规矩。不守规矩的人，死得很快。”

余生的表情格外严肃，没有任何开玩笑的意思。

司机嘴角的笑意逐渐退去，目光带着审视，紧盯余生的双眼，发现他不是伪装后，这才点了点头：“好，我明白了。”

守规矩……

如果是一个守规矩的合作伙伴，那更加值得期待了啊！

“那什么，咱俩加个好友呗，聊天啥的也方便。到时候再有什么合作，想着老弟……不是，想着哥哥一声。我就是你永远的靠山，谁阻挡咱哥俩儿发财，谁就该死！”司机终于说出了自己真正的目的，不断地保证着。

余生却微微蹙眉。

司机心里咯噔一下，暗道一声“不好”。

是不是自己表现得过于自信，导致余生认为自己浮夸、不可信了？应该沉稳一些的。

就在他不断反省，想着补救方式的时候，余生严肃地说道：“我说过，杀人是犯法的！如果你还有这样的想法，我会向墨阁举报你。”

司机怔住了。我就是吹吹牛，表一下决心好不好，你抓住重点啊。

“好！放心，打打杀杀的最没意思了。我叫王文轩，加个好友，嘿嘿嘿。”现在的王文轩逐渐摸准了余生的脉，他嘿嘿一笑，浑不在意，“对对对，这就是我的账号，王·悍匪！”

“……”

“你等我改个名字啊！”

王文轩怔了一下，意识到了不对，手指在屏幕上疯狂地点了几下，发挥出毕生最快的手速，改了一个新的名字：“温柔可爱小兔兔”。

他轻呼了一口气，再次挂着笑容，亲眼看着余生同意了自己的好友申请，这才心满意足。

稳了。

自己绝对稳了！

抱住这条大腿，跟他多合作几次，还愁不发财？

呵呵……也许自己很快就能六次觉醒，成为真正的御师。

如果发展得好一些，甚至能够晋升为七觉大御师，说不定就能超过自己的老大！

一时间，王文轩越发激动。

看着站在自己面前只知道傻乐的王文轩，余生神情古怪，总感觉这人有问题。或许，以后的合作可以考虑换一个人选。

罪城生存法则第三条：永远不要和蠢货走得太近，无论他是敌人还是盟友。

怀海城外一条偏僻的小道上，一辆卡车缓缓驶过。卡车的声音也很小，坐在驾驶位的司机更是不停地看着倒车镜，观察四周。

“停车，打劫！”一个银铃般的声音突然响起。

紧接着，前面突然出现一根绳索，绳索猛然绷直，牵扯出地面上那一根根尖锐的钢钉。

卡车骤然停下。

那司机深吸一口气，脸色阴沉，毫不犹豫地倒车，加速，向后退去。

一名少女背着手笑嘻嘻地自暗处走出，她扎着双马尾，穿着一条粉色的裙子，脸上带着甜美的笑容，整张脸给人的感觉就是甜美、可爱。

“我说了哟，不许动，打劫！”

眼看卡车还在不停向自己冲来，少女有些不开心。

随着声音落下，她身后突然出现一本厚厚的书，书的外壳上还镶嵌着四颗淡紫色的晶石。

书页翻动。

那卡车突然停下，任由司机如何踩油门，都纹丝不动。

“除妖阁第三小队的神机，安心！这疯婆子不是在鑫海城吗？”司机咒骂着，眼中带着一丝绝望。不过他也是一个狠角色，此时没有半分犹豫，直接打开车门，从卡车上跳了出来，向远处的荒野逃窜。

但可惜，前方的荒野中出现三道人影，挡在了他的面前。那三人每人身后都有属于自己的觉醒物，将这黑夜映照得十分明亮。

“第三小队全员……这不应该是暗阁的活儿吗？你们除妖阁有病啊？”司机低吼一声，身后骤然出现一只麻雀。只不过这只麻雀的体形比一般的麻雀要大许多，麻雀的爪子猛地抓在司机身上，然后冲天而起。

“当然是因为贫穷了！主业除妖，副业打劫嘛。”安心双眼微眯，如同两道月牙，显得越发可爱。

突然，天空中出现一堵看不见的墙。

伴随着哀号声，司机从半空掉落，被几人用异常粗的麻绳笨拙地捆住。

这麻绳平时都是用来捆牲口的，捆人还是第一次。

“别打！我又不是妖，会被打死的。我要向墨阁抗议你们除妖阁暴力执法！还打，真当我不敢拼……嗞……”

第三小队的人下手极重，每一拳都用尽力气。

毕竟他们平时针对的都是游荡在城市边缘的妖，那些畜生皮糙肉厚的，下手不狠都不行。

但怎么制伏一个人，他们还真不熟练。

所以他们只能按照以往的工作方式，砰砰两拳再两拳。

司机被打得不停惨叫，甚至已经带着哭腔。

“好啦好啦。没轻没重的，回去暗阁的人又该笑话咱们活儿干得糙了。这破地方妖少得很，没外快都要穷死啦。万一以后暗阁不给咱们匀生意，咱们就等着吃土吧。”少女依然笑眯眯地说着，没有一点威慑力，就像是开玩笑般。

但那三人果断住手，没有半点犹豫，颇有些言出法随的感觉。

少女满意地打开卡车后方的货箱门，随后……沉默了。

“安姐，邪教这群家伙都运了些什么东西啊？”

“就是，我们还没见识过呢。”

“暗阁那群人一直神神秘秘的。”

那三人拎着司机，好奇地往这边走来。

原本还在笑嘻嘻的安心笑容逐渐收敛了起来，有些沉默。

“不许过来。”她的声音有些冰冷。

虽然不知道副队长为什么突然变了语气，但那三人还是下意识地停住了脚步。因为他们很清楚，一般情况下，安副队长露出这副神情的时候，心底就会释放出一个恶魔。

卡车的货箱内，一名名赤身裸体的少女被捆着双手双脚，眼中带着惊恐、绝望，脸上布满泪痕，身上还有一道道惊人的伤口。

“呼——”

安心长舒了一口气，对着卡车内的少女们露出一个可爱、亲切的笑容，故作轻松地说道：“你们自由啦！墨阁没有忘记你们！”

听到“墨阁”两个字，卡车内的少女们哭了起来，只可惜她们被堵住了嘴，发不出任何声音。

“还要委屈你们一下，这里也没有多余的衣服。不过我保证，伤害你们的人……一定会很惨。”

安心此时脸上的笑容如同天使般，少女们默默点头。

安心就这么跳进卡车货箱内，解开一根根绳索，又将几名队员的外套、衬衫递到她们手中。她全程都保持着笑容，莫名地让人感觉心安。正如同她的名字——安心。

安心下车，将货箱门关闭，转过身看着那被捆住的司机，虽然还在笑着，但这笑容却如同恶魔在笑般，令人不寒而栗。

天使、恶魔，两种不同的气质在她身上瞬间转换。

“我很不开心。暗阁那边只要求带活人回去，所以，只要还能喘气，就算活人吧。”安心说话时露出洁白的牙齿，甚至还有四颗小虎牙，但她的声音足以让人坠入冰窟，浑身发冷。

虽然她没有看到之前卡车内的场面，但她能够猜到。

“我还是第一次感觉，有时候人比妖更可恨！镇妖关那一道道英魂，守护的就是你们这种玩意儿？呸，邪教的杂种！”

伴随着骂声，那沙包大的拳头不断落下。

司机的哀号声逐渐弱了下来，嘴角不断流血。

“好啦！收工！”

安心转过身，跳到卡车车顶坐下，有一人则发动卡车，向白春城驶去。一路上，微风不时吹起安心的双马尾，月光映着她那白皙的面庞。

第 10 章

暗阁

“终究是小瞧墨阁了。可惜了这批上等的人奴，运到妖族能卖上个好价钱的。”青年看着手机上的短信，表情冰冷，“鑫海城的废物，连情报工作都做不好，也该去追随神的荣光了。”

安静的房间内弥漫着缕缕杀气。

青年拿起电话，拨通一个号码，只不过这次青年的语气变得恭敬了许多：“神侍大人，我觉得计划可以提前启动了……墨阁那边这次应对得十分果断，应该是早有准备，估计已经盯上了我们万神教……是，我知道实验方案还没有彻底完善，但再拖下去，我怕墨阁那边会……好的好的。”

挂断电话，青年脸上的笑容逐渐消失，脸色阴沉：“蠢货，一点脑子都没有，竟然还要拖一个月！要不是靠着一个好妹妹，就凭你也能上位？我看出了变故，你该如何收场！”

青年冷哼着，将桌子上的高脚杯摔在地上，发出清脆的响声。

不远处的墙壁上，挂着一张江北省的地图。

其中漠北城的位置被画了一个红圈，还被打了个 ×。

废弃的工厂内，此时已经接近破晓，虽然大家都很疲倦，但经过几次精神冲击后，谁都没有了继续睡下去的心情，他们心中甚至已经留下了畏惧的种子。

所有人都在等待着黎明的到来。

他们这一生，第一次如此期待着太阳升起，仿佛那刺眼的阳光能够赶走他们的紧张、恐惧以及……怯懦。

只有杜旭、赵子成和另外两名学生依然坐在乞丐的四周，瞪着眼睛在看，哪怕闻到刺鼻的血腥味，哪怕看到那凸起的眼球。

几人脸色依然有些发白，但眼中的畏惧逐渐退去。

至少死了的人不会动，不会伤人。

“你说如果现在让他们去杀邪教的人，他们敢不？”王文轩自从加了余生为好友后，就没有了继续躲藏在监控室的想法，而是赖在余生身边。此时，他用胳膊轻轻碰了碰余生。

余生摇了摇头：“我不知道。”

“哎，余小哥儿，你这人未免无趣了些。没事多笑笑，开朗点不好吗？像我这样。”说着，王文轩还挤出了一张笑脸。

余生沉默，过了片刻才迟疑着说道：“在罪城，先死的……永远都是话多的。”

一句话，就让王文轩哑口无言。

但眼看着距离天亮还要一会儿，他还是忍受不了无聊，冒着被噎的风险，再次问道：“好奇问一嘴，你在罪城杀过多少人？”

余生认真地想了一会儿：“没数过，应该不会很多吧。”

王文轩陷入呆滞。如果不多的话，你不是一想就能给出大概的数字吗？

“那罪城有没有什么好玩的？”王文轩发誓，他是真的对罪城好奇了。

“嗯……给话多的人割舌头算吗？”余生想了想，说道。

王文轩后背一凉，果断闭嘴。他总感觉余生在拐着弯诅咒自己，但没有证据。他在白春城好歹有着“悍将”之名，是堂堂四觉的高手，在余生面前却完全展现不出高手的威严来。要知道，每一次觉醒给实力带来的变化都是翻天覆地的，用脱胎换骨来形容都不过分。

而全程听着对话的刘青峰嘴角不禁泛起一丝笑意。

终于，第一抹曙光降临，所有人都无声地舒了口气。王文轩终于又穿上了自己的司机外套，站在人群中喊道："小家伙们，可以回家了！"

一群人有些茫然，不知道该哭还是该笑。

笑的是终于可以回到安全的城市，回到温暖且舒心的家了。

哭的是……原来自己远没有想象中那么坚强、那么果断。

做了好些年的英雄梦，就在这一夜间，如同泡影般破碎。

"有什么好难过的？如果人人心志坚毅，英勇无畏，英雄就不会伟大，烈士更不会让人觉得沉重。你们是幸运的，遇到了一个好的老师，他让你们及时认清了自己，而不是让你们在面对生死危机时，才发现自己的无能！上车！"王文轩开口安抚情绪低落的大家。

来的时候分了几辆车，而回去时所有人都挤在了一起，如同霜打的茄子。

监控员甲、乙留了下来，负责处理后续事宜，填写考核总结，事后直接回白春城。面对死了的乞丐，两人表情平静，处理的手法也极其熟练，显然不是第一次这么做。

这世道下的文员，可不只是简单处理一些资料就可以。也就是说，这些被吓丢了魂儿的学生，甚至连成为文员的资格都没有。

正如刘青峰所说，做一个普通人，或许对他们来说，才是最大的幸事。

当然，也不排除他们某一天突然转变了心性，变得坚毅，变得无畏，但至少不是现在。

"余生，你那件事，我回去就帮你办了！"此时的赵子成已经彻底缓过劲儿来了，他捅了捅余生，小声说道。

余生怔了怔，一时间没有反应过来。

但很快他的眼睛就亮了，郑重地拍了拍赵子成的肩膀：“好兄弟！”

听着这声“好兄弟”，赵子成激动得都快哭了。

自己终于得到认同了吗？

这认同感来得也太快、太突然，甚至有点太简单了。一时间，他甚至在不断想着，余生的父亲究竟是一个多么可恶的浑蛋，又对余生做了些什么。

杜旭凑了过来：“我想跟你混。你教我杀邪教的人。”

这不过一天的考核，对杜旭来说，冲击力也是很大的。只不过相比于其他人的茫然，他清楚地认识到自己要更加顽强拼搏，不然只能像个废物一样，一次次成为其他人的背景板。

“你们这些人的杀心好强啊！杀人是犯法的！”余生有些痛苦地挠挠头。

短短几天时间里，已经有好几个人和他聊这种事了。

他甚至有一种错觉，是不是罪城里的人更友善一些。

杜旭有些沉闷，组织了许久的语言才解释道：“我这个人嘴比较笨，我的意思是……我想变强。”

“你变秃了，就变强了！”余生想了想自己前段时间在网上看的一本漫画，语重心长地说道。

杜旭若有所思，没再说话。

余生靠在窗边，终于能够享受片刻的安静。

通过这几天不断汲取灰色能量，画卷中那根龙纹棍的底部已经彻底凝实，但那枚蛋还是完全没有反应，仿佛二者之间并不存在关联一样。

难道自己之前的猜测是错误的？一时间，余生陷入了沉思。

回到学校，几乎所有的学生都选择了回家。

倒是王文轩完全没有走的想法，依然死皮赖脸地跟在余生身边。用他的话说，他怕余生遇到危险，必须贴身保护。

然后他陪着余生一起去白春城兑换奖金。

赵子成临走之时给了余生一个莫名其妙的眼神，而杜旭则行色匆匆。

“嘿嘿，余小哥儿，你看咱们是不是休息得差不多了？该……”

王文轩搓了搓手，神秘兮兮地问道，完全没有所谓的高手风范。

余生目光幽幽地看了他一眼：“我刚下车。”

“那不急，不急。你先休息。”

王文轩尴尬地笑了笑，就这么跟在余生身后，寸步不离。

很难想象在白春城被无数人称为“王疯子”的他，竟然也有如此老实的一天。毕竟连他的老大训斥他，他都敢顶嘴。

“我来交任务了。”余生直接推开了校长办公室的门，看着校长那有些谢顶的头，说道。

校长脸上带着亲切的笑容：“我听说了，但毕竟考核结果还没出来，具体的名次还不确定，既然是交易，咱们还是等一切尘埃落定……”

余生认同地点了点头，转过身看向王文轩：“你觉得，我第几名？”

“第一！必须第一！”王文轩毫不犹豫地说道。

余生再次看向校长：“现在，我是第一了。”

校长：“……”

你在逗我？你怎么就第一了？你就随便找个人问自己的名次，人家说啥就是啥？这是从哪儿来的人！诈骗！绝对是诈骗！

要知道，哪怕是最低等级的妖晶，也是很贵的。

三颗……

“劳烦问一下，这位是？”在余生面前，他还是保留了作为校长的威严，没有动怒，而是依然带着令人如沐春风的笑容，看向王文轩，问道。

“好像是……省里的。”余生想了想，有些不确定地说道，还补充了一句，“嗯，这次考核应该是他说了算。”

就在余生声音落下的一瞬间，仿佛有一阵风从他身边掠过。

再看时，校长身姿矫健得完全不符合他的年龄，自余生身边一晃而过，用力握住了王文轩的手，不停地晃动着。

“哎呀，原来是省里来的领导，失敬失敬。”校长喜笑颜开，还带着些许期待和尊敬。

一时间，校长那小眼睛里，竟然同时浮现出数种不同的情绪来，相比余生那笨拙的演技，校长完全可以用影帝来形容了。

“不愧是省里来的领导，年轻有为，长得还帅。哪像我们这小地方，唉……”说着，校长脸上带着一丝恰到好处的伤感，轻轻叹了口气，“没钱，没资源，只能看着一个个天之骄子因为资源匮乏而逐渐变得碌碌无为。作为校长，我痛心疾首啊！现在想想，我都恨不得拖着年迈、重病的身躯再上镇妖关，为这些可怜的孩子去抢、去夺，换来他们进步的阶梯！”

校长这番话说得十分悲壮，眼中流露出为学生甘愿赴死的热血之情。

王文轩表情有些古怪地看着不过四十岁出头，还算壮年的校长，一时间沉默无言。

这就年迈了？也没看出他得重病了啊！

不过校长将气氛烘托得倒是真不错，一时间就连王文轩都感觉体内的热血在上涌。

“孙主任，过来一下！”校长打开门，冲着外面喊了一句。

一个戴着厚厚的眼镜，表情严肃，看起来十分严谨的中年女人从隔壁走了过来，看向校长。

“去，让食堂做上一桌好菜。今日我要和省里下来的这位领导畅谈一番，痛饮一番！相信领导也会看到我们的不容易，给我们拨款的。”

“省里”“领导”“拨款”，这几个字眼被校长咬得很重，在王文轩还有些茫然的神情中，不知不觉间就好像定下来了什么一样。

“校规第三条：不能铺张浪费。”孙主任推了推眼镜，慢慢地说道。

“从我工资里扣！别让领导看笑话！”校长瞪着孙主任，咬着牙，一字一顿地说道。

“好的，校长。”孙主任点头，转身就走，全程没有一句多余的废话。

而校长转头间又恢复了笑容，如同盛开的花儿般：“不知道领导具体在哪个部门高就？”

“预备役。”王文轩迷迷糊糊地说了一嘴。

下一秒，校长脸上的笑容逐渐凝固，抓着他的手也慢慢松开：“哦……预备役啊。”

幽幽说了一句后，校长急忙冲了出去，走廊里还能听见校长的大吼声：“孙主任，快回来！之前的话当我没说！你效率为啥这么快！这才几分钟的工夫，你连菜单都给厨房了？！”

校长那痛不欲生的哀号，在走廊里不断回荡。

几分钟后，校长有些失魂落魄地回到办公室，看向王文轩的目光中充满了哀怨，仿佛下一秒就会冲过去，抓住他的衣领，咆哮着质问：你是预备役的，为什么不早说？！

预备役穷得叮当响，一群即将上战场的大头兵，上哪儿给学校拨款去？不来学校蹭吃蹭喝都算是烧高香了。

为啥学校的考核，说了算的是个预备役的人？原本他还以为来的会是墨阁领导，或者是教育署的。

不对！

不对不对！

这不会是诈骗吧？

校长默默转过身，看向正一脸平静地望着自己的余生，心没来由地一抽。

就这样，校长带着余生和王文轩去食堂吃了一顿自己这么多年都没有享受过的大餐，感觉两人的每一口都吃在了自己的心上。

尤其是王文轩赞不绝口，连连夸赞校长讲究、仁义，他说下次还来的样子，更让校长恨不得再现当年的英勇，教训一下这憨货。

校长咬着牙，将三颗妖晶递到余生手中。

这次的交易，终于圆满落下帷幕。

当然，余生顺便还请了三天假。见义勇为的奖金，也的确该去领了。

余生先是回家简单地打扫了一下房间，突然接到了赵子成的电话。

“余哥，你父亲他……”赵子成惊叹，仿佛见识到了什么不一般的场面，“是个狠角儿啊，我今天去看的时候，他都没在牢房里关着，正给几个姐姐看手相呢……”

赵子成深吸一口气：“但是余哥，我多聪明啊，在我的运筹帷幄下，叔叔已经因为猥亵妇女罪，加刑了。而且我特意嘱咐，给叔叔换了一个独立包间，专人送饭，保证一个女性都接触不到。相信叔叔现在一定……很感激我吧。临走的时候他哭着喊着，说出来之后一定要找我聊聊呢。没想到叔叔也是一个重情重义的人，我当时都感觉有些羞愧了。”

赵子成硬生生地憋着笑，故作成熟地感慨着。

余生的眼睛亮了。

“好兄弟，一辈子！”挂断电话，余生感觉心情格外舒畅。

王文轩也不知道从哪儿搞来一辆军用的越野车，就这么带着余生向白春城呼啸而去。

“你们除妖阁的活儿做得也太不专业了。”一名属于暗阁的后勤文员看着那完全瘫在地上的司机微微皱眉，不满地说道。

“算了算了，人活着就行。这次的费用三个工作日内会自动转到你们的工资卡里。”这人似乎很忙，简单地交代了几句，就拖着那司机走远了。

二楼的楼梯上，一个个女人排着队走下来，都是一些上了年纪的大妈，每个人的脸上都带着慈祥的笑容，如同家里亲近的长辈。

这些大妈的手中都拎着一些崭新的衣服，纷纷钻入卡车的货箱中。

过了一会儿，那些被绑的少女下车时，身上已焕然一新，有的脸上甚至已经浮现出些许笑容。

在短短几分钟内，暗阁给第三小队的感觉就是——专业、阔气！

这还能养着一群人专门做心理辅导，这一个月得开多少工资啊！

还有这金碧辉煌的大厅，一个个忙碌的文员。

一时间，除妖阁的几人心里多少带着点酸。

真说起来，暗阁和他们除妖阁是一个级别的部门，为啥差距这么大？

他们除妖阁的办公楼就是一座普通的二层小楼，里面分开几个房间，破破烂烂的。连文员也只有一个，每天坐在写字台前打着哈欠。

倒不是他们不努力，而是偏远地区真的没有几只像样的妖兽啊。偶尔真出现一只，一群人都跟红了眼似的抢着来！

毕竟那东西，只要不是刚觉醒的，干掉之后都能卖钱。

有的妖兽刚现身，都不用他们动手，就被路上的警卫司、预备役、暗阁、悬赏厅，甚至一些学校给抢走了，导致他们除妖阁徒有其名。

有的时候，他们会情不自禁地对人族核心区域产生向往。因为那是人族核心，有很多妖兽潜伏、捣乱，那里的除妖阁因此生意特别好，也特别阔气。据传言，核心区域除妖阁的人出门吃早餐，都能点一碗豆浆喝，甚至吃饭的时候有肉！

这简直离谱。

他们每天苦哈哈地攒那点票子，买修炼资源都不够，何谈在吃的方面挥霍？所以在他们看来，吃饭舍得吃肉的，都是有钱人。

“还是暗阁的活儿好！早点攒点钱，去大城市发展！”一名队员最终还是没有忍住，嘟囔着。

而安心则依然笑眯眯的：“几个傻子，暗阁给的这点工资够干吗？打发要饭的吗？还是觉得我们真活不起了，一定要给暗阁打工？今天就教你们一条路子，让你们看看，这活儿真正的工钱在哪儿。”

安心的心情明显十分愉悦，她挥了挥手，看起来十分可爱："兄弟们，走，去墨阁！带你们领赏金去！懂什么是见义勇为吗？赚钱，是要靠脑子的！"说着，她一马当先，转身就走，其他几人则明显带着疑惑，互相对视了一眼。

"见义勇为？"

"咱们的神机安公主又想到什么路子了？"

不得不说，第三小队的人对他们这位神机向来都是十分尊敬的。

不仅仅是因为安心的智慧与美貌，更是因为她真能带他们赚到钱啊。

在安心来第三小队这一年的时间里，他们基本已经脱贫了，至少在购买修炼资源之余，能有点闲钱吃顿早饭。

这，对他们来说就是幸福。

谁能拒绝在每天清晨修炼后，吃上几个热乎乎的馒头呢？再配上一碗热水，简直就是神仙过的日子。

带着对安心无条件的信任，几人果断跟在她的身后，满怀期待地向墨阁走去。

第 11 章

暂停服务

“兄弟，看！这就是省城的墨阁分部！作为人族的最高级别组织，统御天下，墨阁的牌面还是有的！”站在一座有些复古的阁楼前，王文轩脸上带着一丝炫耀之色。

余生扫了一眼，径直走了进去。

“你夸两句啊，很酷炫的好不好！墨阁啊，省城的墨阁！这么大的牌面，你确定不站在门口留个影吗？”王文轩一边喊着一边冲了进去。

墨阁的一楼大堂，几名女性文员正在耐心地给百姓办理业务，听到王文轩那大嗓门的喊声后，下意识地抬起头，看见王文轩的脸后，齐刷刷地打了个寒战。

“王疯子又来了！”

“这要饭的，咋没完没了？”

几名文员懊恼地捂住头，声音中充满了痛苦，仿佛来的是一个什么可怕的家伙。

王文轩每到一处柜台，就有一块牌子立在上面——“暂停服务”。

王文轩尴尬地站在原地，一时间手足无措。

余生则默默地转过身，用一种极其复杂的眼神看着他，仿佛什么都没说，又仿佛什么都说了。

或许自己一个人来，有三分之一的可能性拿到见义勇为的奖金。

而带上这家伙……估计有点悬。

话多的人不靠谱，罪城果然没骗自己。

就在这时，一个声音在旁边响起。

“姐姐，请问我们能办理一下业务吗？我们老大执行任务时受了重伤，如今躺在医院里，随时都有可能牺牲。我们……我们想领奖金救老大。”安心突然出现在余生和王文轩两人旁边的柜台前，眼眶中全都是泪水，我见犹怜。

一时间，柜台内的文员急忙将桌子上的“暂停服务”牌子撤掉。

“小妹妹，你别急，先说说具体什么情况！”显然，安心悲伤的情绪感染到了她。

安心用力点了点头，勉强挤出一丝笑容，只不过那笑容格外苦涩：“谢谢……谢谢大姐姐。我听说与邪教战斗，并且救了人是可以领奖金的。呜呜，我们老大如果死了，那我们也活不下去了。他……他是为人族而奋战的啊，腿都没啦！呜呜……”

安心的哭声越发凄惨，听着就让人心疼。

领奖金？文员脑海中不停地回忆着墨阁的一条条法则，甚至掏出了厚厚的一本政策宝典，一页页地查阅。

终于……

“还真有……”文员自言自语，有些茫然，“不过战斗的时候，谁有空去录视频啊？”

她有些发怔地接过安心手中的U盘，将视频点开。

里面是几人去救援的场面，只不过视频经过了剪辑，还搭配了背景音乐，前行的几人颇有一种“风萧萧兮易水寒”的气概。

运镜的手法也十分巧妙，整个视频的氛围就是肃杀、凝重。

而后是邪教司机被重创的镜头，但画面很快一转，变成了那几人身受重伤，神情严肃、坚毅，最终离去的身影。

短短三分钟的视频，完全可以当作电影的宣传片来用了。

那文员看得眼睛都红了，鼻子也有些发酸，一抽一抽的，但还是显得有些为难："这视频过于简短，更像是……电影宣传片，我无法确定其真实性。"虽然对面的小姑娘看起来脏兮兮的，很可怜，小姑娘口中的老大也受重伤住院了，但规矩就是规矩，她没这么大的权限啊。

"姐姐，求求你啦！再拖下去，我们老大会死的……"安心不顾形象，就这么大声痛哭起来。

那文员陷入纠结中，过了许久才咬了咬牙："我没这个权限！你等等，我这就去找领导！"说着，她转身就走。

远处全程旁观的王文轩怔了怔："这也……可以……吗？安心这疯婆子，也太有想法了。"

余生则目光幽幽地看着他，仿佛在说：干着一样的买卖，为什么人家的包装如此精良，你这边却这么不专业？

王文轩整个人都是蒙的，正常情况下，这种救人换奖金的空子，几乎没有人想到过。

或许也有人想过，但是拉不下脸来，所以连文员第一时间都是蒙的。

为啥安心这小姑娘却这么巧合地和他们想到了一起？

除非……有卧底！

罗云那个不要脸的东西，一定是偷听了！

王文轩破口大骂。

突然，王文轩眼中闪过一抹亮光，就这么当着众人的面，抓乱了自己的头发，整个人也变得可怜起来。他踉跄着趴在柜台上，看着从自己身边路过的文员，就这么哭了起来。

"姐姐！救救我们老大吧，我这儿也有一份资料！我们老大……我们老大也要死了，特别可怜，真的，胳膊、腿都动不了了。如果你不给我批条子，就是谋害白春城预备役守将！这是重罪！”王文轩拍着柜台，看起来十分激动，还不断用眼神示意余生给他打配合。

今天必须把这奖金要下来，能智取的话最好，这样也就省得给老大分一杯羹了。

余生保持沉默，就这么注视着王文轩的表演，看着他的目光有些怜悯。

过了片刻余生才开口说道：“如果我没猜错的话，你身后这位应该就是你口中的……老大。”

他指了指王文轩的背后。

陡然间，王文轩感觉后背一凉，似乎有什么猛兽正紧紧地盯着自己。

一滴冷汗自额头滑落，王文轩咽了咽口水，将悲痛的神情一收，脸上恢复了笑容：“小姐姐，我就是开个玩笑，你忙！我老大威武霸气，全身是胆，于妖兽群中如履平地，十步杀一妖，千里不留行，虎虎生威，铮铮铁骨，文采斐然，虎头虎脑……怎么可能会死？”

短短一分钟时间内，王文轩绝对把自己这一生所学的成语全部用出来了，而且自认为用得恰到好处。

文员像是看神经病一样，瞥了王文轩一眼，转身就走。

而他的身后，则响起一个充满玩味的声音。

“按照你刚刚说的，我不是已经动不了了吗？”

王文轩瞬间身体僵硬，颤颤巍巍地转过身，看向身后那如铁塔般的巨人，脸上勉强挤出一个不太好看的笑容：“老……老大……好巧啊……”

回应他的，则是一个冷笑：“最近几天也不知道你修炼松懈了没，出去聊聊？”

“老大！我觉得你不应该这样，在我眼中，你一直都是十分弱智……不，是睿智的人。比起你的武力，我更崇拜你的智慧。文能……文能……”

王文轩刚刚起了个头，就停住了，急出一头汗。

眼看着自己老大的表情越发冰冷，甚至颇有些要动手的样子，王文轩果断说道："老大，你听我说！这世界上没有什么是不能解释的！"

说着，他一把拉住自己老大那粗壮的胳膊向一边拽去。

结果……纹丝不动。

皮肤黝黑、一脸横肉的老大有些疑惑地看着他，他则无辜地与老大对视着。他又拽了拽，老大还是没动，再拽……

"你有病吧？"老大终于还是开口说道。

"老大，你有没有想过一种可能，就是我要和你说点悄悄话？"

王文轩的脸色有些不自然。

"有啥话你就说呗，偷偷摸摸的干啥！"老大声音洪亮。

王文轩叹了口气，低声飞快地说了几句。

上一秒还十分威严的老大，下一秒目光就落在了安静的余生身上，那如灯泡般的双眼闪烁着耀眼的光芒。

"真的？这么牛？"他有些怀疑，看着王文轩再次确认了一遍。

王文轩肯定地点了点头。

这老大一把推开王文轩，面部开始不断扭曲，一会儿像是哭，一会儿像是愤怒，一会儿又像是要动手……

就连余生都有些茫然了。

为什么这个傻大个儿要在自己面前做鬼脸？

"你好，我叫陈以默！"他先是迟疑了一下，然后郑重地看着余生说道，又有些紧张地扭过头，看向身旁的王文轩，一脚踢在王文轩的屁股上，"快看看，我是不是在笑！"

王文轩一个没站稳就趴在了地上，茫然地抬起头看着自己这名字秀气、性格霸气的老大，过了许久才违心地称赞道："老大，你笑得真好看。"

"那就好！"

陈以默满意地点了点头，这才又对着余生，用自认为最柔和的语气说道："余……余老弟，哥哥就不多说什么了！日子还长，你在白春城受了什么委屈，和哥哥说！当然，那什么……以后有啥买卖，千万别忘了我这个哥哥就行。”说着，陈以默抬起如同熊掌般的大手，对着余生的肩膀拍去。

如果没听陈以默说的话，单看他那狰狞的面容、粗鲁的动作，大家可能都会觉得这家伙要动手伤人。

余生平静地向后退了一步：“我不喜欢打架，但是我喜欢赚钱。”

他的眼神十分诚恳。

“放心，看哥哥的，今天这奖金我要是取不到，我跟你姓。”陈以默胸脯拍得砰砰响。

和王文轩一样的语气、一样的动作，余生一时间越发不想说话。

自己……好像有些草率了。

真应该一个人来的，或许还有机会拿到钱。

“安姐，预备役这群傻子，会不会影响咱们的计划？”一名队员稍微往前走了两步，低声说道。

安心依然是那副楚楚可怜的样子，从牙缝里挤出几句话，小声回应：“别轻举妄动，无视他们，拿到钱就走人。咱们小队的设备能不能换，就看今天了。”

几人同时面色一变，继续保持着悲伤的情绪。

倒是王文轩从地上爬起来后，背着双手，像个小老头一样，溜达着来到安心身旁坐下。

“安大美女，今天怎么有空过来？啧啧啧。这演技不得不称赞一下，我还来不了。”

王文轩如同老狐狸般，甚至还露出了安心招牌式的笑容，双眼眯着，如同月牙。只不过这表情由他做出来，显得不伦不类，甚至有点恶心。

“我敢保证，如果你让我拿不到钱，白春城有你没我。”

安心依然带着哭腔，眼中含泪，可怜巴巴地看着王文轩，但说出来的话冰冷到了极致。

王文轩的脸上没有一点畏惧，对着安心悠悠竖起四根手指。

安心背对着身后那些围观的人，微微摇头，竖起两根手指。

王文轩嗤笑，收回一根手指，留下三根。

安心点头。

王文轩这才咧开嘴笑了笑："不好意思，美女，认错人了。你都这么可怜了，我还捣乱，真是该死。"

他自责地摇了摇头，这才退回到了陈以默的身边。

而这时，刚才那个文员和一个穿着西服的中年男子从远处走来，步伐很快，文员还面带焦急之色，不停地说着什么。

"喂！先给我办！没听我手底下的兵说吗？我都动不了了！再不救我，我就要死了！"陈以默直接拦在两人面前，如同一堵高墙，声音更是如同炸雷。

肩膀上的三纹云勋，代表了他的功绩。

这种勋章，每一枚都是用血换来的，拥有这种勋章的人甚至可以毫无愧色地说一句：我为人族流过血，我是英雄！

但就是这样一位英雄级的人物，此时却要起了无赖。

"没错！没看见我老大身受重伤的样子吗？一阵风就能吹倒。赶紧先办理我这边的业务。"王文轩狐假虎威，站在陈以默身旁喊着，还把一个U盘拍在了桌子上。

那西装中年男子有些无奈，还透露出些许焦急。

毕竟不远处还有一个真急着要钱救命的，你们这时候闹这出，不是添乱吗？

直到看见不远处坐着的安心，他才身体一僵。

"那就是你说的身世凄惨、楚楚可怜的小姑娘？"西服中年男子有些僵硬地扭过头，看着那名年轻的文员说道。

那文员明显有些蒙了，下意识地点了点头。

深吸一口气，西装中年男子勉强稳住了情绪："你新来的吧。从现在开始，给我记住那张脸，当然，还有这张。将他们拉入你的接待黑名单。记住了吗？”

西装中年男子一脸的晦气。

这俩祖宗简直就是墨阁的大麻烦，一天来八回，想尽一切办法来墨阁圈钱。

原本他还在想，安心最近一段时间为啥没过来闹，敢情是憋了大招呢。

“这业务办不了！恕不远送。”西装中年男子板着脸，看着几人说道。

陈以默破口大骂，安心则擦拭掉眼泪，默默站了起来，看着中年男子微笑着，却让人头皮发麻。

“知道这位是谁吗？”陈以默指了指余生的方向，顿时，所有人的目光汇聚在了余生身上。

余生有些茫然地看了看四周，仿佛不太习惯这种被注视的感觉，向后默默退了两步。

西装中年男子微微蹙眉，神情郑重。

陈以默是江北省预备役的守将，六次觉醒者，虽然脑子蠢了点，但不得不承认，他的地位很高。

能让这种级别的人亲自介绍，难道是上面来的大人物？

“不知这位……”西装中年男子认真地问道。

“这是我好弟弟，为人族杀过妖，流过血！他凭本事救的人，为啥不给奖金？你今天要是让我在弟弟面前丢了脸，信不信我把你挂在墨阁门口吊一天？”陈以默虎目圆瞪，不怒自威。

西装中年男子也怒了，扯了扯自己的领带：“姓陈的，别以为我怕你！天天纵容这小犊子来我墨阁找事，没完没了是吧？来啊，我看看你是怎么对我的！灵武学院出来的莽夫！”

这西装中年男子没有了之前的儒雅，同样痞里痞气的，指着陈以默就是一顿骂。

“呵呵，你们灵念学院就牛啊？一群阴险的东西！今天我不教训你一顿，都对不起学校对我的栽培！”

陈以默顿时把袖子撸了起来，嘴里发出一声虎啸，额头上更是浮现出了一个“王”形图案。这是六次觉醒后才会发生的改变，不召唤觉醒物也能保持战斗力，更节省能量。

“莽夫，莽夫！今天就让你看看，灵念学院出来的是不是碾压你！”

一缕缕青色的光芒围绕在西装中年男子身旁，同样没有觉醒物。

这代表着，眼前这人，最起码也是一个六次觉醒者，也就是御念师。

战斗一触即发。

“咯咯，那个……我能说一句吗？”余生有些无奈地开口。

他倒是想低调，最好一句话不说就把奖金拿了，然后走人。但眼看着自己再看一会儿热闹，奖金可能都不够赔人家医药费，余生终于插话了。

“根据墨阁刑法，觉醒者篇第九条，在城中无故打架斗殴者，处以十五天拘留，一万元罚款。影响较大，情节严重者，最多可处以半年以上拘留，治安罚款十万元。”余生没有去劝，只是像一台朗读器，复述着墨阁的相关法律条文。

此时变得格外安静。

原本怒气冲冲的陈以默几乎第一时间收回了自己体内的能量。

十万元罚款，这不是要他命吗！

看见陈以默收手，西装中年男子这才冷哼一声，让周围的青光淡去。

这原本肃杀的大厅也重新恢复了平静。

一时间，西装中年男子也好，安心也罢，所有人的目光都再次集中在余生的身上。大家都有些好奇，这个还未觉醒的小家伙究竟是什么来路，为啥对墨阁刑法倒背如流？

他是警卫司的人？

“作为一名合法公民，我做了救助同胞的事情后，有资格在任何一处墨阁分部领取奖励。如果工作人员不接待，或者故意拖延审核进度，我有理由根据权益保护法第三十二条，对工作人员或墨阁进行投诉，来保障我的合法权益。现在，我申请办理业务。”说着，余生转过身，走到大厅中间的位置，在机器上按了几下，顿时，他手中出现了一张字条，上面写着号码。

陈以默、安心、王文轩和西装中年男子都一头雾水。

这孩子究竟是正常，还是……不正常?

闹到这种程度，百姓都暂时被请出去了，大厅里就这么几个人，还去领号?

闲的吧!

余生按照显示屏上的信息，找到专属的柜台前，礼貌地点了点头，坐下。

“你好，我办业务。”

那文员有些无助地看向西装中年男子。

“继续办业务，看我干吗！”西装中年男子有气无力地说道，整个人到了崩溃的边缘。

白春城最不要脸的两个人在同一天登门，其中一个还带了老大，并且出现了这么一个不正常的孩子。

他总感觉自己今天出门的时候是不是没看黄历，不然咋就这么倒霉!

他也不回办公室了，就坐在椅子上，直勾勾地瞪着陈以默。

陈以默则恢复了从容，嗤笑一声坐在他旁边，还一把搂住了他的肩膀。

不远处的王文轩能够清晰地听见西装中年男子骨骼发出的清脆声响。

但哪怕已经疼得脸色发白，西装中年男子仍然一声不吭，彰显着独属于灵念学院学子的倔强。

时间一分一秒过去，安心始终没有走，而是全程盯着余生，脸上带着若有所思之色。

第 12 章

战无不胜

余生条理分明地说着自己的诉求，并且把那U盘递了过去。

文员有些紧张地接过U盘，插在电脑上，认真地看着视频。

那不带感情的朗诵声，就这么在大厅里不断回响，吸引了所有人的目光。

很快，第二段视频开始播放。

余生几次笨拙的出手，以及最后的凌厉一击，带给众人极大的视觉震撼。

虽然死的不过是一个在一次觉醒者中都最弱的家伙，但余生……是学徒。

“这视频有剪辑痕迹，并且……”文员小心翼翼地说着，后半句的意思不言而喻。

余生依然表现得十分平静：“的确有过剪辑，但你可以安排专员来分析场上的局势。战斗一共两场，两边的实力并不均衡。不出意外的话，学生方一定会败，并且全灭。因此，我见义勇为的行为是成立的。根据墨阁……”

余生科普着法律知识，一丝不苟。

“给他通过。”不远处，一直看着监控画面的西装中年男子突然开口。

面对文员投过来的迷茫的目光，西装中年男子再次说道：“按照全额标准发放奖金。”

“啊？啊……”

文员有些发蒙地在电脑上操作着，又要来了余生的卡号，过了一会儿说道：“奖金申请已经递交，三个工作日内就会到账。”

“谢谢。”

余生起身，看向西装中年男子的方向：“我能知道原因吗？”

“考虑过去暗阁工作吗？”西装中年男子没有回答，而是反问道。

余生沉吟两秒，摇了摇头：“暂时没有这个打算。”

“以后有想法，随时可以来这里找我。我姓林，是江北省墨阁分部副阁主。相信我，加入暗阁后，你的收入远远不止这些。”说着，他拿出一张名片递了过去。

陈以默顿时急了！

“你个阴险的家伙，别以为我不知道你咋想的！这是我们预备役的人！这么多年了，我们预备役来一个聪明人容易吗？”他看着林副阁主破口大骂。

“呵呵……”回应他的，只有林副阁主的一声笑，林副阁主甚至连搭理他的心情都没有，直接转身上楼。

只留下陈以默站在原地，暴躁异常。

“瞅瞅人家！要钱的活儿要用脑子，脑子，你懂吗？！预备役几千号人，就没有一个长脑子的。”

陈以默将怒火发在了王文轩身上，又是一脚踢在王文轩屁股上，转身对着余生又露出了一个扭曲的类似笑的表情：“余老弟，今天的事儿办砸了。但你信我，下回绝对不会掉链子。我们还是靠得住的，虽然没脑子，但是动手绝对不含糊，说干就干！以后再有这样的买卖，优先考虑我们预备役啊，我们真是穷怕了。”说完，陈以默扭头就走，没脸再待下去了。

原本他还寻思来墨阁看能不能打打秋风，死皮赖脸地要点钱，发现余生后，他还以为今天转运了，谁知道林老鬼今天脾气这么大，自己到头来一分钱没弄到，还特丢脸。等王文轩那个小兔崽子回去，必须得加练！

“兄弟，我感觉情况不太妙，先出去避避风头。具体的咱们回头电话聊！先不说了！”王文轩看着陈以默的背影，坐立不安，没等余生说话，就带着懊恼从墨阁钻了出去，转眼间就消失在了人群之中，颇有些狼狈逃窜的意思。

至于钱……他没脸要。

林副阁主究竟为啥批这笔款子，大家心里都有数。倒是安心颇有兴趣地看着余生，感慨道：“这就是罗云说的那位吗？出手果断、狠辣，身法敏捷，觉醒后估计是一个狠人。现在的年轻人真是越来越厉害咯。”

带着感慨，安心起身，向外面走去。

“安心姐，咱们……咱们换新设备的钱也不够啊，这样会不会影响到计划？”一名队员有些迟疑地问道。

安心脚步不停：“钱嘛，是赚不完的，这次没忽悠到，就下次呗。”

“可是，咱们那点赏金都用来做视频剪辑了，晚饭钱都没了啊……”队员欲哭无泪。

安心的身体陡然一顿。

“银行那边的欠款也该还了……”

安心的笑容逐渐敛去。

“还有二十七天才开工资……”队员再次补了一句。

恍惚间，安心那青春、活泼的背影在这一刻变得沧桑了许多。

有时候压倒一个人的，可能并不是危险，而是……金钱。

墨阁的效率很快，虽然说是三个工作日内，但不过两个小时左右，钱就已经到账了。

余生行走在街道上，像是在漫无目的地闲逛，直到穿过人群，一个拐弯之际，消失不见。

安心带着三名队员从远处跑了过来，在四周不停地张望着，却一无所获。

“这人应该是发现咱们了！”安心站在原地磨了磨牙，“还想找他借点钱，跑得真快！气死我了！”

她不满地哼了一声：“下次让我见到他，必须借几万花花。走吧，我在网上看到有兼职招聘，工资日结。先赚了晚饭钱再说。”

说这番话的时候，安心的神情有些落寞。

这有些可笑。堂堂除妖阁第三小队，竟然穷得连晚饭钱都没有，而且安心还是一个四次觉醒者。

但这就是现实。

觉醒者神秘、强大，看起来光鲜亮丽，是被无数人羡慕的存在，可修炼所需要消耗的资金，足以压垮一个人。

如果你想变得更强，就要花费无数资源。而资源，都是要钱的。

像他们这种偏远地区的冷门职位，那点微薄的工资真不够。除非某一天，他们壮着胆子穿越镇妖关，去往妖族的区域，足以硕果累累。但以他们小队的整体实力，可能……大概……或许……是给妖族送去一顿丰盛的晚餐。

角落里，余生靠在墙边，看着几人离去的背影面无表情。

果然，无论在罪城，还是在外界，都是如此。当自己揣着一笔财富时，别人就会觊觎，想尽一切办法夺走。不过，这几个人的跟踪手段也太明显了些，一点都不专业，很容易留下线索，被警卫司的人抓到。

余生没有愤怒，也没有什么复仇的心思。这一切在余生看来都是理所当然的。倒是如果他得知安心只是来借钱的话，恐怕才会觉得意外。

在罪城，没这种说法。

坐在回漠北城的客车上，余生依然习惯性地选择了靠窗的位置，看着窗外闪过的风景，默不作声。

就如赵子成所说，他这个人很闷。

他仿佛对外界的一切都提不起兴趣，除了钱，以及食物。

客车上，一个穿着破旧，留着一缕山羊胡子的老头儿突然起身，左顾右盼，最后目光落在了余生身上，眼睛贼溜溜的，凑了过来。

“喀……喀喀。小伙子，买碟不？高清！”说着，他的目光扫了扫四周，这才冲着余生的方向小心翼翼地扯开外套一角，里面是一张张光盘。

看着余生那始终平淡、不起波澜的眼神，老头儿微微蹙眉。

如此场面都不为所动，这是碰上高手了啊！

“那什么……”老头儿的声音更小，看着周围的目光中充满了警惕、戒备，“我这还有妖兽的。”

说着，他珍重地从怀里拿出一张光盘，在余生面前晃了一下后，又急忙收了起来，就仿佛那是什么稀世珍宝般。他的眼神中更是透露着自信，好像这镇山之宝只要出手，必然会有人乖乖地给他送钱。

果然，余生若有所思地看了一眼，就默默地掏出了手机。

而老头儿也十分懂事地递过去一个二维码，小声嘟囔了一句：“八十。”

但很快，老头儿的眼睛就直了。

因为余生按下的三位数是警卫司的电话！

而且，电话还拨通了！

“大哥！”明明看起来已经七八十岁了，老头儿却爆发出了年轻人才有的速度，一把按住了余生的手，并且点下了挂断键。

“买卖不成仁义在。做人留一线，日后好相见！”老头儿一身的江湖气，冲着余生抱了抱拳，转身就走，干脆果断。

而余生则有些惋惜地放下了手机，继续魂游天外。

客车缓缓驶入漠北城，距离终点越来越近，那老头儿还在一个一个座位地蹭着，专找年轻人聊。

不时会有一个年轻人面红耳赤，然后鬼鬼祟祟地掏出手机，又收起什么东西。

坐在客车最后面的两个中年人像是准备下车，从座位上站了起来，向老头儿的方向靠了过去。

老头儿格外警觉，只是在两人身上匆匆一瞥，就向门口蹭了蹭。

“他发现了！动手！别跑，警卫司执法！”这两名中年人同样不傻，一看老头儿的动作就察觉出了不对，于是猛地喊了一句，随后冲了过去。

“不就是赚点辛苦钱，至于吗？”老头儿骂了一句，将那宽大的外套一抖，散发出微弱的能量波动，下一秒整个人就向车窗撞去。

在众人惊讶的目光中，老头儿的身体仿佛无形般，直接穿透车窗，摔落在车外的地面上。他踉踉跄跄地起身，指着客车大声咒骂了两句，这才一瘸一拐地消失在街道之中。

警卫司的两人拿出电话，不停地说着什么。

一时间，场面嘈杂。

这是一场不起眼的闹剧，大家好奇地看看，也就那么过去了。

下车后，余生没有回家，而是直接来到一台自动取款机前。他插入银行卡，熟练地按下一串数字，看着账户的名字，有些出神。

一直以来，余生都表现得十分平静，仿佛这世界的一切都与自己无关。

直到此时，他脸上终于露出了些许悲伤。一声轻叹，余生将这次的大部分奖金汇了过去，这才转身离去，只不过背影看着有些沧桑。

但在他走上街面的那一刻，他的腰板重新挺直，脸上依然是那仿佛永远平静的神情。

没有人知道这不过十八岁的孩子，究竟背负着什么。

余生……

多余生出来的人，还是……劫后余生？

而他如何进的罪城，在罪城又经历过什么，无人知晓。

只是莫名地，他会令人有些心疼。

可他真需要别人的怜悯吗？

去白春城不过用了一天的时间，在有了足够的妖晶后，接下来的两天余生一直待在家里。

那蛋上的金色纹路越来越长，仿佛随时都有可能彻底将蛋覆盖。

而真到了那一刻，也就代表他将正式成为一名觉醒者。

有了充足的妖晶后，离这一天已经不远了，或许他随时都有可能觉醒。

蛋破，见能力，或者一飞冲天，成为耀眼的绝世天才；或者泯然众人，过完平凡的一生。至于这两种究竟谁更幸运一些，就不得而知了。

余生再次来到学校时，发现赵子成蹲在学校门口，旁边还有一个身材壮硕的光头。发现余生的瞬间，赵子成的眼睛亮了起来，两步就迎了上去。

“余老大，你可算回来了！再不回来，学校都要变天了。”刚见面，赵子成就说道，如同打开了话匣子般，“你是不知道，最近这几天学校乱到什么程度。之前考核不是咱们二中赢了吗？另外两所学校的人不服啊，天天来咱们这儿闹事。学校的老师不知道为啥，都装作没看见。三天，已经不知道有多少同学被人堵胡同里了。”

赵子成面带苦色，但很快就提起了气势：“不过你回来就好办了，咱俩在一起，绝对战无不胜！”

他豪气地挥了挥手，这一刻，他仿佛看见了自己站在巅峰的孤独的身影。

余生沉吟两秒：“你负责战吗？”

“……”

赵子成的手僵在半空，想说上两句话，但又不知道该说些什么。

余生很快将目光放在了不远处的光头身上。

这光头……身形倒是有点眼熟，但人完全认不出来。

“好在老杜心眼好，一中那边大部分人的情绪还稳得住，不过还是不顶用啊。我总觉得这个局面是三个阴……不是，三个校长有意促成的，太刻意了！”赵子成是唯一一个能扛住余生语言压力的人，很快他就恢复了自然，继续说道。

老杜……

杜旭吗?

“你的格局都这么大了?”余生很快抓住了话中的重点，看着赵子成的目光中第一次带着惊叹。

经过一次考核，他回来都能分析校长的手段了。

“他听他爸说的。”那光头咬了咬牙，还是站了起来，闷声说了一句后，站在余生面前，露出特别纠结的表情，“那什么，反正三所学校要合并了，我想跟你混!”

余生认真地审视着杜旭，眼神比刚刚看赵子成还要夸张：“刮了胡子显得年轻多了，也就三十岁!”

“我十八……”杜旭瓮声瓮气地说道。

回应他的，是余生标准式的沉默。

“反正人家都欺负到咱们校门口了，余老大，你就说怎么办吧!我的意思是来一个打趴一个。等彻底合校之后，咱们仨在漠北城就是大哥!”赵子成再次开口。

不得不说，他永远有一股冲劲儿，为了心中的理想不断发起冲锋，哪怕过程中起起落落，他却依然保持着乐观、向上拼搏的劲头，一次又一次奋斗。

“做大哥……会死得特别惨。”余生带着一丝追忆之色，似乎在回忆着记忆中的一个人，最后给出了中肯的评价。

“算了，要上课了。回去再说。”赵子成有些郁闷。

见杜旭也跟着一起走进了学校，余生有些疑惑：“你不是一中的吗?”

“反正也要合并，我让他提前转校了。”赵子成解释道。

“我现在知道，为什么一中的学生要来二中闹事了。”余生幽幽说了一句。

赵子成的身体有那么一瞬间变得僵硬，看到杜旭略显疑惑的目光，直接将话题岔开了。

回到教室，同学还是那些同学，只不过他们看向余生的目光已经发生了改变，有崇拜的，有畏惧的，甚至还有嫉妒的。

刘青峰掐着上课铃声，准时出现在教室里。他看了一眼余生的方向，开始了今天的课程。

在荒野中如何保持警惕。

休息时应该选择什么样的位置。

觉醒物的一些利用方法。

在觉醒后，觉醒物维持时间的长短，取决于自身的能量。

觉醒物上一般都会有九道凹槽，这凹槽内，可以安放晶石。这种晶石有一个共同的称呼——妖核。

妖核有别于妖晶。妖晶是妖兽死后，尸体中蕴含的能量经过提纯而凝固出来的晶石，而妖核则是一只妖兽体内的核心部位。

如果你的觉醒物是一只老虎，又镶嵌了鹰妖的妖核，是有可能让觉醒物进化出一对翅膀，获得飞翔能力的。只不过这能力有些鸡肋。因为一般情况下，人六次觉醒后，调动能量自己就可以飞。

每次觉醒，都只能镶嵌同等级妖兽的妖核。当然哪怕是同等级，妖核之间的质量也是不同的。

兔妖总归弱于虎妖，而虎妖又弱于进化后的神兽。

妖族也有着属于自己的位格。

想要不断觉醒，就要吸收大量的能量，通过觉醒物一步一步将能量注入妖核中。

妖核内能量充盈的那一刻，就可以进行下一次觉醒。而觉醒物的纹路越多，能够转化的能量也就越多，吸收越快……

这些已经被无数人普及过的知识，刘青峰在讲台上仍然一丝不苟地重复着。

“就像外界说的那样，你吸收的妖核本体位格越高，实力越强。但我想说的是，这并不绝对。适合自己的，才是最好的。如果妖核与自身觉醒物并不兼容，哪怕它来自神兽幼崽，对自己而言，也只会起到反作用。所以不要一味追求质量，被欲望蒙蔽了双眼。觉醒之路很长，每一步都必须走得踏实、稳重！懂了吗？”

刘青峰的语气一如既往地严肃，只不过学生们大部分有些无精打采。

这种听到耳朵都起茧子的知识，有必要拿出来反复提吗？

看着学生们的反应，刘青峰有些无奈。

道理大家都懂，但很多人不知道，最难操控的，是自己的欲望。

遇到一枚位格高的妖核，所有人都会想……万一呢？

虽然属性不太适合，但如果转化出了一个好点的技能，自己是不是就会崛起，走上通往无敌的道路？

毕竟，一种神技般的能力，起到的效果是绝对性的！

有这种想法而最终陨灭的天才，他见过太多了。

好在，唯一让刘青峰感到欣慰的是，相比战斗课上的习惯性走神，余生全程都在认真听着。

或许这就是刘青峰看好余生的原因吧。

他总觉得在余生的身上，能看见自己当年的影子。

“一周后，三所学校就会合并。到时候升学考核，竞争会变得更大！如果成绩排在后面，或许等待你们的，将是不被高校录取。运气好的，可以加入警卫司、除妖阁，拿着薪水、奖金，继续修炼；运气不好的，就会彻底沦为被服务的人。或许你们觉得情况没有我说的那么严重，但我想告诉你们的是，这是你们人生中唯一一次不需要花钱，就能鲤鱼跃龙门的机会。只希望多年后，你们回想起曾经的自己时，不会觉得遗憾。”

教室内鸦雀无声。

这些尚年轻的学生虽然还不知道社会的残酷，但听了刘青峰的话，至少有了紧张的情绪。

第 13 章

老兵营

“首先要获得考核的机会啊。”角落里，余生幽幽开口。

一缕缕灰色气体在其他学生头顶弥漫，没入画卷之中。

丰收了。

刘青峰无奈的目光再次落在余生身上。

这家伙的话，永远让人无法反驳。

人族的高校并不多，平均一个省只有一所。高校中的每一名学生都是天才，其中最强的军校、灵武学院、灵念学院，收的更是天才中的天才。

高校内的资源很多，妖晶、妖核数不胜数。里面出过很多人族强者，但这一切的前提是——你必须是天才。

每年想要报考高校的人很多，考核资格就是极大的难关。

高校考核，对人族来说都算是一件大事。

由墨阁统一定下考试内容，而后选取成绩优异的一批学生填写志愿单，去自己志愿单上填报的学校接受真正的考核，防止有人走后门。

而那时，才是真正的高校考核。其他人不过是领取一张毕业证罢了。

当然，除了这三大高校之外，还有一所由墨阁亲自建立的学校——墨学院。

只不过这所学校十分神秘，谁也不知道这所学校的考核标准是什么。

墨学院一般都是直接将录取通知书交到学生手中，门槛极高。

据说最少的一年，墨学院只收了三名学生。

可以肯定的是，从墨学院毕业的每一名学生都声名赫赫。

要说墨学院的缺点，就是毕业率很低，退学率微高，死亡率……极高！

有人做出过对比图，这些年里，墨学院毕业的人数，甚至远低于求学期间的死亡人数。哪怕是毕业后的，也超过七成战死了。

可以说，墨学院是所有学生向往的地方，但也是所有学生最畏惧的所在。

但也正是那些毕业生用命拼出来的战绩，成就了墨学院不可撼动的第一高校之名。

沉默许久，刘青峰开口说道：“虽然有些讽刺，但余生说的是实话。想要拿到高校的考核资格……先努力吧。有些东西不是你每天臆想就能获得的。这个世界上本来就不缺天才，更不缺你们这种资质的。最可悲的，不是天赋上的差距，而是明明没有天赋，却还不肯付出努力，真到了成绩下来的那天，补上一句‘我当初只是没有认真，如果我认真的话会如何如何’。这才是被人耻笑的根源。”

刘青峰这番话完全没有留情面，冰冷异常，深深地刺痛学生们的心。

但只要有一个人因此激起了斗志，从而去拼搏，改变一生，就算其余人骂他一辈子又如何?

这堂课很沉重，沉重到大部分学生的情绪都有些低落。

而刘青峰只是冰冷地看着。如果人族处于盛世，他这个老师就不合格，因为他在考前严重打击了学生们的积极性，有的学生甚至可能会因此心态受到影响，明明能考出一个还不错的分数，却因为发挥失常，最终碌碌无为。

可如今，人族面对的局面远超想象。

他上过镇妖关，并且有幸活了下来。他知道战争究竟有多么残酷，战场上的生命又是多么廉价。心智不够坚毅，因为几句嘲讽便会失落的人，远离战场才是最好的选择，不然害的不仅是自己，还有别人。

“余生，出来一下。”刘青峰站在教室门口，看着余生的方向说道。

余生茫然地抬起头，默默起身。

“接下来的两节课对你用处不大，出去走走？”刘青峰拍了拍余生的肩膀，嘴角带着一丝微笑。

余生点头。

一大一小两道身影就在其他学生还在上课的时候，走出了校园。

让余生有些意外的是，刘青峰并没有带他走得太远，就坐在校门口不远的台阶上。

对面是一家早餐铺子。

此时刚刚过了忙碌的时候，一个中年人正在整理着餐桌。

只不过这中年人走起路来一瘸一拐的，看着有些别扭。

“见过吗？”刘青峰就这么注视着中年人的身影，问道。

余生轻轻点头：“班里的人都叫他王瘸子。”

“你怎么看？”刘青峰侧过头，看着余生的眼睛。

余生有些茫然，似乎不太懂刘青峰为何会这么问。“我……用眼睛看？”他小心翼翼地试探着说道。

“呵呵……”刘青峰笑着摇了摇头，“也对，不该问你的。他曾经是预备役的人，在预备役训练了两年左右吧，因为综合数据不够，去的是破晓关。毕竟那边的压力要稍微轻一些。他在破晓关一共就待了三天的时间。前两天还比较平静，因为妖族刚刚发起过一次冲锋。第三天，妖族夜袭，他的腿就这么断了。没日没夜地训练了两年……却只坚持了一天。万幸的是人还活着，从破晓关下来，他就回到老家在校门口开了一家包子铺。”

刘青峰的声音有些低沉。

而余生沉默地听着。

“和你说这些，不是想让你去为人族牺牲、赴死。我只想告诉你，人族面对的局势，远没有如今看起来这么乐观。四座关隘，任何一座被破，所造成的后果都是毁灭性的。战争是残酷的。如果是这样一个为人族牺牲了一生的人，在你面前遇到危险，你……会救吗？”

刘青峰死死地盯着余生的双眼，仿佛在期待着什么。

余生陷入了沉思中。过了许久，余生才有些茫然地抬起头：“我……不知道。在罪城，没有救人的道理。我亲眼见过，被救的人站在背后拿起了刀。我也亲眼见过，为了一个馒头，付出了三条人命。我还见过……见过……很多。我不理解，为什么要去保护别人。这个世界上，不是只有利益吗？”

余生的脑海中闪过一幅又一幅画面。

一个中年人拿着绳索，狞笑着一步步向自己逼近；

面容慈祥、照顾了自己两天的老人，转身就把自己卖了个好价钱；

街道上满目狼藉，自己就站在血泊中，不停地喘息着；

而与自己背靠背的，是另一道同样瘦小的身影……

看着余生迷茫的神情，刘青峰不知为何，突然有些心疼。

他不知道，究竟是怎样的遭遇，造就出了余生这样的人。

他也不知道，是多么狠心的父亲，能把孩子丢到罪城多年不闻不问。

“或许你是对的。这世界从未庇佑过你，我又为何要让你守护这个世界？”刘青峰的嘴角泛起一丝苦涩的笑，下意识地抬起手，想要摸摸余生的头。

余生却如同本能反应般，侧了侧身子，躲了过去。

刘青峰甚至看见，余生的指缝间还夹着一块刀片。

原本铁质的刀片不知何时已经换了材料，像是由妖兽的骨骼打磨而成，坚韧、锋利。

一时间，刘青峰的心情说不出地复杂。

或许在外人眼中，余生毒舌、自私。但此刻，在他这个老师的眼中，余生就是一个孩子，一个受了惊的孩子。余生所做的一切，都是为了在这世界上努力地活下去。顽强求生的余生如同被一把火烧过的原野中那株倔强的野草，哪怕狂风吹过，冰雹落下，只要根还在，就会不断生长。

原本刘青峰还想了很多很多的话，最终却硬生生地咽了回去。

他突然有些厌烦老师这个职业。作为一个老师，自己要逼着这么一个孩子去努力，最后又要他站在镇妖关上，可能会牺牲。

“聊聊别的吧。你有朋友吗？”刘青峰长舒了一口气，拿出一盒烟，抽出一根，又在口袋里的几个打火机中挑了一个，将烟点燃。

余生那平静的眼睛中仿佛划过了一道亮色，认真地点了点头：“有的！”

说这话时，他的嘴角甚至勾出一丝不易察觉的微笑。

刘青峰怔住，任由烟灰掉落。

“你的朋友……在哪？”刘青峰问道。

余生的眼神恢复了平静：“她在罪城，不过应该很快就能出来了吧！还有307天！”

下一个有可能获得名额的人吗？

刘青峰点了点头：“如果你朋友被人追杀，你会怎么做？”

“杀了他们。”余生理所当然地说道。

刘青峰继续引导：“那如果与你朋友为敌的……是这天下所有人呢？”

“那我就与全天下的人为敌。”余生几乎没有犹豫，又一次说道。

刘青峰点了点头：“是啊，那就与全天下的人为敌……所以，他们其实在做着和你一样的事。只不过，你守护的，是朋友；而他们守护的，是天下黎民。”

刘青峰再次将目光落在了街道对面那依然忙碌的中年人身上。

似乎察觉到了什么，那中年人抬起头，看见刘青峰后挥了挥手，露出一张笑脸。

那笑容憨厚、朴实。

余生若有所思地点了点头，仿佛喃喃自语般：“这……叫守护吗？”

“嗯，只不过他们为的不是友情，而是人族大义。”

刘青峰将烟头掐灭。

余生没再说话，又一次陷入了沉默。

气氛再次变得冷淡起来。

刘青峰似乎突然想起了什么，好奇地看着余生问道："如果你朋友有一天想要杀你，你会怎么做？"

"我会杀了她啊。她很厉害的，真的有机会杀掉我。不过，她应该不会吧。"余生很自然地说道。

刘青峰再次怔住："为什么不会？"

"可能……是直觉吧。直觉告诉我，她不会杀我。嗯，一定不会的。"

余生仿佛要证明自己说的话是对的，还点了点头。

这一刻，他仿佛又回到了那个雨夜。

在一间破旧的砖瓦房中，两人蜷缩在角落里，看着那面目狰狞的中年人一步一步走来……

"走！带你换个地方，换个地方住上几天！学校那边我帮你请假。"刘青峰起身拍了拍屁股上的灰尘，说道。

余生轻轻点头，甚至都没有问上一句去哪儿、为什么。

他只是平静地跟在刘青峰身后。

车站。

刘青峰买了两张票，就这么带着余生出了城，远离了人群，远离了尘烟。

好一会儿，车才缓缓停下。这里是安全区的边缘，接下来的路上，将会出现不确定的风险。两人下车，继续向更远的地方走去。

此时已经是黄昏，在夕阳下，在田野间，刘青峰、余生的影子被拉得很长，就像是一幅唯美的画卷。

终于，远处出现一座村落，炊烟袅袅。刘青峰就这么走了进去。

村落中，有不过二十余岁、脸上还带着些许稚嫩的青年，有身体强壮、面容冷峻的中年人，也有一把年纪、风烛残年的老者。

而他们，都有一个共通之处——残疾。

有断了一只手的，有失去双腿、只能坐在轮椅上的，还有没了双眼、靠拐棍走路的，种种不一。

只不过村落却不显得阴森，反而分外温馨。

众人互相调笑着，有人偶尔还会开上两句玩笑，惹来其他人的笑骂。

看见刘青峰的身影，众人愣了一下。

其中一个拄着拐杖的中年人笑着喊道："你就少了根手指，老往我们老兵营跑啥？咋的，穷得想蹭残疾人补贴了？"

刘青峰微笑："带学生出来走走。"

"学生？"

刘青峰的话吸引了所有人的目光，大家纷纷看向不远处的余生。

"啧啧，这是把老兵营当动物园了。"

"咋，我们是猴儿啊？"

"没事儿赶紧滚，这破地方有啥好看的？"

几人笑骂道。

刘青峰也不在意："千里迢迢来的，总归要住两天。话说谁家还没吃晚饭呢，蹭点儿。"

看起来，他和这些人十分熟络。

相比在学校时略显严肃的神态，此时的刘青峰有些放松，迅速融入了这群人当中。他与众人笑闹着，偶尔还会说出两句玩笑话。

他随意地拉过一张长条木凳坐下，拍了拍身边，看着余生说道："随便坐，不用搭理这些老家伙。"

余生默默点头，坐在刘青峰身边。

众人十分感兴趣地看着余生，好像想从他的身上看出些什么来。

毕竟刘青峰当了几年的老师，这还是第一次带学生过来。

这里面绝对有故事。

恍惚间，一个老人的身影自远处一闪而过。

余生怔了一下，下意识地看去。

那老人也察觉到了余生的目光，两人隔空对视。

有些熟悉。

客车……卖碟……一瞬间，余生脑海中出现了三天前的画面。

“哈哈哈！这是从哪儿来的小伙子？”老人哈哈大笑两声，让自己看起来不是那么尴尬，同时快步走来，山羊胡子一抽一抽的，用力搂住了余生的肩膀，“这小伙子看着就帅气，身子骨儿也结实，未来必然是一代天之骄子啊！是你们谁的晚辈吗？”

老头儿一边说，一边背对着众人疯狂地和余生进行着眼神的交流。

只可惜，他的眼珠子转得都快像发动机一样了，余生却依然保持着平静，好像跟他完全不在一个频道上。

刘青峰一脸郑重地站了起来，对着老人微微鞠躬：“钟老，这是我的学生。”

说话间，刘青峰看向老人的眼神中充满了尊敬，像是一名绝对忠诚的战士在看着自己的将军。

“哈哈，小刘啊。你的学生吗？真是一表人才，万里无一。以后上了战场，绝对是个好苗子。不错……不错……啊！”说到最后，老人咬字很重，就这么一直盯着余生。

老人的态度，连刘青峰都不禁有些惊讶。

当世能获得老人如此称誉的，凤毛麟角！

一些声名赫赫的后起之秀，换来的也不过是老人的一声嗤笑罢了。

难道余生远比自己想象的还要优秀？

一时间，刘青峰陷入了自我怀疑中。

这位曾经镇守镇妖关的人族第三代觉醒者中最优秀的将领总不会撒谎吧？

一定不会！

钟老的话绝对不会有任何问题！

余生，就是绝世天骄！

因为钟老说的话，众人再看向余生时，目光都变了。能得钟老如此赞誉，以后无论在后方为官，还是入伍上前线，他的仕途都将一帆风顺。

恍惚间，他们好像看到了一颗正在冉冉升起的新星。

老人咳嗽两声，狐疑地审视了余生两眼，还是摸不准这小家伙会不会将自己那天干的丢人事儿给说出去。最后老人咬了咬牙："不行，这种难得一见的天才，我要单独调教调教！小子，跟我走！"说着，老人起身，拽着余生就向角落走去。

众人顿时投来艳羡的目光。

钟老亲自教导，这种事无论放在哪儿，都会惹来一大群人的羡慕。

毕竟，"钟玉书"这三个字，在人族有着绝对的分量。

但是，钟老拽了拽，余生依然坐在椅子上，一动不动。

又拽，还是没动。

钟老急了，撸起了袖子，还活动了一下筋骨，再次用力。

余生茫然地看着眼前这总让他感觉有些猥琐的老人，疑惑地问道："您……是有什么事吗？"

"有！很重要的事！"钟老气呼呼地说道，眼睛瞪得老大。

余生若有所思，轻轻点头，随后默默地伸出三根手指。

"小子，你疯……好！"钟老的话才说一半，就强行咽了回去。

而余生则有些羞赧地挠了挠头，默默起身，跟在钟老身边，向远处走去。

一时间，所有人都带着茫然的神情，很快就开始称赞起来。

"不愧是钟老欣赏的年轻人，就是不一样。"

"没错，哪怕面对咱们钟老都不卑不亢，这种沉稳劲儿是现在大部分年轻人没有的。"

"小刘，你收了个好学生啊。"

众人看着刘青峰的眼神中带着艳羡。

作为一群征战一辈子的老兵，谁不想在老了的时候，找到一个满意的衣钵传人？可惜，他们还没找到，反而是还年轻的刘青峰先找到了。

“乐什么乐，做饭去！等别人伺候你呢？”其中一个老人看刘青峰越来越不爽，突然大吼道。

刘青峰一怔。我乐了？没有啊。难道我在心里笑他们都能看出来？

刘青峰有些郁闷地起身，无奈地进入一间砖瓦房中。

在学校里一本正经训斥学生的刘青峰，此时在这偏僻的老兵营内瞬间没有了气势。

“小子，你也太黑了吧！三十块钱？这不是要我的命吗！”钟老拉着余生来到一个偏僻的角落，整张老脸都皱巴巴地挤在一起，对着余生低声吼道。

“有没有一种可能，我说的是……三百？”余生看着钟老，迟疑了不到一秒钟的时间，说道。

“你……”钟老的嗓门一下就高了起来，看见远处的那些家伙目光都落在自己身上，最终深吸一口气，硬生生将接下来的话给憋了回去，再次压低声音，“你疯了？知道老头子我卖那点碟，一共才赚多少吗？”

余生沉吟两秒：“这种碟进货点在漠北城东一间叫布朗影音店的商铺，进货成本一块钱一张。在客车上你一共卖了十五张，分别是五十元至六十元不等。所以……赚了八百元还是有的。”

余生认真地计算着，而钟老的脸越来越黑，几次都攥起了拳头。

但最终他还是忍了下来。

不能打……

如果打了，自己卖碟的事就曝光了，说出去都丢人。

最主要的还是……自己卖的是假货！

第 14 章

钟玉书

“两百！这是我能出的最高价！你要是不同意，就直接和他们说吧，我这张老脸不要也罢！”

钟老摆出一副无赖的样子，但那眯起的眼睛一直悄悄地审视着余生，配上那一撮山羊胡子，看起来贼溜溜的。

“哦……”

让钟老惊讶的是，余生竟然没有讨价还价的意思，反而拿出了那部令他眼熟的手机，熟练地按下了警卫司的号码。

“按照墨阁民事法，公然销售假碟片，拘留十五天，并且处以两千元罚款。根据墨阁工商管理处罚条例，贩卖假货，根据情节严重程度，处以不同程度罚款。严重点说，就是诈骗犯。举报的话……五千！”

余生说着说着就心动了，果断按下了拨通键。

钟老就像是一只奓毛的刺猬，一把抢过余生的手机，死死地捂在怀里：“小子，你这样不道德！江湖事，江湖了，扯上官家就不对了。老头子我赚点棺材本容易吗？真让人知道了，我钟玉书的老脸还要不要！”

钟老怒视着余生，嘴里还不停地说着。

余生则一脸无辜，指了指钟老怀中的手机：“那什么……你没挂断。”

一时间，空气都安静了。钟老有些僵硬地拿起手机，看着显示正在通话的屏幕，内心一时间竟然掀不起任何波澜。

自己刚刚似乎说了名字？好像说了，又好像没有。

电话那边同样有些安静，过了片刻才有一个略显稚嫩的声音响起："您……您是钟玉书，钟老？"

"认错人了。不好意思，我吹牛的！我怎么可能是人族的大英雄钟玉书！"钟老毫不犹豫地反驳了一句，挂断电话。

短短半分钟的时间，钟老就出了一身冷汗，他再次看向余生时，已经带着些许莫名的意味。

这小家伙有点狠，和我一个老人家玩真的。

"三百，成交！"钟老带着一脸的悲痛，咬着牙，特意背着远处的众人，双手颤颤巍巍地从口袋里掏出三百元，以一种极其缓慢的速度向余生递去，嘴里还在说着，"你没听过钟玉书的故事吗？我是人族的英雄，镇守镇妖关三十年，为人族流过血。我……"

最终，余生就这么默默地将钱接了过去，没有半分犹豫。

由于钟老攥得太紧，余生还用力地抽了一下。

在钟老绝望加恋恋不舍的眼神中，他将钱揣进了口袋里。

一时间，钟老眼中再也没有了期待，他算是彻底看明白了，自己再怎么提身份，这小家伙都不会良心发现，把钱还给自己。

"啧啧，钟老对这小家伙真中意啊。"

"就是就是，看钟老激动的，浑身都在颤抖。"

"难道他真是什么绝世的天才？人族有救了？"

一群从前线退下来的老兵看着这一幕，纷纷开口说道。

"刘青峰那傻大个儿，凭啥能找到这么好的学生？"

"呸，他那个废物能调教出什么来！"

“误人子弟，误人子弟啊。”

“这种绝世天才就应该让我来教，多年后，这孩子屹立在世界之巅，那也有我的一份功劳。”

“呵呵，脸都不要了？”

一群人七嘴八舌的，大半都是在骂刘青峰，小半是在夸自己。

简单来说，他们动心了。要知道以钟老的身份，完全不需要住在这种破旧的老兵营。只要他想，墨阁就会以最高待遇，让他安度晚年。但钟老最后只说了一句：“漠北是我的根，忙碌了一生，我也该回家看看了。而且……一身的兵痞味儿，不在兵营待不惯。”

也就是这样，在所有人复杂的目光中，钟老只身一人从镇妖关上走了下来，一如他当年带着一腔热血，踏上镇妖关那般。空无一物来，空无一物走。留在镇妖关的，只有“钟玉书”这三个字，以及他的一生。

“钟老的伤势，还是没有痊愈的可能吗？”刚刚炒完菜出来的刘青峰擦了擦双手，看着远处钟老的背影，神情有些低落，问道。

一时间，气氛变得沉重起来。

“唉……其实墨阁那边的孙老孤身一人入妖域，斩了一头神兽。只要以神兽之血加妖核为药，钟老是可以康复的。但……”其中一名老人发出一声叹息，敲了敲手中的拐棍，似乎有些无奈，“但钟老不愿意。他说，这么多年过去，他累了，不想再战了，如今不过是一个年迈的老头子，在故乡安度晚年，挺好的。”

一个年轻些的人插话道：“但是我们都知道，钟老他是舍不得……毕竟神兽这种东西，实在是太珍贵了，哪怕是墨阁，想要有一头完整的，也是十分困难的事。孙老拖着重伤之躯勉强回归，甚至为此惹得妖族暴怒，几次对镇妖关发起冲击。或许钟老是认为，这些东西，完全可以造就出一位人族的顶级高手，而不是给他一个老家伙疗伤。”

说话间，这人的眼睛有些湿润，看着钟老的背影觉得心酸。

“但钟老凭什么不配啊！他的父母、爱人、孩子，全部死在了镇妖关上！并且他将自己的一生都奉献给了人族。不知道有多少人都在盼着钟老回去，我们相信，只要钟老在镇妖关一天，妖族就不可能前进分毫！唉……”

伴随着一声叹息，这个话题到此结束，只不过气氛变得凝重起来。

“听见没有？听见他们都说什么了吗？”钟老背对着众人，看着余生有些得意，“听听我这累累战功！你还骗老头子我的钱，过意得去吗？啊？你是不是突然觉得良心有愧，想把这笔钱还给我？我就知道，你小子还是善良的。快快快。”

钟老伸出食指、拇指，轻轻捻了捻，期待地看着余生。

这个话题来得真及时啊！

也不知道眼前这个小子究竟是什么底细，竟然没有听过自己的名字，好在那些家伙给介绍了一下，甚至没有压低声音，这也就导致他们的交谈被两人听得一清二楚。

“但是，这是我自己赚来的钱啊。如果我举报你的话，能赚更多的！”余生一脸的认真、倔强。

钟老心绪凌乱。那群人把气氛烘托到这种程度，让人听着落泪，你竟然还是不松口？果然，那三百块钱终究还是要不回来了。

一时间，钟老背都弯下去了些许，如同普通的迟暮老人，更显沧桑。

他无奈地回到人群中。

“钟老，你是觉得哪里不舒服吗？”

“钟老，你快坐。”

一群人顿时急了，纷纷挣扎着起身，腾出了一片空间。

“滚滚滚，没事儿往我这儿凑什么？一群没脑子的玩意儿。”钟老心烦意乱地骂了两句，这些人顿时怏怏散去，一句话都不敢多说。

钟玉书，在外界是闪耀着光辉的英雄，但在军营里就是魔鬼。

这个老兵营，甚至全人族的老兵营里，大部分都是他当年带出来的兵。

有些人吹嘘的话题都是——“钟将军今天才打了我一次”！

大家对钟老尊敬到了骨子里，但看他抬手，都还是本能地会躲。

“小刘……你真是教出了一个好、学、生啊！”钟老幽幽地看着刘青峰，一字一顿地说道。

余生顿时羞涩地低下了头。而刘青峰则愣了一下，很快就露出了开心的笑容：“谢谢钟老赞美，我会继续努力的！”

一时间，钟老那原本有些发堵的心，变得更堵了。

难怪暗阁的人都喜欢说，预备役出来的都是傻子。真有人听不懂好赖话吗？这传统究竟是从什么时候传下来的呢？难道他们都被自己打傻了？不应该啊……

钟老拿着饭碗，脸又一次黑了起来。

“你们这群废物，连饭都煮不熟，还能干点什么！去了一趟镇妖关，把自己祸害成这样，缺胳膊少腿的。笑什么笑，就你最丢人，一共只在城墙上坚持了半年，丢我的人！”看到一个中年人还在傻笑，钟老连稍微忍耐一下的想法都没有，直接开骂。

但哪怕如此，众人也是笑嘻嘻的样子，浑不在意。

可能他们更怕哪一天，钟老再也不会来骂自己了吧。

整个吃饭的过程中，钟老的目光几乎就没从余生身上移开过，每一口菜都用力地咬着，仿佛吃的不是菜，而是那逝去的三百元。

这小子，目无尊长，欺负老人！

当然，这也更让众人认为钟老对余生情有独钟了。

“其实，我觉得你的运营模式可以改善一下。”饭后，余生看着钟老认真地说道。

钟老先是小心翼翼地看了看四周，发现没有人关注这边后，这才没好气地骂道："小兔崽子，我没钱了，换个地方坑去。"

余生缓缓摇头："没有，我只是在想，你这样规模做不大，而且很快就会引来警卫司的注意！你完全可以将光盘中的内容改成宣传墨阁功绩、打击邪教的，这样就不会有人举报你。再或者，你完全可以在光盘内容中写，这是为了提高大家的反诈意识，劝导大家向善，努力做一个对社会有用的人。如果可以的话，去找墨阁申请一个营业执照，再招一些员工，分散到各个城市。打出名气后再成立公司，专门教人如何防诈，这样就可以成功转型。"

听着余生的话语，钟老怔在原地，大脑飞速运转。

自己平均一天能骗……不对，能卖五百块钱。如果有十名员工，一天就是五千。扣除工资……

这样做再不用考虑被抓的风险，这玩意儿……好像很赚钱啊。

一时间，他看余生的目光都变了，凑到余生耳边小声嘀咕了几句，而余生又耐心地回应着。

隐约间，钟老的眼睛越发明亮。不提其他，好像在赚钱这方面，眼前的小家伙格外擅长。而且他对墨阁法律研究得十分透彻，不时提起一条，保证每一种赚钱方式都在墨阁法律的允许范围内。

宝典，这就是赚钱宝典啊！

当初自己身边但凡有一个会赚钱的，起步也不至于那么艰难。

"小子，还没觉醒？"之前钟老的重心只是放在钱上，现在，则是他第一次认真地审视余生。

余生点头。

"还要多久？"钟老再次问道。

余生认真地想了想："应该是一周内吧。"

钟老点头："慢了点，不过也无所谓。几纹？"

余生默默地看着钟老。他不喜欢撒谎。不回答，应该就不能算骗吧。

看着余生的样子，钟老嗤笑："还挺谨慎的。这玩意儿说到底，就是一纹至九纹。哪怕是九纹，三大学院都有一堆，更何况墨学院。这玩意儿不用太在乎，九纹也只是一个起点而已。”说着，钟老摇了摇头，“小娃娃别的都挺好，就是太冷淡了点。要学会对身边的人多些信任嘛。”

突然，钟老用力地咳嗽两声，脸色也微微变得苍白，晃晃悠悠地起身。

余生看到，钟老扶着墙的那只手在轻微颤抖着。

刚才表现得十分超然的钟老眼底闪过一丝无奈，但还是笑着：“哈哈，老咯！小娃子，想开点，有时候，人也没你想的那么坏。尝试对一些人敞开内心，你会体验到另一种人生的。”

钟老说了一番莫名其妙的话后，向远处走去。

余生若有所思地望着钟老的背影，依然保持着沉默。

一张洁白的纸原本被扔进了黑色染缸中，捞出来时，整张纸都是黑的。现在却有人一点点、小心翼翼地不断擦拭着纸上的每一个污点。不得不说，老兵营的氛围很好。

这里的人有曾经的士兵、队长甚至将领，但却能完美地融合到一起。

一群人哪怕已经身体残疾，却依然保持着乐观的心态。

他们自给自足，平日里吃的菜全部是自己种的。

墨阁也不是没说过给他们发放补贴，只不过都被他们拒绝了。

“我用你发补贴？留着给那些死去的家伙的家属发抚恤金吧！”

他们的回应，都是类似的话语。

反正留在老兵营的，都是无儿无女的人，饿不死就够了。

天逐渐黑了下来，一些上了年纪的人早早睡了过去，剩下的人也回到了房间，一如当年从军时所保留的习惯。

刘青峰带着余生行走在田野间，抬起头就能看见群星，幽暗的月光将这里衬托得十分美好。走在这里，仿佛可以卸下心里所有的烦恼、顾虑，恨不得用力喊上两声。

当然，这样做的结果可能是一群老兵咒骂着出来，一人给你一脚。

“感觉如何？”刘青峰抬起头，看着漆黑的夜空，深吸了一口清新的空气，问道。

余生回忆着一下午的见闻，点了点头：“好像……还不错。”

不知为何，看见那些老兵肆无忌惮地笑着、闹着，他心底会浮现出羡慕的情绪。虽然这情绪很微弱，但已经足够让余生难忘。

自己竟然也会羡慕别人吗？

刘青峰没有继续说话，而是带着余生慢慢向前走去。

远处出现一个湖泊，湖泊的边缘处竖立着五座墓碑，墓碑旁是一间简易的茅草屋。边上还放着一个马扎、一根鱼竿。

“这是钟老的住所。”刘青峰缓缓开口，“那五座坟中埋葬的，是钟老的父亲、母亲、妻子、儿子……”

五座坟，却只埋葬了四个人。剩下最后一块墓碑，无字。

看着余生那有些茫然的神情，刘青峰解释道：“最后一座坟，是钟老留给自己的。当年，钟老父母也是轰动一时的天骄，更是人人羡慕的神仙眷侣，但最终还是战死在了镇妖关。又过了几年，钟老加入预备役，通过审核，登镇妖关。还记得那年，所有人都在注视着，看这个预备役最优秀的少年究竟能不能在残酷的镇妖关活下来。而接下来的数十年，这少年亲手谱写了一个传奇，属于钟玉书的传奇。”

刘青峰此时的眼神分外崇敬，仿佛那间破旧的茅草屋是人世间最高尚的所在。

“当年，所有人都记住了一句话，你可以永远相信钟玉书。他在一日，镇妖关一日无虞。可惜，英雄总会落幕。”

刘青峰的话里带着些许颤音，情绪剧烈波动着：“为了击杀钟老，妖族付出了巨大的代价，甚至暗中与邪教合作。虽然钟老还活着，但……他的觉醒物破碎了。一如少年时孤身一人来，受了重伤的钟老又孤身一人走。哪怕在走的时候，钟老都笑着，说……说……他钟玉书一人换两名妖主，赚大了。再之后钟老就回到了故乡，也就是这里，一个原本无人知晓的地方。”

“余生……”刘青峰深吸一口气，看向余生，目光真挚，“其实人生有许多种活法。我不是说你如今走的路是错的，而是……人族真的需要天才，需要能够守护人族的强者。可能我所经历的、我所见识过的太少，但你确实是我见过最优秀的年轻人。我有一种直觉，未来你能一飞冲天。作为一名老师，我真的希望你力所能及地帮助人族。让所有人都记住你的名字，或许也是一种不错的人生。”

刘青峰有些烦躁，不知为何，就是莫名心烦。

他只是在做着一件所有老师都会去做的事情，但对余生来说，这就是把余生一步步推到更危险的境地，强行让余生背负更多的东西。

如果有一天余生因为他的话而改变，而……死，那他就是罪魁祸首。但他别无选择。因为老师，就是要教出一名名强者，去为人族死战。

余生无声地注视着茅草屋的方向，有些失神。

没有人知道他究竟在想些什么，他甚至没有回应刘青峰的话。

刘青峰轻轻叹息，再一次伸出手，想要抚摸余生的头。

余生只是平静地挪开了一步，让开。

或许唯一让刘青峰感到欣慰的就是，这一次，余生手中没有出现刀片。

“余生，罪城只是罪城。这罪城外的天下，是另一番风景。你可以去看，去听，去感受，或许能收获另一番美景。”

星空下，刘青峰温和的声音中带着期待，带着愧疚。

“嗯。”余生轻声应着。

而茅草屋内却突然传来咒骂：“大半夜的，煽情能不能换个地方！跑我家门口扯这个！你当这是动物园？把老头子我当猴儿看了？”

这声音中气十足！

刘青峰下意识地打了一个寒战：“余生，跑！”

第 15 章

第一次微笑

余生一脸茫然，下意识地跟在刘青峰身后，在星光下、在田野间奔跑着。许久，刘青峰停下脚步，喘着粗气，笑着问道："哈哈，感觉怎么样？"

"感觉……你很累？"余生思索着说道。

"但累也是情绪释放的一种方式，不是吗？"刘青峰捶了捶腰。

余生点头："但你的累是装出来的啊。"

刘青峰身体一僵，用咳嗽化解尴尬。

"其实，就在刚刚我想通了，我没必要执着于将你改变成哪种人，我也没有权利去改变你。至少作为一名老师，我希望你活得开心。在某一刻，你蓦然回首时，想着自己这一生，能够笑着去面对，说上一句……'我无悔'，这就够了。"这一刻的刘青峰没有了之前的威严，而是肆无忌惮地躺在田野中，闻着花草的芳香。

"老师，您……后悔过吗？"

余生看着刘青峰，月光下，他那还有些稚嫩的面容上写满了认真。

刘青峰几乎没有任何犹豫就摇了摇头，他抬起自己的右手，看着缺少的小指："要说后悔的话，我唯一后悔的，就是当初在手指断的那一刻，我没有第一时间换左手持剑，那样还能多杀两只妖兽。可惜咯。"

余生看着刘青峰的四根手指，神情更加茫然。

“知道我的觉醒物是什么吗？”刘青峰突然提起了兴趣，带着些许炫耀，神秘兮兮地问道。

此时的他仿佛年轻了许多，也变得开朗了许多，就连话都多了起来。

余生摇头。

“是剑！七纹的剑！”刘青峰一脸的神圣表情。

随着他的声音落下，周围几株野草突然断裂，像是被锐气划过。

而刘青峰的上空，出现一柄淡蓝色的长剑。剑上镌刻着一道道优美的纹路，剑柄上更是镶嵌着四颗晶石。唯一破坏这剑美感的，就是剑刃处有一道很明显的裂痕。

“当年，我的老师和我说，剑，在觉醒者的世界最常见，平平无奇，但也最强。没有什么是一剑斩不破的。只要有一颗坚毅的心，哪怕觉醒物只是普通的剑，早晚也能超凡入圣。可惜……我的手再也握不稳它了。”

刘青峰看着空中的剑，就像看着陪伴自己多年的老伙计。最终，他眼中的留恋、虔诚化为一声叹息，他挥了挥手，那柄剑消失在夜空中。

“算了，不说这些。咱们后天回去，这两天什么都不要想，就当短暂地放松一下吧。”说着，刘青峰起身，走在田野间的小路上，渐行渐远。

看着刘青峰的背影，余生的眼神越发茫然。

他学着刘青峰刚刚的样子，倒在田野上，看着漫天的繁星，有些出神。

“这样做……会开心吗？真的很舒服啊！”

不知不觉间，余生闭上双眼，睡了过去。但哪怕熟睡中的他，手都贴在腰间，那里有一把匕首，随时可以抽出来……

湖泊边，钟玉书搬起小马扎，坐在墓碑前，看着那一汪湖水，自言自语般呢喃着：“小刘倒是越来越像一名合格的老师了。只是为什么我没有死在那镇妖关上，空留下一副残躯，在这里浑浑噩噩地度日？”

此时的他没有了白日里的狡黠，更像是一名普通的迟暮老人，话有些多。

“用神兽血救我这么一个废人，有何意义？人族需要的永远不是历史，而是未来，我不过是一个逐渐被淘汰的老头子罢了。还是说……我真的畏惧了？或许吧。钟玉书其实也会累，只不过……钟玉书不能累。所以还不如让钟玉书这个名字随风散去。”

一阵微风吹过，仿佛在他的耳边诉说着什么，而他的脸上带着淡淡的笑意，就这么靠在墓碑上睡了过去。

满天的星光映照在湖面上，水天一线，宁静、柔和。

“神侍大人，计划必须提前了！最近江北省的动作太大了，甚至除妖阁都加入了清扫的队伍中，我们的损失很重。如果因此影响到上面的计划，我们无法承担后果。”青年拿着手机，一脸严肃地说道。

他的脸色逐渐变得阴沉，攥着手机的手青筋暴起：“神侍大人，考试期间是江北省戒备最严的时候，这期间动手，会大大影响我们的计划！是神使亲自吩咐的吗？我没问题了……刚刚我的语气有些不对，说话声音大了一点，还请神侍大人恕罪。”

青年迅速换上一副恭敬的样子，诚恳地道歉。

挂断电话后，青年眼中带着一丝疑惑：“神使竟然亲自主持此事，难道有什么我不知道的计划吗？”

他起身，看着墙壁上江北省的地图，目光落在漠北城的位置上，陷入了沉思。

清晨，余生睁开眼，看着一缕阳光洒在身上，不知为何，他能够感觉到自己的心中带着一丝喜悦。

这，或许就是刘青峰说的……开心吧。

这一整天里，刘青峰没再和他说一些大道理，只是带着他在田间的溪水里抓鱼，在林中的树上掏鸟蛋，甚至还自制了两张网，在花丛间抓蝴蝶。

这一刻的刘青峰不像是老师，更像是一名亲切的长辈。

这些大部分孩子都经历过的事，对余生来说却充满了新奇。

就仿佛，这世界有黑白两面，刚刚走出黑暗的他，正在体验着阳光中的一切，并为此惊艳。

晚上，烤着白天抓到的鱼，呼吸着田野间的空气，余生嘴角不禁勾出一丝笑意。

这是真正的笑。

他已经不记得，自己上一次发自内心地笑究竟是什么时候了。

或许在回忆里，或许……从未有过。

当离开这座宁静的村庄时，余生的眼中带着一丝留恋，但很快他就将这份留恋很好地隐藏了起来，恢复了以往的平静。

仿佛离开村庄后，他还是那个他，永远警惕着随时可能发生的突袭。

“如果有人要毁掉这村庄，你会怎么做？”刘青峰在前方走着，突然问道。

余生想了想：“或许会杀掉毁了村庄的人吧。”

刘青峰脚步放缓，嘴角带着一丝温和的笑意，调笑着说道：“杀人可是犯法的！”

“嗯……”余生有点为难。

刘青峰笑着摇了摇头，没有再问，就这么带着余生走在乡间的土路上，最终来到上车的位置站着，等待客车到来。

好像突然想起了什么，刘青峰看着余生：“如果有人要杀我呢？”

“我不知道……”这次余生明显纠结了许多，刘青峰的这个问题似乎让他有些烦躁，他抓了抓头发，最终认真地给出了自己的答案。

刘青峰拿着烟的手轻微颤抖了一下。

“老师开玩笑的，不会有这一天。”

刘青峰下意识地抬起手，想去摸摸余生的头，但手刚刚抬起，又放了下去，他深吸了一口烟，吐出浓浓的烟雾。

相比宁静的老兵营，此时学校内的气氛开始变得紧张起来。

再过一个月的时间，对于许多人来说，将是真正的毕业考试。

天之骄子，将进入高校，以一往无前之势继续发起冲锋。

成绩优秀的一般天才，会加入预备役、警卫司、除妖阁或暗阁。

当然，如果成绩特别优秀，也会被总部特招，历练一些年头后，回到自己的家乡任职，守护一方。

大部分人将就此完成学业，回归到普通人的行列，安心工作、赚钱，培养下一代。

用刘青峰的话来说，这是每个人一生中，唯一一次免费的鲤鱼跳龙门的机会。成，则前路顺畅；败，则泯然凡尘。听起来有些残酷，但现实就是如此。

“余老大，你最近咋神神秘秘的？听说一中的杨文涛已经觉醒了，觉醒物是山鹰。飞行系觉醒物在六觉之前都有优势，估计他这次成绩会不错。还有三中的徐二也觉醒了，觉醒物是猫，敏捷系的。这个时间点就能觉醒，都可以说是天才了，绝对意义上的……天、才！”说着，赵子成疯狂地对着余生挑眉，这已经不属于暗示的范畴了。

余生默默抬起头，有些敷衍地问道：“哦，你觉醒了吗？”

“觉醒了！我比杨文涛还要早觉醒三个小时！”说起这个，赵子成更精神了，口若悬河，不停地讲述着自己觉醒时的场景。

用他的话来形容当时的情况，就是：那一天，原本万里无云，突然天空就变得阴暗下来，电闪雷鸣，狂风骤起，他在教室中悄然觉醒！那场面震惊了无数人。

直到杜旭在一旁幽幽补了两句：“他前天上课的时候内急，没忍住先放了个屁，声音很响，吸引了班级所有人的目光，然后他就觉醒了。”

说话时，杜旭全程憋着笑，肩膀一抽一抽的，光头在阳光的照射下分外耀眼。而赵子成那张脸顿时沉了下来。

杜旭神神秘秘地看着余生说道：“你知道他的觉醒物是什么吗？是一个沙包！哈哈哈哈，笑死我了。”

赵子成的脸越来越黑，最后忍不住恼羞成怒道：“沙包怎么了？我进灵武学院当一个沙包，不行吗？”说着，他一脚踹在杜旭的屁股上。

杜旭则搓了搓自己的光头：“呵呵，我的觉醒物是老虎，一爪子就能撕碎你的沙包。”

赵子成果断转移话题：“余老大，你觉醒没有？”

余生点了点头。

赵子成带着一丝好奇：“你觉醒的是什么？”

“棍子，打沙包用的。”余生想了想说道。

就在昨天，他在河里抓鱼时突然觉醒，那充沛的能量顿时席卷全身。

余生最大的短板就是身材瘦弱，力气不足。但经过能量的洗礼后，余生测试了一下，自己的力气提升了三倍，速度提升了一倍，整体战斗力的提升怎么也有十倍了吧。毕竟弥补了短板之后，再去战斗，余生的选择就多了许多。这是一个质的飞跃。尤其是那棍子的能力……

不过最让余生好奇的还是自己脑海中的画卷，灰色气体日渐增多，但也只不过勉强即将淹没龙纹棍的九分之一。自己却提前觉醒了，并且觉醒物与画卷中的一模一样。或许自己还需要足够的时间去摸索。

“棍子……那也比沙包强啊。”赵子成欲哭无泪，一时间感觉自己曾经立下的豪言壮志、画出的一张张大饼就这么随着一阵微风逐渐远去。

接下来的几天，不断有学生突然觉醒。这批学生大部分家境都还不错，至少在这个期间买得起妖晶，能够缩短觉醒时间。

三所学校也开始合并，其他两所学校的学生纷纷拥入二中。

看得出，三名校长想要在全国考试前彻底完成合并，争取让漠北城拿到一个不错的成绩，这样以后才会有更多的资源拨下来，从而进入良性循环。

就在这重要的节点上，校长再一次把余生叫到了自己的办公室。

有了前两次的经验后，校长说话简单直白，通俗易懂。

“这次有把握进省前十没？有的话开个价！”说完，校长那期待的目光直勾勾地看着余生。

余生有些茫然：“我不知道啊。省里人很多，我也不认识。”

罪城法则第九条：在掌握明确情报前，永远不要盲目自信。

罪城法则第九条第二小段：哪怕掌握明确情报，也不要自信，不然会被坑得很惨。

没有把握的活儿，自己接不了。

校长蒙了。以他的经验，余生不是应该直接聊价格吗？

如果拿到罪城每年唯一一个名额走出来的人，连一个省级的学生考试都拿不到前十，那罪城应该早就已经沦陷，夷为平地了。

“这样，以前一百为标准线，你每上升一个名次，我就给你……给你……”校长陷入了纠结中，过了许久才咬了咬牙，仿佛下定了什么决心，“你每上升一个名次，我就给你一百块钱！如果拿到第一，奖金一万！”

校长说这番话的时候眼睛都红了，一副咬牙切齿的样子。

余生仿佛没想到奖金会达到这个数字，略显茫然地抬起头看了校长一眼，纠结了一下：“我觉得……告辞。”说完，他转身就走。

“这不少了！真不少了！你别走啊，等会儿，你等会儿！”

校长矫健的身姿先一步冲到了大门处，有些肥胖的身体将门挡死了。

“价格不对咱们可以再谈啊。你看这样，我再提一个想法啊。”校长咳嗽两声，“我向上面教育署的领导去提，如果二中拿下省级排名，领导应该会拨下一笔资源，到时候咱俩三七分，如何？”

空气都变得安静了。

余生看着校长的目光十分复杂，他认真想了想后，坐回到位子上，顺手拿起办公桌上的笔和纸，不停地写着些什么："校长，对于您的建议，我觉得可以这样改良一下。根据往届全国考试，每所学校都有权利自己设计校服，对吧。您可以向教育署的领导要一张批文，因为三所学校合并，校服需要重新设计。这种事，教育署一定会同意。然后，咱们的校服……"

平时的余生话很少、人很闷，甚至没有过多的情绪表达。

但只要涉及钱这个方面，他就仿佛变了个人般，想法不断，滔滔不绝。

"在漠北城，谁也没有规定校服上不能印文字。全国考试永远是大家关注的重点，就连电视台都会来采访。只要在校服上印下××杂货铺、××集团这些字样……如果有人穿着这校服，拿到了一个好的名次，比如省前十，甚至省冠军，再穿着这校服参加高校考核，您觉得……这些人愿意出多少钱？"

余生的声音不大，也算不上多激动，只是在平静地叙事，但对校长来说如雷贯耳，比那些慷慨激昂的话更加让人热血沸腾。

余氏赚钱宝典？

而且这套计划要实行，就要有属于自己的核心竞争力，那就是一定要有拿得出手的天才。

不然单单一座城，哪怕炒得再轰动，也赚不了多少。

所以，余生就算直接说出了这个计划，校长也没办法甩开他自立山头。

一时间，校长看余生的目光，就像在看一座金山，移动的金山。

"这件事靠谱。咱们漠北城教育署署长是我的老战友，一些大公司的人，我也不是不认识。而且这次我不要一锤子买卖，名次高了，他们得加钱。你放心，我肯定办得明明白白。"校长自信满满地说道，用力捶了捶胸膛。

余生看着这有些眼熟的动作，心下意识一颤，忍不住问道："校长，您是从预备役出来的吗？"

"啊，对啊。怎么了？"校长怔了一下，有些茫然地问道。

余生脑海中不知不觉间闪过两个人……两个憨货。

突然间，余生后悔了。

在余生的记忆中，预备役的人就像被天然打上了一个标签，标签上写着硕大的三个字："不靠谱"。

"咱们……五五分？"看着余生那沉思的神情，校长不知为何感觉到了一丝不妙，小心翼翼地试探着问道。

余生幽幽地看着校长，一言不发。

"六四！"校长咬了咬牙，做出了这个重大决定。

余生还是没有说话。

"七三，不能再少了！真是极限了！我也要欠一大拨人情的，制作新校服的费用也不少，而且这笔钱也揣不到我个人的腰包里。学校杰出毕业生，挂的是你的名字！这是功绩，不是能用钱衡量的！"校长再次加大了砝码。

余生轻轻点头："嗯。"

看见余生终于点头，校长忍不住长舒了一口气："一会儿我就去打印合同，白纸黑字，交易顺利。"

"不用合同的。我录音了。"余生将一直插在外套兜里的手拿出，扬了扬手机，带着羞涩之色，对校长礼貌地点了点头，转身离去。

校长如遭雷击，愣在原地。

如果这钱他不是准备用来建设学校，而是私吞的话，是不是代表着，余生随时都可以用这录音举报他？

不过很快他就将这件事抛之脑后，从抽屉里拿出一个计算器来，不停地按着。

过了许久，校长那刺耳的笑声依然从办公室传出，在安静的走廊内不断回响，还有那句不停重复的"发财了，这次发财了"。

一时间，所有路过的教师都看向校长办公室紧闭的房门，神色中透露出一丝古怪。

校长……又抽风了？

第 16 章

让你我心连心

不得不说，校长办事的效率很快。短短一周时间，新校服就成批成批地运到了学校里。

校服整体很素，就像是纯白色的运动服，一点都不花里胡哨。唯一有些不对劲的，就是这校服上缝了很多透明的口袋，还配备了拉锁。

就在众人茫然地想着这口袋有什么用时，一张广告牌被发了下来。

“通信集团，让你我心连心！”

广告牌上只有一个商标，以及一句话。

当众人发现这广告牌的尺寸恰好能塞进透明的口袋里时，仿佛明悟了什么，一瞬间，他们心绪凌乱。

一道道灰色气体自他们头顶扩散开来，遍布校园上空，最终有三成凭空散去，而剩下的七成则没入了余生的画卷中。画卷中，那根龙纹棍底部变得越发凝实。其中一个凹槽已经隐约间泛起微弱的光芒，就仿佛有一颗暗淡的种子，正在倔强地成长。

这突如其来的变化让余生整个人都愣住了，一时间若有所思。

原来……还能这么玩。

在这一刻，他脑海中突然就有了很多新的玩法。

而其他学生的内心逐渐崩溃，看着校服不知作何感想。

随后，学校颁布了一条新的政策：按照考试排名不同，分别给予不同级别的奖金。那一串串数字，令人心动。一时间，所有人的怨气一扫而空，众人斗志昂扬，试图在考试中拿下一个好的名次。

看着那逐渐消失的灰色气体，余生脸上充满了幽怨。

接下来的几天，余生看见校长时，眼神都是怪怪的。

校长一度认为，是自己哪里出了问题。

但是……没有啊。

事情进展很顺利，这种新奇的广告方式吸引力爆棚，越来越多的公司准备投入一点资金看看情况。或许在未来的某一天，校长亲手设计的校服上，将会密密麻麻地写满名字。他甚至学会了举一反三，特意空了一个显眼的位置出来，准备招标！

到时候，那广告绝对令人瞩目。

“安姐，暗阁这段时间真没有活儿吗？我都瘦了。”一个手中拿着传单，套着狗熊外套的队员有些气馁地走来，摘下头套，额头上布满了汗水。

安心大眼睛眨了眨：“你不是还有两万存款吗？”

“昨天买了颗妖晶……”队员心虚地说道。

安心笑眯眯地看了他一眼：“一万八，我收了，你拿钱吃饭，我拿妖晶修炼……”

那队员果断将大熊头套又戴了上去：“不可能，绝对不可能！少吃两顿饭饿不死，但让我不修炼，生不如死！话说为啥我们就要穿成这样，你不用？”

那队员看着穿着连衣裙、梳着双马尾的安心，整个人都处于崩溃的边缘。

安心笑容不变，将头绳摘下，晃了晃头，任由秀发散落，随风飘扬，一时间吸引了所有人的目光。一些年轻人甚至主动来找安心要传单，并且羞涩地询问安心的联系方式。安心一一拒绝，不过数分钟时间，她手中的传单就一扫而空。

“相信我，如果你们不把头挡住，传单一定是发不完的。”安心迈着轻盈的步伐，从口袋里又取出一沓崭新的传单，在热闹非凡的街上发放着。

“……”

很难想象，这队员在短短数分钟时间内，心灵反复遭受着怎样的打击。他有气无力地拿着传单，穿着沉重的狗熊外套，继续着自己的工作。恍惚间，他看见远处的安心突然拿起手机，紧接着，安心将传单果断收了起来，拿着头绳再次将头发缠成了双马尾，最后吹了一声口哨，声音响亮。

街上四只“熊”猛地顿在原地。但很快他们就恢复了自然，一边发着传单，一边向角落里走去，很快消失在街道上。

“有任务？”一伙人凑在角落里，罗云蹲在地上，嘴里还叼着一支烟，有些期待地看着安心，问道。

“墨阁主导，暗阁、除妖阁、警卫司各派一队辅助，赏金……二十万！”安心靠在墙边，嘴里还叼着一根棒棒糖，双手插在口袋里，双眼眯起。

“二十万！发财了！咱们分下来，一人能有四万呢！”一名队员有些激动地说道。四万，这他得发多长时间的传单。

安心瞥了他一眼：“没见识的样子。一人……二十万。”

空气仿佛凝固了。在这偏僻的角落里，所有人的呼吸都不禁沉重起来。

罗云猛地抽了一口烟，不但没有欣喜，反而蹙着眉：“这么大的买卖，不好干吧？”

“嗯，墨阁那边说了，死亡率偏高。如果咱们不接，就给二队。”安心舔了舔棒棒糖，浑不在意地说道，“用命赚钱嘛，很正常。”

“死了，抚恤金五十万。”想了想，安心又补了一句。

“干！”

“必须干！”

“死了也不亏。”

原本还有些犹豫的队员果断点了点头。

这世道就是如此，在遍地觉醒者的情况下，想要出头，要么就展现出绝世的天资，要么就把脑袋拴在腰带上。

“什么时候？”罗云随手将烟头掐灭，问道。

安心想了想：“应该是一周后吧，先确定人选，具体细节会议上再说。这种重要的任务，都是要严格保密的，不到最后一刻，谁也不知道具体要干吗。我建议最近几天大家都休息一下，顺便留下一份遗书，再去银行做一份资产证明。”

“哦，对了，烈士家属还可以领取额外的补贴，记得和家里人说一下，别忘了。”安心好心地提醒道。

众人沉默，一个个就这么四散而去，谁也没有多说些什么，仿佛早就习惯如此。

“这任务……你确定要参加？这是我们的职责，但你还是学生，只不过是来历练的。你还有更加光明的未来。”

其他人走后，罗云盯着安心，表情逐渐变得严肃。

安心翻了个白眼，更显可爱：“就算是来历练的，至少我现在还算除妖阁的人嘛。再说，也不能让赵青衣把我比下去。走咯，大叔，别忘了一周后，墨阁会议厅见啊！”

安心挥了挥手，双手插进口袋里，走向街道，融入人群，逐渐远去。

暗阁。

辉煌明亮的大堂，角落的服务区，赵青衣给自己倒了一杯咖啡，优雅地捏着银勺，悠然搅拌着。她的面容一如既往地冰冷，那强大的气场仿佛在宣告着：方圆三米，生人勿近。

她轻轻抿了一口咖啡。

一首古筝曲响起，赵青衣轻轻擦拭双手，将电话拿起。

“说。”赵青衣声音平静，不起波澜。

“好。”过了片刻，她应了一句，将电话放下，再次轻抿了一口咖啡，起身离去。

自始至终，赵青衣都如冰山女神般，优雅且从容。只不过到拐角处后，她的表情瞬间扭曲起来，皱着眉：“忘记放糖了，好苦！”

她从口袋里掏出一块糖，刚准备打开，就听见有脚步声由远及近传来。

她果断将糖收起，面容恢复冰冷，就这么向远处走去，仿佛不染尘埃。

“确定行动时间了吗？好……我担心墨阁那边会有应对措施……神使大人也会亲自出手？好的……放心，我保证，考试结束，整座漠北城都会乱起来！”青年拿着电话，恭敬地说道。

挂断电话后，他的脸上泛起一丝优雅的笑容：“这次立功后，我应该也会晋升为神侍吧。总被那个废物骑在头上，令人不爽啊。”

而此时他房间的墙壁上，已经悬挂了一张崭新的漠北城地图，其中的警卫司、学校更是被圈了起来。

距离人族大考的日子越来越近，学校内的气氛越发紧张起来。有条件的人几乎都买了妖晶，开始了真正的觉醒，哪怕是那批年纪稍小的，也有人后来居上，成功觉醒。

一时间，考试、排名，成了人族所有学生最关注的事。武技培训班、觉醒能力测试营等类似的场所生意爆棚。一些像《如何考入高校，看了这本书你就懂了》《高校内，那些你不知道的事》的书的销量也一度水涨船高。

这是属于学生们的狂欢，也是属于商人们的狂欢。同时，这还是……属于余生的快乐。

“余哥，亲哥，别……别打了！”赵子成鼻青脸肿地靠在墙边。

倒是余生，虽然看起来还是柔柔弱弱的样子，却有些兴奋地攥紧拳头，紧紧盯着赵子成。

“让……让我缓缓行不？”眼看着余生又一次向自己走来，赵子成坐不住了，惊恐地向后退去。可惜，他的身后就是墙。

在一声凄厉的惨叫中，赵子成召唤出了自己的沙袋，挡在面前。

余生一拳下去，这沙袋由虚幻变为真实，微微散发着光芒。紧接着，一缕淡淡的能量一分为二，其中一部分通过沙袋传递到余生体内，另外一部分则反馈到了赵子成身上。

“余老大，虽然很爽，但不得不说……好疼啊……”赵子成发出宛如杀猪般的吼叫，靠在墙边痛不欲生。

不远处的杜旭看得跃跃欲试，好几次攥紧了拳头想要参与进来，但又带着犹豫，最终搓了搓自己的大光头，退了回去。

短短几天时间内，整个校园里传开了一个消息：余生仗着有实力，欺凌同学。

这明显是校园暴力，这种现象应该得到治理。但如今的校长宛如魔怔了一般，每天连吃饭时嘴里都念叨着“广告，广告”的，听到余生打的是赵子成后，更是没有搭理的想法。于是学生们纷纷猜测，或许余生最大的后台就是校长。

校服上已经密密麻麻地贴满了文字，胸口处更是贴着一张最大的广告牌——“无兄弟，不联盟！”

这也就导致学生们的情绪每天都在剧烈起伏着。

那灰色气体不断涌入画卷之中，结果就是……余生打得更起劲儿了！

杜旭忍不住了，终于选择了加入。

黑板上，考试倒计时五天！

那个被着重描画的“五”，就像是一座大山，压在学生们的胸口，让他们有些喘不过气来。

“我知道你们现在紧张，但每年的考试内容都由墨阁统一规定，不要去相信那些所谓的大师给你们分析！这只会浪费你们的钱，还有时间。你们只要记住，冷静、谨慎才是亘古不变的真理。如果考试还没有开始，你们就已经六神无主，那真到了考试当天，吃亏的只会是你们自己！”刘青峰一次又一次重申心态的重要性。

只不过类似的话，刘青峰已经说了太多，他上一句话还没有说完，下一句话就已经被学生猜到了。

“唉……放学。”看下方众多学生依然紧张，刘青峰有些无奈地挥了挥手。

显然，他的话，大部分人都没有听进去，仿佛他们所有的情绪都汇聚成一种压力，堵在心头，已经彻底将自我封闭。

这一切，刘青峰懂，却不知道怎么去帮他们疏通。

说到底，这只不过是他带的第一届学生。

看着自己辛辛苦苦培养几年的学生即将面临人生中最重要的考试，就连他的内心都不禁有些紧张，何况是这些学生？

一名名学生离开教室，只有余生还坐在角落里，看着窗外出神。

刘青峰走到余生桌前，坐下，看着余生，嘴角露出一丝微笑：“想什么呢？”

余生抬起头，看向刘青峰。

如今他面对刘青峰时，脸上已经会透露出些许情绪，这个将自己包裹成刺猬的小家伙，已经在尝试着对刘青峰缓缓打开一道很小很小的口子。但只要有任何风吹草动，这口子就会迅速闭合，并且外面的刺会变得更加尖锐。

刘青峰，就像是罪城外的世界。

当什么时候刘青峰能彻底走进余生内心，或许就是余生开始接纳这新世界的一刻。

而这道理，刘青峰显然也懂。

“我在想……如果考核的时候要求打架该怎么办？我不会打架。”余生有些纠结地说道。

刘青峰失笑：“或许你可以尝试着把弩弓的箭头去掉，把匕首磨钝，这样哪怕你正常发挥，也不用担心伤到人。”

听着刘青峰的话，余生认真摇了摇头：“不可以的，无论什么时候都不能主动弱化自己的武器，不然很容易有危险。而且，哪怕是这样，我也有很高的概率……”

余生有些烦躁。显然在他从小到大的印象中，时刻携带锋利的武器没什么不对。

走出罪城后，墨阁颁布的那一条条政策，虽然有一些能够加以利用，但也有一些会让余生觉得有些束缚。

打火机除了那天借给老师一次外，已经很久都没有用过了，怪不习惯的。倒是食物比罪城好太多了。

人，貌似……也还不错。

这就是到现在为止，余生最真实的心理写照。

刘青峰看了余生一眼，语气越发柔和：“紧张吗？”

余生略显茫然：“为什么要紧张？”

“因为这次考试决定了你之后的命运，或潜龙出海，或平凡一生。想在这个世界上不断变强，就要在这场考试中搏出一条路来，让所有人都看见，并记得有一个叫余生的少年，出场已惊艳世人。”刘青峰这番话说得无比真挚，看向余生的目光中，满是不夹杂任何杂质的信任。仿佛他已经看到了那一刻，并期待着。

“无论现在，还是以后，你都是我最优秀的学生。我希望的是有一天，哪怕我老了，坐在轮椅上，意识模糊，但再提起你的名字时，脸上带着的依然是骄傲的笑容。”刘青峰看向窗外，眼中带着憧憬，仿佛在期待着那一天的到来。

作为一名战士，他的毕生梦想就是斩尽天下妖。

作为一名老师，他则是盼学子们人人如龙。

而对余生，他所期盼的更多、更多……

有的时候，他甚至不自觉地代入了更多身份。

余生看着刘青峰的背影，有些出神。在这一刻，他在刘青峰的身上，仿佛看见了一个影子——自己初入罪城时，无数个冰冷的夜晚，梦中……那模糊的身影。

那身影就像是一棵参天大树，能为自己遮挡所有的风雨。

但梦里是假的，现实中……应该也是如此吧。

余生轻轻摇了摇头，再次变得平静："可我不喜欢成为被瞩目的人，在罪城，名气大的人都很难活下去。"

"那就变得更强，超越所有人，让他们提起你的名字就却步！"刘青峰的语气坚定，甚至有些冷冽，"老师是希望你做一个善良的人，但并不是让你善良到愚钝。身为人族，保家卫国，这是职责。但谁如果敢在背后捅刀子，那就可杀！墨阁会为你做主。我不敢说墨阁中的每一个都是好人，但你永远可以相信墨阁。墨阁只站真理，而非人多人少！"

刘青峰没有转身，依然背对着余生，看向窗外，但这一刻，他所说的话，却印在了余生的脑海中。

墨阁只站真理。

"如果有机会，我会去尝试的。毕竟我也要赚钱的嘛。"余生带着羞涩的笑容，挠了挠头，如往常一样。

只不过，他的笑容一贯很假，仿佛是为了笑而笑。

阳光透过窗口挥洒在两人身上，将两人的影子拉得很长。

"走，晚上请你吃饭！吃大餐！"刘青峰看着窗户上余生的影子，有些心疼地咬了咬牙，挥了挥拳头。

“老师，你现在看起来……好傻啊。”余生默默地看着这一幕，给出了一句点评。

刘青峰如遭雷击，怔在原地。恰好一名学生有东西落在教室，回来取，刘青峰果断将手收回，顺势把手放在嘴边咳嗽两声。

那学生有些古怪地看了刘青峰一眼，又看了看余生，这才面带狐疑地挠挠头，转身离去。有那么一瞬间，他产生了错觉——严肃了几年的老师，好像……好像突然变身了一下。

那应该是自己的错觉……吧？

“说谁傻呢！以后对老师要尊敬！”刘青峰瞪了余生一眼，这才强装镇定地背着手向门外走去。他原本想要活跃一下气氛的，没想到……

的确有点尴尬。

余生看着刘青峰那有些狼狈的身影，嘴角微微勾起了一丝……

“情况都清楚了吗？”林副阁主表情严肃，坐在会议桌的首位上，看着众人问道。

下方，除妖阁第三小队全员、暗阁的赵青衣、预备役的王文轩、警卫司的几人神情也逐渐变得肃穆。

安心脸上的笑容逐渐消失，先是看了一眼赵青衣的方向，撇了撇嘴，而后才说道：“我有一点不太明确。林副阁主您说的这个行动，我有些想不通。邪教在漠北城搞破坏的话，利益在哪？没有利益的事，邪教从不会做。或许您那边还有其他计划，我们权限不够，无法知晓，但我只想确定一点……”

安心深吸一口气，带着从未有过的肃穆，死死地注视着林副阁主的双眼。

“我们……会是弃子吗？”

第 17 章

诸位珍重

会议室内的氛围瞬间变得凝重起来，所有人的目光都落在林副阁主的身上，无声地等待着一个答案。

林副阁主目光扫视一周，站起身来，腰板挺得笔直："自新历一年起，墨阁创建至今已有一百四十九年，从未抛弃过任何一人，更从未牺牲过任何人来换取自己的利益！"

林副阁主说这番话时，神情严肃且庄重。众人下意识地坐直了身体。

"诸位严格意义上来说也是墨阁的人，希望大家对墨阁多些信任。此次行动，的确还有其他布局，但是，我，江北省墨阁分阁副阁主林风，用生命发誓，这额外计划不会对你们有任何伤害！"林副阁主的声音在会议室内回响着。

安心沉默着，许久后又恢复了甜美的笑容："抱歉啦，林大叔，就是问问嘛，真是的，太严肃啦。"说着，她打开一根棒棒糖的纸袋，把棒棒糖含在嘴里，心情都变得愉悦起来。

不远处，赵青衣不知何时已经低下了头。

她依然是一身洁白的长裙，将身姿衬托得完美、出众。

与安心的可爱风不同，赵青衣只是坐在那里，就会让人有一种感觉：女神，不容亵渎。

就算她低着头，长发遮挡住了脸颊，但单凭那气质，就让人心神荡漾。

只不过，众人不知道的是，赵青衣脸涨得通红，秀气的双手紧紧攥成拳且轻微颤抖，嘴里还小声地嘟囔着："太热血了，说得太热血了！为了墨阁，为了人族，万死不悔！"

坐在旁边的王文轩隐约间察觉到赵青衣有些不对，将疑惑的目光投了过来，微微侧耳，想要听听暗阁的这位女神在嘟囔什么。

不过等他凑过去时，赵青衣已经抬起头，面容冰冷，幽幽地看向他。

王文轩忍不住打了一个寒战，果断收回目光，目不斜视。

"没问题的话，手机上交。最近三天内，墨阁会给你们提供休息场所和饭菜。最后……"

林副阁主深吸一口气，拉开凳子，向后退了两步，看着在场众人深鞠一躬："愿行动过后，能与各位痛饮。薪火相传，诸位……珍重。"说完，林副阁主神情严肃，转身离去。

仿佛一座大山卸下，伴随着林副阁主离去，王文轩长舒了一口气，恢复了懒散的状态，一只脚搭在桌子上，轻轻晃动着："整得这么煽情干吗？可真有意思，每次行动前都来上一遍，腻不腻？"

他打了个哈欠，明显有些无聊，眼睛四处乱看着。

赵青衣桌子底下紧攥的手突然僵住，不知为何，她心中那刚刚被林副阁主点燃的火，就这么被王文轩三言两语浇灭，怎么也热不起来了。

这下，她真成冰山女神了。

莫名地，赵青衣那冰冷、轻蔑的眼神就这么看向王文轩的方向，空气中甚至还飘浮着淡淡的杀气。王文轩被看得头皮发麻，想了想，默默地将放在桌子上的腿给收了回来。

杀意却丝毫未退，王文轩面前的水杯，水面逐渐浮起一层冰碴儿。

一瞬间，比刚才还大的压力压在王文轩身上，他身体坐得笔直，仿佛认真听课的学生。

谁不知道，暗阁的赵青衣是名副其实的女魔头。

倒是除妖阁的几人变得激动起来，互相小声地聊着什么。

“墨阁管饭！”

“早知道白天出门的时候我就不带馒头了，亏了亏了。”

对他们来说，林副阁主说了那么多的话，都不如最后那句管饭来得真实。罗云脸色变黑，恨铁不成钢地骂着：“你们能不能有点出息，非要丢我的脸吗？”

“老大，我看你来的时候都没带口粮，是不是早就知道这消息了？竟然不和我们说，你的良心不痛吗？”

几名队员不仅没有变老实，反而转过身痛斥起了罗云。

罗云脸一僵。

“喀喀，你们懂什么！开始执行计划的时候，不就要自己准备食物了？到时候我不是可以蹭你……一群小兔崽子，问那么多干吗！”罗云恼羞成怒地小声咒骂着。

但很快，气氛就变得有些压抑。

“话说，你们那笔二十万的买命钱，都花了吗？”其中一名队友似乎想到了什么，声音有些低沉地问道。

左侧那人点了点头：“花了，买了一颗三级妖晶。这次如果不死，就有机会冲击第四次觉醒。”

右侧队友摇了摇头：“我……还是算了，以我现在的进度，想要四觉不太现实，还不如把钱留下来。如果……如果真回不来，这一大笔钱或许能让我弟弟过得舒服些。”

罗云看着众人，劈头盖脸地骂着：“你们这群家伙，天天想什么呢！有我罩着你们，你们会死？看看人家安心，多淡定！要不咋说小队里要有个脑子好使的呢？不像王文轩他们预备役，一群憨货。”

“在安心的指挥下，这次行动绝对顺利。”罗云用力拍了拍胸膛，信心满满地说道。

由于罗云嗓门太大，坐在对面的王文轩硬顶着赵青衣带来的压力，默默插了句话：“罗大头，你当初……好像也是预备役这么多憨货中的一员。”

安心则笑嘻嘻地在后面补了一句：“我做证，罗大叔的确憨，像赵青衣一样憨。”说着，她的目光望去，与赵青衣隔空对视。

战意四起。两个女人产生的强大气场，让整个会议室都变得阴森起来。王文轩率先打了一个寒战，站起身来。

“吃饭去。再待一会儿就要冻死了，这俩疯女人……”

安心、赵青衣在这一刻，默契地同时转头看向王文轩，冰冷的眼神如出一辙。

王文轩瞬间起了一身鸡皮疙瘩，果断给了自己一巴掌。

“不好意思，我嘴欠，我错了。”

王文轩对着两人拱了拱手，转身就走，背影有些狼狈。

罗云嗤笑：“王疯子这人哪儿都好，就是长了一张臭嘴。啧啧，这俩女人他也敢乱评价，不是找……”

罗云的声音戛然而止，看向两双漠然的眼睛，以及空中已经凝固出的冰刃，有样学样，对着自己的嘴抽了一下。

“我是预备役出来的，我也是憨货。两位美女继续。”

说着，罗云给了三名还傻乎乎看热闹的队友一人一脚：“还看啥，真等一会儿这俩疯……俩美女动手吗？赶紧走。我敢保证，再晚一会儿，王文轩那饭桶一定把肉都夹光了。”

罗云的话仿佛醍醐灌顶般，会议室除了安心、赵青衣外的所有人毫不犹豫地起身，向食堂的方向冲去。

王文轩那个家伙，真干得出这事儿来。

短短数秒钟时间，会议室内只剩下赵青衣、安心两人还在对视着。

一人笑容甜美，一人冷若冰霜。

这气质上的反差十分吸引人的眼球。

“赵冰山，你这张冷脸不见变化啊！”安心笑眯眯地拿着棒棒糖，故意挺了挺身子。

赵青衣表情不变，依旧淡然：“我身高一米七五……”

空气仿佛凝固了那么一瞬间，安心咬牙切齿：“你冷着张脸，这辈子别想嫁出去！”

“我一米七五……”

“个子高有什么了不起的，你这个冷脸婆！”

“我一米七五……”

安心转身就走，没有丝毫犹豫。

在学校的时候，这女人人气就比自己高，下来历练，分配的还是暗阁这种肥得流油的地方！自己却苦兮兮地发传单。而且，每次吵架她都拿身高说事儿！

无耻，不要脸！安心此时恨不得将自己能想到的一个个负面词汇全部当作标签，贴在赵青衣身上。

而赵青衣则在安心走后，攥着拳头，比出一个胜利的手势，脸上的冰冷融化，欢呼雀跃。但很快她就轻轻咳嗽一声，恢复冰冷的形象，轻轻迈着步伐，走出会议室，向食堂赶去。

真要是没有肉了，她也……

只不过谁都没有看见，房间的角落里，在被花盆遮挡的地方，摆放着一个摄像头。

“这是……赵青衣吗？”林副阁主看着监控画面，陷入了沉思。

他身后站着的一名工作人员却一副见怪不怪的样子：“我负责监控室已经半年了，赵青衣自从来历练后，一直都是这样。”

说起这个，他也有些哭笑不得。

林副阁主不断回想着赵青衣那出尘的气质，有些怀疑地呢喃着：“她难道不清楚，墨阁、暗阁这种地方，监控器很多的吗？这女娃娃，真可爱。”

林副阁主失笑地摇了摇头，表情逐渐变得严肃。

“最近一段时间，查出过问题吗？”他看着旁边的工作人员问道。

那人有些无奈地摇了摇头：“没有。您是不是多虑了？能加入墨阁的，身份背景都很干净，应该不会出问题。”

林副阁主微微蹙眉，眼神中带着一丝无奈：“我也不想用怀疑的目光看向自己的同事、战友，但这些年，血的教训太多了。尤其是最近这次计划，关系甚大。唉……最近两天，我就在监控室陪你吧。”

说着，林副阁主从角落里扯出一把椅子坐在上面，又拿出一堆文件，就这么将监控室当成了工作场所。

而那工作人员则继续认真地注视着监控画面，不放过每一个角落。

“今天，大家都回去好好休息一下。明天休息，准备迎接后天的考试。你们是我带过的第一批学生，也希望你们成为我带过的最优秀的一批学生。能与诸位共度三年，我之荣幸。具体的考试地点，将会在墨阁公众号发布。”

刘青峰长舒了一口气，看着自己辛苦教导三年的学生终于要走向那有些缥缈的“龙门”，就连他的心都有些悸动，目光中有着不舍。

这三年，他为这些学生倾注了大量的心血，从一名战士逐渐转变成了一名老师。或许，他不是最优秀的老师，但他绝对发自内心地希望这些学生人人如龙。

“老师再见！”

这一刻，学生们没有了往日的懒散，整齐起身，对着刘青峰深鞠一躬，眼神中充满了尊敬。

或许，这老师喜欢每天和他们讲一些人人耳熟能详的废话。

或许，这老师每天都表现得十分严肃。

或许，这老师在自己惹事时，喜欢训斥自己。

但至少，刘青峰是真的关心他们。这一点，他们不能忘，不敢忘。

只有余生依然有些茫然地坐在角落里，感受着教室里有些悲伤的气氛，仿佛不太理解，无法融入。

人……为什么会悲伤？这种情绪竟然同时出现在如此多的人身上？按罪城的规矩，悲伤，不是人心中最要不得的情绪吗？

有时候，这种情绪甚至会要人命。

余生已经记不得这种情绪究竟是什么感觉了，他只是感觉此时的大家仿佛都沉浸其中，而偏偏自己如同世外之人般，格格不入。

“愿诸位此行，不负三年辛苦！愿诸位在考试结束的那一刻，有着刀剑入鞘般的骄傲！”

这一刻，在刘青峰身后，那青蓝色长剑再次绽放属于自己的色彩。

一声剑鸣，在教室内不断回响。

学生们眼中含泪，没再说话，沉默着拿起自己的书包，离开这间熟悉的教室，也许此生都不会再回来。

“刘老师……谢谢您……”

余生靠在墙边，望着窗外，有些出神，透过窗户可以看见，操场上很多人都在哭着、喊着、发泄着……

他看见了赵子成，也看见了杜旭。

为什么……他们为什么会哭……哭，究竟是一种什么样的体验？

在罪城内，没有人哭过。如果你心中产生哪怕一丝同情、怜悯，都会被人啃得连渣子都不剩。可罪城外的人，他们可以肆无忌惮地哭，用哭来表达自己心中的不舍，发泄自己心中的压力，这种感觉……

余生眼底浮现出一丝不易察觉的羡慕。他深吸一口气，默默起身，想了想，学着之前其他人的样子，对着刘青峰深鞠一躬。

“老师再见。”他拎着一个简易的布包，向门外走去。

刘青峰看着余生的背影，嘴角带着一丝微笑：“等会儿，你还没下课呢！”

“嗯？”

余生茫然地转过身，看着刘青峰，安静地等待着下文。

其实，大部分时间里，余生都是很懂事的——只要不在某些场合说真话。

刘青峰双手插在口袋里，看起来酷酷的，走到余生身边：“老师今天就带你再上一课！走吧！”

不给余生反对的机会，刘青峰直接走在前面。

而余生则如往常般，默默地跟在他身后。

一大一小，不知不觉间已经成为二中很多人习以为常的风景线。

商场。

“你这书包都旧了，不知道的还以为我的学生都是贫困户。”

刘青峰认真地挑选着，最终拿着一个亚麻材质的米色单肩包满意地点了点头：“嗯，这个就不错。”他从口袋中拿出笔，认真地在书包上写下两行字，而后将书包递给余生。

余生刚准备说话，就被刘青峰打断了：“我知道，你又要说什么在罪城包能装东西就行。但我想说的是……人生，不只是为了活着。人其实有很多种活法，或者相聚，或者孤单，或者快乐，或者悲伤，或者……为了心中的某个理想。今天，听老师的。我们未来的绝世天才、人族脊梁，在这么重要的考试里，怎么能不帅气一点？”

余生默默地接过书包，看着上面那并不算秀气，只能说不丑的字：“愿你千帆过尽，归来仍是少年”。

不知为何，余生那沉寂的心，在这一刻剧烈波动起来。

“谢谢老师。但是……你还没给钱……”余生认真地看着刘青峰，眼神有些复杂。

刘青峰之前辛苦维持的氛围骤然消失。

刘青峰失笑，就这样，他带着余生逛遍商场，买了很多衣服、背包、鞋，什么风格的都有。

这一天，刘青峰花了不少钱。

“你看，打扮一下，我们余生也是很好看的嘛。”看着余生的造型，刘青峰满意地点了点头，“放心，以后但凡有什么困难，都可以和我说。这辈子我都是你的老师。”

余生挠了挠头：“老师，其实我……有钱，嗯……应该比你有钱。上次考核的奖金下来了，见义勇为的奖金还有一些……”

余生的每一句话，都如同刀子般，深深扎在刘青峰的心上。

刘青峰勉强扯出一个有些不自然的笑容：“呵……呵呵……很好。”

“但我很快就没钱了。”余生有些失落，很快他又点了点头，“不过我会继续赚钱的！”

看着眼前这走遍黑暗，却总能在心中留下一缕柔光的孩子，刘青峰失笑。人近四十，无父无母、无妻无子的他，心中多出了一个位置，独属于余生的位置。

如果没有经历过那些，余生也会是一个……很好的孩子吧。

不！哪怕是现在，哪怕是如今的余生，也是这世界上最优秀的孩子。

刘青峰变得坚定起来。

“反正你父亲也……嗯……暂时也回不来，今晚你住我家。明天我陪你放松放松，后天老师亲自送你去考场！也让所有人都看看，我刘青峰带出来的学生究竟有多么优秀！”

刘青峰再次傻傻地站在大街上挥了挥手，看着远处的夕阳，大声喊了一句：“记住，他叫余生，是我刘青峰的学生，是这世界上最优秀的人！”

这喊叫声很快引起了很多人的注意，大家纷纷向刘青峰投以古怪的目光。刘青峰却仿佛浑然没有察觉：“走，今天老师亲自下厨，给你做一顿大餐！”说完，他率先转身向家的方向走去。

这次，余生看着刘青峰那并不算高大的背影，不知怎么，没有说出那句“你好傻”，而是有些出神，过了片刻才长舒了一口气。

直到……

“老师，闯红灯是违反交通法的。”余生认真地说道。

刘青峰笑着：“今天老师就再告诉你一个道理……”

“罚款两百。”余生补了一句。

刘青峰刚刚迈出的脚果断收回，安静地等待着红灯读秒。

刘青峰的家很简洁，不算大的房间十分干净，没有异味。

余生安静地坐在沙发上，没有去动刘青峰刚刚给他倒的热水，只是看着刘青峰在厨房里不断忙碌。

直到……一盘盘黑色的物体被摆在桌子上。

刘青峰用期待的目光看着余生：“我说……我其实会做饭，你信吗？”

余生抬起头，和刘青峰对视一眼，最终保持了沉默。

在必须撒谎的情况下选择闭嘴，这是余生的行为准则。

刘青峰顿时懂了，懊恼地夹起一块漆黑的锅包肉，放入嘴中。

“呸！”下一瞬，他眉头紧皱，这锅包肉苦涩、咸，还很硬。

“我还是给你泡面吧……”

刘青峰准备起身时，目光从余生身上一扫而过，却再也挪不开了。

只见余生夹起一块块难以下咽的食物，认真地咀嚼着。

第 18 章

距离

余生没有皱眉，神情严肃，一块接一块地吃着。

看着余生的样子，刘青峰心一酸，刚刚还准备将嘴里食物吐掉的他默默地学着余生的样子咀嚼起来。

还是很难吃，那种苦涩的味道席卷口腔，煳掉的部分更是有些噎嗓子，但刘青峰硬忍着咽了下去。

这顿晚饭，两人吃得很沉默。

一大一小就这么安静地吃着，直到将桌上所有的饭菜吃光。

“谢谢老师。”余生看着刘青峰说道。

刘青峰有些纠结：“不难吃吗？”

“只要是食物，就不难吃。”余生摇了摇头，随后起身，端着盘子走进厨房，认真地清洗着。

刘青峰看着余生那忙碌的身影，心中充满了苦涩。

只要是食物，就不难吃。这句话，他听了有些震撼。不过也对，在镇妖关，哪怕只是一块烤得焦黑的肉，战士们也会吃得很香。曾经的他，又何尝不是这样呢？只不过回到后方后，他逐渐遗忘了曾经。

不同的是，余生还一直记着。

如果镇妖关是抵御妖族，那罪城……就是抵御人心吧。

一时间，刘青峰心里竟有了些许明悟，就这么望着余生的身影……

入夜，次卧中，余生躺在床上，将一把匕首攥在手中，枕边还放着一把上了弦的弩弓。在月光下，看着角落里那崭新的书包及书包上面的字，看着那些新买的衣服，余生沉默着，又将弩弓收起，只留下匕首。他攥了攥匕首，又尝试着将匕首放在了稍远一点点的地方，这才重新躺下，看着窗外的月光出神。

和刘青峰待在一起，真的有一种不太一样的感觉。就像是……就像是……一时间，余生很难找到一个确切的形容词。或许，就像是自己还是孩童时，睡梦中的那道背影吧，宽厚，且令人感觉踏实。

清晨，一缕清香传到房间内，余生默默地睁开双眼。

刘青峰也有些沉默，坐在餐桌前，看着一桌子的包子、豆浆，不知道在想些什么。直到余生出来，他才勉强挤出一个笑容：“醒了？坐。”

余生坐下，没有说话，只是看着刘青峰。

刘青峰苦涩地笑了笑：“还记得校门外卖包子的大叔吗？”

余生点头。

“这是他最后一天卖包子了。明天……他会去老兵营。”刘青峰声音有些低沉，拆开一个又一个袋子。

余生顿了顿。他知道，入老兵营的规矩是……没有家人。

他记得那中年大叔是有一个儿子的，而且……加入了预备役。

“吃吧，一会儿该凉了。其实这些年，生生死死的我也已经看淡了。至少我们还活着，至少人族还安稳。早起，有饭吃；出门，有车坐；睡觉，不用担心再也睁不开双眼。这就够了。这……也是在四大关隘上牺牲的万万英灵所希望见到的。”

刘青峰的情绪很快调整过来，咬了一口包子：“可惜，下次吃他做的包子，就得去老兵营咯。”

余生只是默默地吃着。

他就像在不断地看，不断地学，接收着罪城外他所不知道的一切。

“原本，我也可以去老兵营的。毕竟觉醒物破损，比肉身受损更严重。但我却选择当一名老师，这样至少还能为人族做一份贡献。可惜最近墨阁老催，说我已经拖不得了，该去老兵营报到了。我……我想填你的信息，说你是我徒弟……”

刘青峰顿了顿，眼中带着希冀：“不是学生，是……徒弟，唯一的徒弟。这样我就算是有后的，可以不去……可以吗？”

说这番话的时候，刘青峰拿着包子的手有些颤抖。

余生点了点头，没有犹豫，“嗯”了一声。

刘青峰松了一口气，笑了起来，笑得很开心。

一滴泪水顺着眼角滑落，但很快被他擦拭掉。

这一刻，这世上两个孤独的灵魂之间仿佛有了羁绊。

一个是从战场退下，只能养老的残兵。

一个是从罪城走出，孤身一人的青年。

“我不想进老兵营。不进老兵营，至少证明我还有用，不是靠墨阁养着的废人。我不希望有一天，再接到墨阁的通知，说我……说我该去老兵营报到了。”刘青峰缓缓说着。

余生抬起头，看着眼前这眼角不知何时有了一丝皱纹的老师：“好。”

只是一个“好”字，就让刘青峰又哭又笑……

这一天的时间里，刘青峰硬拉着余生坐在沙发上，看一些热血的动漫。

刘青峰手舞足蹈，余生却异常安静。

刘青峰还在不断地说着：“多热血啊！不热血吗？人族脊梁啊……唉……”

余生则幽幽地看着他。

夜晚，刘青峰和他简单地吃了外卖，再次变得严肃起来：“现在回房间休息，明早就会更新具体考试地点，集合后宣布考试内容。我希望你不仅拿漠北城第一，更要拿江北省第一！让所有人都知道，我刘青峰教出了一个全省第一的学生。”说着，刘青峰抬起手，想要拍拍余生的肩膀，但很快他就只是摸了摸自己的头发，又把手放了回去。

“加油！”刘青峰再次比起拇指，就仿佛在逗一个三岁的孩子玩。

回到房间，余生看着匕首，认真地想了想，又将它放得离自己更远了那么一点点。仿佛匕首每一次的远离，都是在他充满尖刺的外表打开一道更大的口子。

他尝试着，尝试着接纳。

毕竟这一个月来，无论他说些什么，刘青峰身上都没有扩散出哪怕一丝一毫的灰色气体。

清晨。

“小余生，起床了！准备考试了！”

刘青峰的声音有些激动，和平静的余生对比之下，仿佛他才是那个即将考试的人。

“快点快点！这校服可真丑，你说你和校长研究出的什么玩意儿？对了，还有书包。这东西带上，毕竟有我亲手题的字，能给你带来好运！”

刘青峰手忙脚乱，想着还需要拿上些什么。而余生就这么默默地看着，将匕首仔细擦拭了一下，放在方便拿取的位置。他又确认弩弓是否上弦，将一些钢针挂在校服上，将几粒看不出是什么的药丸放好。最后，他右手轻轻一抖，一块刀片出现在指缝间，又一抖，刀片消失不见。

刘青峰看着这一幕，有些出神。他总感觉余生不像是去考试的，更像是……去上战场的。而且这些东西他都改良过，保证能够通过金属测试门。

“出发！”刚刚更新的地址，位于城区与城外的交界处，不算太远。刘青峰骄傲地挺起胸膛，走在最前方。

街道上，很快出现了一名名穿着校服的学生，在家长的带领下，学生们向同一个方向汇聚，如同长龙。很多家长都拉着自家孩子的手，刘青峰几次想要尝试，但最终还是选择了放弃。

就这样，刘青峰带着余生，融入人群之中，没有丝毫突兀。

“记住，尽可能让战区远离人群。遇到问题，第一时间疏散群众。当然，邪教应该也不会放肆到这种程度，不然造成严重的后果，墨阁的怒火他们也无法承受。所以，这大概率只是觉醒者之间的较量。但还是那句话，都给我打起精神来，谁要是窝窝囊囊的，像个废物一样死了，信不信我连抚恤金都不给你们申请！”城门口不远处，一家早餐铺子里，罗云看着众人低声喝道。

众人点了点头，唯有安心有些漫不经心，歪着头，带着思索之色，不知道在想些什么。

“有什么问题吗？”罗云看了安心一眼，问道。

安心摇了摇头，双马尾轻轻摇曳：“我只是在想，为何墨阁笃定邪教之人会让这些学生安然无恙地离去。毕竟按道理来讲，既然邪教要来漠北城搞破坏，没有什么是比击杀这些学生影响更大的事了。所以……不合理。”

安心微微皱眉，笑容不知何时已经敛去。

罗云倒是不觉得意外，他咬了一口包子，脸上带着享受的神情：“说到底，邪教只是一群利益至上的家伙罢了。他们虽然疯，但不傻。你虽然比我们都聪明，但终究只是刚来实习，和邪教的人接触不多。我今天就觍着脸给你上一课。”

说着，罗云将剩下的包子一口吞了下去，说话都有些含糊不清：“纵观邪教的每一次出手，他们做出任何动作，都有利益的考量。有的看起来没有利益考量的，只是没有发现他们的利益点罢了。这群人眼中不分人族、妖族，只有利益。邪教之所以能存活，不过是因为警惕、谨慎，真和墨阁比起来，一碰就碎。所以他们不会太过挑衅墨阁，一般只是对觉醒者动手，以免墨阁因为过于愤怒，拼着后方大乱也要把他们一网打尽，懂了吗？所以这次对决，终归还是咱们与邪教之间的战斗，和普通人关系不大，唯一需要注意的，就是真动起手来不要误伤百姓。”

喝完最后一口豆浆，罗云心满意足地瘫坐在椅子上，一脸的安逸。

对他们来说，只有每次出任务时，才能吃上一顿好的。

毕竟谁都不知道，在任务结束后，自己还有没有机会……再吃上一次。

其他几名队员同样如此，四个大汉就这么整齐划一地瘫着，形成了一道“靓丽”的风景线。

唯有安心，依然是之前那副有些凝重的神情。

罗云说的那些，她都懂。虽然她历练的时间还短，但不代表她蠢。邪教，利益至上，而利益，最能让人疯狂。如果带来的收益足够，哪怕面对墨阁，邪教恐怕也无所畏惧。

只不过，看着对面那四个憨货，安心强行将话咽了回去，指望和这几个预备役的家伙好好研究，还不如相信赵青衣是个傻气少女呢。

这个清晨，整座漠北城都带着微妙的肃杀之气，空气仿佛都变得有些凝重。王文轩、赵青衣、安心、罗云……一位位大名在省城都如雷贯耳的强者，全部聚集在这座小小的城市中，并且表现得十分高调，完全没有隐匿行踪的想法。

就像在说：我们在这儿等你！你敢来吗？

霸气！

城中心，一座高楼的天台上，那神仆青年拿着望远镜瞭望四周，身后站着的，是一个个异常兴奋，着装与寻常百姓没什么区别的家伙。

“都来了吗？神使大人究竟准备做什么？神侍那个家伙也不见踪影。真就把我当炮灰了？该死！”青年暗自骂了一句，看着手机上突然传来的短信，上面只有简短的一句话。

“动手，击溃学生群，以点覆面，搅乱漠北城。”

这短信是神侍发的。

青年看着短信，脸色微黑，他知道墨阁对学生有多看重，这是墨阁的底线。如果他们贸然动手，最后的结果只会是墨阁不遗余力地展开清洗，而他所面临的，大概率是死亡。

“真拿我当炮灰了？”

看着远处东侧城门口还在不断出城的人群，青年神情漠然，没有任何行动的意思，反而深吸一口气，看着身后那些兴奋的教徒：“神侍大人说，再等等！神的光辉早晚会降临到这片土地上，到时，你我皆为神明。而我们现在要做的，就是耐心等待。”

“与神同在！”

这数十名教徒神情严肃，右拳紧握，放在心口处，虔诚地低下头，轻轻呢喃着，眼中是散不去的狂热。

青年同样激动地点了点头，不过在他转过身的那一刻，他又恢复了冰冷。

“神使大人所交代的，只不过是让漠北城乱起来。想让我触墨阁的霉头，坑死我，你还嫩点。”青年嘟囔着，就这么不急不躁地看着学生们陆续走出城门，没有任何反应。

手机的信息铃声还在不断响起。

“蠢货！为什么不动手？你想违抗我的指令？我发誓，你会死！”

看着手机上那一条条不断跳跃的短信，青年轻笑一声，将手机随手扔在地上并踩碎。

“让我找找……你在哪儿？”青年有些兴奋地舔了舔嘴唇，拿着望远镜，不停地扫视着。

“能够看见城门口，又能看见我，还有时间发短信……呵呵，可选择的地方不多啊。以你那愚蠢且自大的性格，一定不会缩在暗处，所以……找到你了，我这行踪隐秘的神侍大人。”

城门口不远处，一家包子铺的老板，正坐在角落里，看起来百无聊赖地玩着手机，哪怕餐桌上堆积了不少碗筷，也没有要打扫的意思。

“真是一点都不专业的伪装呢。或许，你会比我先死。”

青年随手将望远镜放下，指了指包子铺的方向，神情严肃地开口说道：“等行动开始后，第一时间击杀包子铺里的那个家伙。这是神的敌人，阻挡神的光辉照耀大地，罪不可赦！”

青年说这番话时，一脸诚恳。

“罪不可赦！”

“罪不可赦！”

喃喃声不断响起，青年满意地点了点头，嘴角勾出一丝微笑。

漠北城大乱，恰巧神侍为万神教牺牲，而自己又立了功，结果可想而知。至于这些人能不能打得过神侍，不在他的考量中。只要神侍暴露在阳光下，无论如何都是活不成的。唯一还让他疑惑的就是，在这漠北城中隐藏的其他万神教教徒在哪儿，单凭他们，就算想掀起大风浪也不可能。

终于，那一大批学生彻底离开了城门。

青年深吸一口气，看上去热血沸腾，挥了挥手：“向神证明自己的机会到了！就让神的光辉照耀在这片土地上吧。神，与尔等同在！”

伴随着青年慷慨激昂的声音，那些早就按捺不住内心的躁动的教徒纷纷转身离去，目标——城门口，包子铺，中年老板。

神的光辉，就从这里降临吧。

“墨阁每年的考核内容都是不同的，但永远离不开的考核核心就是冷静、警惕的心性。这是老生常谈的话题，我就不赘述了。以你的心性，问题不大。我想说的是……算了，高校考核还早，具体报哪所学校再说。如果可能，墨学院的资源最充分，但死亡率太高……算了算了，先不做白日梦了。”说到最后，刘青峰都忍不住失笑，摇了摇头。

自己是不是太自信了？能加入墨学院的哪个不是人族极优秀的天才？哪怕余生在他眼中是最优秀的，但现在说这个，还是有点傻。

如果只从表情来看，仿佛刘青峰才是来考试的那个，他的紧张之情溢于言表。

终于，他们来到城东一里外。

几张桌子，几位工作人员，一队长龙。

“姓名，年级，身份号码，父母姓名，陪同者……”

标准的信息录入。

在他们身后，则是一扇有些虚化的大门，在不断向外扩散着淡淡的能量。

“这是觉醒物投影，里面是一处……嗯……虚幻空间。这是一些死去的觉醒者在临死时留下来的。”刘青峰详细地向余生普及着他所知道的一切。

余生看着这门，点了点头。

周围那些家长带着自己的孩子，将他们亲手送入门内，嘴里还在不断喊着加油。

终于，轮到余生了。

“姓名。”

“余生。”

“年龄。”

“十八。”

“陪同者是你父亲吗？”

“我父亲……没来。”余生顿了一下，说道。

工作人员微微蹙眉，抬起头看了余生一眼，又用审视的目光看向刘青峰。周围一些排队的学生也都好奇地看了过来。

“我是余生的老师，也是他的长辈！填我名字。”

刘青峰的声音不算洪亮，但异常坚定。

那工作人员没再问什么——毕竟这种情况也时有发生——在陪同者那栏默默写下“刘青峰”三个字。

不知为何，看着资料表，刘青峰心底竟隐隐有些自豪，就仿佛自己的某一个愿望得到了满足。

恍惚间，远处传来一声响动。

刘青峰怔了一下，出于战士的本能，他身体紧绷，猛地转身看了过去。

漠北城!

一阵阵轰鸣传出，伴随着能量波动。

一名名家长、学生脸上透着茫然，手足无措，人群变得有些嘈杂。

“各位不要紧张，是邪教作乱，我们墨阁已经派人去处理了。少安毋躁，大家只需要在这里安静等待考试结果即可。”工作人员表情平静，起身看着众人安慰道。

众人的情绪逐渐稳定下来。

但刘青峰依然紧皱眉头，眼中带着疑惑。以他作为一名战士的直觉，以及对能量波动程度的判断，这件事……不简单。

其中一处能量波动的源头似乎距离学校不远，甚至有可能就在学校。

“余生！省考第一，我等你！”留下这么一句话后，刘青峰脸上那独属于老师的严肃逐渐退去，取而代之的……是冰冷、铁血。

他双眼微眯间，仿佛带着从惨烈战场上走出来才有的煞气。

余生站在那扇有些虚幻的门前，茫然地看着老师，有些不解。

第 19 章

偷师余生

“城内危险，你不能回去！”工作人员仿佛猜到了什么，皱着眉说道。

在这一刻，刘青峰的腰板猛地挺直。

“江北省预备役，第三百零八批成员刘青峰！曙光纪元144年登镇妖关，守城两年！镇妖关军规：无论何时、何地，人族遇袭，当战！敌人不灭，死战不退！”

刘青峰的声音在空气中不断回响。

那工作人员下意识地站直身体，攥拳捶胸，神情严肃：“江北墨阁分阁，一组后勤文员吴凉诸。请你相信墨阁，不必涉险。”

刘青峰认真地摇了摇头：“作为一名士兵，守护人族，是职责所在。作为一名老师，守护学生，也是职责所在。我没道理不去。更何况，我不能辱没镇妖关的名节。万万英魂大过天！”

刘青峰这番话掷地有声，随后他的目光落在余生身上，语气逐渐变得柔和：“余生，我在漠北城等你，拿了第一，回来找我。”

说完，刘青峰深吸一口气，转身就走，没有任何犹豫。

那柄有些残缺的蓝色长剑出现在他的身后，四颗晶石所散发出的微光，在这一刻仿佛都变得锐利起来。

“江北省预备役，第三百零五批成员。曙光纪元141年，登破晓关！”

“江北省预备役，第三百零九批成员。曙光纪元145年，登鬼门关……”

一个个洪亮的声音自人群中响起，一名名家长就这么从人群中走出。

这些家长的身体都有所残缺，可不变的，是眼中那份赤诚，一如登上那染血的雄关时，豪气万千。

一件件觉醒物浮现，残缺却倔强地散发着属于自己的光辉。有的觉醒物上有三颗晶石，有的只有两颗晶石……虽然实力可能不够，但他们无畏。

一些孩子看着自己的父亲、母亲离去的背影，忍不住哭了起来。

但哪怕情绪波动剧烈，这些人都没有回头。可能他们看起来很傻，可能墨阁那边人手足够，他们不需要去，但最终，他们还是去了，一如当年。哪怕多救下来一个人，也是好的。心安理得地坐在这里，看着城内大乱，他们做不到。哪怕最后白白牺牲，那又如何？至少，他们不负人族不负心。

“诸位，漠北城内，邪教作乱，人数不少。战场将会逐渐引到城北，那里的百姓已被安排提前撤离。此行艰难，我在这里，等诸位……凯旋！”

那个叫吴凉诸的文员看着一道道离去的背影，内心情绪剧烈波动。

没有什么比这一刻来得更震撼。

或许，这就是人族能在妖族的不断侵袭下，屹立至今的原因。

人人皆可参战，人人皆是英雄！需要时，人人可战，无畏，不退！

或许，有这些人的救援，真的能少死一些人吧。

在这一刻，吴凉诸甚至有些后悔自己当初没有去预备役，登镇妖关，此刻只能坐在这里，望着他们前行。

“拿第一吗？”余生站在门前许久，就这么默默地看着眼前发生的一切，茫然不解。

他们……为何如此？值得吗？

不知为何，余生的心在此刻剧烈地跳动了一下。

注视着刘青峰的背影，余生最终还是默默地进入了那扇虚幻的门内。

老师让他拿第一，那就……尽量吧。

“考试继续，姓名！”吴凉诸坐下，再次喊道。

只是他拿着笔的手微微颤抖，停留在“刘青峰”这个名字上。

“这次邪教来的人好像有点多啊，难怪林老抠能给二十万一个人。”看着清晨这安静的街道上突然出现的一名名头顶缠着红布的邪教教徒，王文轩骂骂咧咧地说了一句，活动了一下手脚。

之后，一把造型夸张的斧子就出现在他的手中。

这斧子上镶嵌着四颗暗红色晶石，一道道纹路分散其上，汇聚到终点，在斧背上形成一个狼头形状。

“嘿嘿，发财了！”王文轩眼中闪过一丝兴奋，掏出一个小型摄像头，挂在衣领处，低吼一声就冲了上去。

这些哪是邪教啊，简直就是行走的奖金！

偷师余生，发财致富！

另一处，赵青衣一袭白裙面无表情地走在街道上，每一步落下，脚下都会浮现一层冰霜。翩若惊鸿，婉若游龙。仿佛兮若轻云之蔽月，飘摇兮若流风之回雪。人间仙子，不染尘埃。一道道冰刃在半空凝聚，如同冰雨般落下。

远处，除妖阁第三小队的众人四散而出，动起手来与赵青衣相比可以说毫无美感。

四个莽夫如同狗熊般在人群中横冲直撞。

唯有安心学着赵青衣的样子，双手背在身后，双眼眯起如同月牙，带着甜美的微笑。下一秒，她面前一名邪教的普通教徒身体就凭空炸开。

安心浑不在意，就这么在街道上蹦蹦跳跳地行走着，嘴里还叼着一根棒棒糖，双马尾也在招摇地晃着。

如果说赵青衣是出尘的仙子，那么安心更像是从地狱中走出的魔女。

两者形成了强烈反差。

只不过，对于邪教的人来说，她们的本质其实差不多，都是强悍的对手。直到……

“万神教漠北城神仆，请指教。”

“万神教鑫海城神仆，请指教。”

“万神教常春城神仆，请指教。”

一个个穿着黑色长袍的家伙缓缓走出，默契地将这几位拦下。

不然真这么下去，最后的结果只能是万神教教众全军覆没。

他们的战场，不在这里。

“诸位，神明旨意！今日，灭了那学校，向世人宣告不尊神的下场！”一名神仆开口喊道。

“你们疯了？还是说你们邪教已经准备鱼死网破了？真当你们像老鼠一样藏在人群里，墨阁就没有办法了？还是说，你们已经做好了承受墨阁怒火的准备？”罗云怒喝道。

他听见神仆的话明显有些意外，身后的青狼发出一声长啸，带动他向后猛地退了两步。

那神仆只是一声冷笑，甚至连回应的想法都没有。

远处的安心微微皱眉：“果然……这次的行动对邪教来说，利益巨大……”

“我觉得这次上面可能有些低估这群家伙了。争取速战速决吧，不然……可能会死很多人。我建议，直接以命搏命，效率最快！”眼看着那些教徒已经向学校的方向冲去，安心眯着双眼，说道。

众人沉默。诚然，以命搏命，战斗速度最快。但那样做的话，代价也很大。原本他们可以依靠技巧、经验和能量的积累，一点点消耗这些家伙的能量。如果抛开这些，大家都是四次觉醒者，死亡率……会很高。

从城内警卫司、预备役等组织在这一刻全部爆发出了剧烈的能量波动就可以推测出，这次邪教的行动规模空前庞大，至少调动了一个省的全部力量。能让邪教下这么大的血本，只有一种可能——利益空前巨大。

几人互相对视一眼，神情逐渐变得郑重。

王文轩深吸一口气，向前踏了一步，单手拎着巨斧："墨阁不在，我预备役当为阵前统帅，有问题吗？"

众人无言。

战前，墨阁为最高指挥。墨阁不在，预备役领军。这是无可争议的。

"现在开始，五分钟内结束战斗，无论生死！违令者，斩！"

王文轩暴喝一声，舔了舔嘴唇，越显疯狂，仿佛这种场面不仅不会让他畏惧，反而会让他变得兴奋。

众人的呼吸声也逐渐变得急促起来。

赵青衣虽然依然冰冷，但脸涨红起来，嘴里还不停地嘟囔着什么。

"守护人族，无惧。杀……都是坏人。"每嘟囔一句，她的眼神就坚定一分。

她知道，如果放任那些教徒袭击学校，将会有很多普通人伤亡。而且越是在这种情况下，周围城市的人越不敢妄动。如果邪教声东击西，毁掉一城，将会对整个人族造成空前的打击。

"呵呵，预备役出来的小家伙们还是这么憨吗？"

"倒是有趣。"

"就是太年轻了点，呆头呆脑的。"

城门口突然传来一个个声音。

在众人茫然的神情中，以刘青峰为首的一名名中年男女走了过来，每个人脸上都带着一丝淡笑。

"咦，我记得这娃娃。当初刚进预备役的时候，好像被打得天天哭。一晃都这么大了。"一人认出了王文轩，失笑道。

"收回你的军令吧。人族还没有没落到需要你们这些娃娃以死相拼的地步。我们只是老了，又不是死了。”

这些人有说有笑，仿佛浑然没有察觉到战场的危险。

王文轩怔了一下，一时不察，被对面邪教那神仆一脚踹在胸口，倒飞出去，砸落到地面上。

看着对面这些身体残疾的人，有的甚至还是熟悉的面孔，他一时间有些出神。

“真是废物，打架还分神！”

“你们慢慢打，缠住这些家伙就行，剩下的交给我们。”

这些人战意四起。

“还敢动学校！学校没了，我家老二还咋上学？”

“就是，我家老三还在学校里呢。”

一群人骂骂咧咧。

刘青峰郑重地从外套内兜里取出一个布袋，又小心翼翼地从布袋里取出一枚勋章，将它缓缓挂在胸口处。

勋章上面有两道云纹。

“镇妖关退役老兵！两纹云勋！战场现在由我接管，之前的军令作废。将这些家伙拦在城门口，不许造成更大的伤亡！违令者，斩！”这一刻的刘青峰声音冰冷，身后那淡蓝色长剑仿佛感觉到了什么，兴奋地发出一声剑鸣，锐气四起。

就仿佛，这也是它一直所期待的。

人有心，剑有魂。

“但是……”王文轩爬起，冲了回去，还想再说些什么。

“闭嘴！违令者，斩！”刘青峰打断王文轩的话，没有继续留在这里，而是直接向学校的位置冲去。

一群人紧随其后。

原本躲在房间内的百姓，甚至也有一部分猛然推开门走了出去，加入人群之中，虽数量不多，但步伐坚定。

“我都多少年没让人骂过了。杀！”王文轩扯着脖子吼了一句，斧子上，最后一颗晶石闪烁着阵阵强光。

一道狼的虚影出现在他的身后，跟他一起冲锋。

那神仆有些发怔，一时间不太理解：人家骂你，你不敢说话，然后……找我撒气？

天台上，那白春城的青年神仆坐在楼顶，拿着望远镜，默默地观看着。

“好家伙，这些家伙是真疯了。也好，重新洗牌。等我成为负责江北省的神侍后，我就可以直接安排心腹了，倒是方便。可惜还是让那家伙跑了。啧啧。”他神情淡然，甚至还有心情点评两句。

反正这场动荡无论结果如何，他都是最大的赢家。

当然，这一切的前提是——那愚蠢的神侍必须死。

可惜的是，这家伙运气真的好，原本有一部分人是去杀他的，竟然被赵青衣拦下了，导致他悄悄逃走了。

不过，去学校的方向，应该也能找机会坑死他吧。

老兵营。

钟玉书坐在马扎上，握着钓竿，悠闲地钓着鱼，哼着曲儿，脸上洋溢着开心的笑容。

余生那小子的方法是真的好，他尝试了一下，最近几天都不需要自己出去跑活儿了。如果运气好，过上一段时间或许真能赚一大笔，到时候给那些老兄弟的家属也能多汇点款。

可惜自己没文化，早有这脑子，早就开始干了。

他就这么坐在湖边，畅想着美好的未来。但很快，他就微微皱眉。

远处，林副阁主穿着一身西装，缓缓走来。

“没事儿总往我这跑啥？别耽误我钓鱼，快滚！”钟玉书脸上带着一丝警惕，心虚地说道。

不会是团伙卖碟的事被人举报，墨阁的人找到自己了吧？

不应该啊。

“钟老，第四代晚辈，林风，请您出山！”林副阁主双手拱起，深鞠一躬，神情严肃。

钟玉书的心瞬间踏实了，不耐烦地挥了挥手：“滚滚滚，我这老胳膊老腿的，还出什么山？就我现在这体格，上了镇妖关，一阵风就能把我吹倒。哪儿来的回哪儿去。”

说着，他还转了个身，看都不看林副阁主一眼。

“自灵气复苏以来，第一代老祖几乎全部战死，第二代也所剩无几。现在前线都是第三代前辈在苦苦支撑，您是前辈们的主心骨，镇妖关不可无您啊！晚辈林风，代天下人族，请您出山。”林副阁主腰弯得更低，语气却分外坚定。

钟玉书看着平静的湖面：“觉醒物碎咯，心也碎了，我一个废人……拿什么拯救人族？这担子太大，老头子我扛不动。”钟玉书有些出神，声音低沉。

“请钟老出山！”林副阁主依然是这句话，只不过他手中多了一个木盒。

钟玉书侧头看了那木盒一眼，眼神毫无波澜。

他知道，吃了木盒内的东西，自己就还是曾经的钟玉书，还是镇妖关上战无不胜的钟玉书。但自己……已经老了啊，老到不能再为人族带来多少光明，而这药，却能造就一位新的战神。

所以，钟玉书直接无视了那个木盒。

“请钟老出山！”这是林副阁主第四次开口，人到中年的他，就这么直挺挺地跪在地上，面无表情，“漠北城内忧外患！钟老不出手定乾坤的话，就是眼睁睁地看着他们去死。”

马扎上的钟玉书身体僵硬，猛地站了起来。明明留着滑稽的山羊胡子，但此时的他眼神散发着刺骨的寒意。

伴随着他的起身，仿佛有一头洪水猛兽悄然觉醒。

“你……用普通人的性命……来威胁我？”这声音充满了杀意。

就连原本充满期待的那些老兵，在这一刻身体都僵住了。

“你……”

“败类！”

“人族的耻辱！”

老兵营中的一部分人愤怒地骂着，拄着拐杖，互相搀扶着，转身就走。

看他们的方向，显然是要进城支援。

以他们目前的状态，进城无异于送死，但他们走得没有丝毫犹豫，甚至下意识的反应都一致。

“您可以说我无耻，也可以认为我是在拿百姓的性命威胁您！这些骂名，我不在乎。但是，妖族想要您的命，出了大价钱。现在附近几个省，都有邪教中人大规模作乱。江北省也是处处战火。阁主坐镇白春城，整个北部的高层战力已经全被拖住了。妖族是在怕，怕您出山。就连妖族都对您如此忌惮，甚至不惜付出巨大的代价让邪教动手，就说明您……依然是曾经的战神，一人镇一关的战神。我也不怕和您说，江北省这边已经没有多余的力量去支援漠北城了，最后的高层战力，是我。”

林副阁主声音平静，没有任何情绪波动：“如今，我没有直接去支援漠北城，而是先来了这里，无论怎么说，都算是贻误战机，害了百姓。所以，我今早就已经正式卸下了副阁主之位。此间事了，如果我未死，会去镇妖关，战至生命最后一刻。现在，为了整个江北省的局势稳定，为了让妖族、邪教谋划失败，请钟老……出山！”

这是林副阁主第五次提起这句话了。

钟玉书默默地注视着他，给他带来了莫大的压力。

“钟老，出山吧！”

“漠北城那边还不知道怎么样呢！”

“就是，救人要紧。”

一群人焦急地说着。

钟玉书轻叹一声，摇了摇头，将木盒拿起，放在手中。

突然，一声轻笑响起。

“我人族脊梁就要出山了吗？能够见到这场面，荣幸之至。”之前在镇妖关脚下出现过的青年，依然穿着那身黑袍，带着两人悠然走出，对着钟玉书微微弯腰，“万神教神使卫乐，见过钟老。”

他虽弯着腰，头却抬着，眼神平静。

“邪教的小崽子？带这么俩东西，不太够用啊。”钟玉书从头至尾都懒得看这人一眼，只是嘟囔两句，打开木盒，里面是一颗红色的药丸。

“钟老，在您这等人物眼中，我可能连蝼蚁都比不上。但……人族如何？”卫乐嘴角带着一丝很绅士的笑，“这药，您尽管吃，三日内，妖族将再次向镇妖关发起冲锋，真正意义上的大战将会开启。到时生灵涂炭，战火纷纷，同为人族，我心不忍。”

虽如此说，但青年脸上没有任何悲伤的情绪，依然是那淡然的笑容，仿佛这天下都在他的掌控之中。

“哦，你不算人。而且，你也代表不了妖族。说到底，你不过是活在妖族、人族夹缝中的老鼠罢了。不对，老鼠也有妖，你连老鼠都算不上。”钟玉书笑着说道，缓缓将药丸拿在手中。

第 20 章

人族大考

“钟老真的想好了吗？哪怕生灵涂炭也不怕？同为人族，我还是劝钟老好好考虑一下。”卫乐声音有些阴沉，“到时我万神教可能也会为了人族安危，来修正一下某些错误的选择，比如……江北省。您想让整个江北省都彻底沦陷吗？”

威胁之意不言而喻。

这次，邪教整个北方势力几乎全体出动，而这场战乱的核心点就是钟玉书！

根据一些从特殊渠道得到的情报，这颗用神兽血提炼而成的丹药是在今日刚刚炼成的，即将被运送到漠北城的老兵营。

对邪教来说，如果钟玉书出山，后果不堪设想。

他们也不是没想过早下杀手，但钟玉书隐藏得实在太好，谁也不知道这老家伙究竟藏在哪儿，直至最近他们才算是有了线索，得知人应该是在漠北城。

紧接着，一个莫名其妙的电话，让他们定位到了钟玉书的准确位置。

而全国大考期间，也是墨阁守卫最空虚的时候。

他们千赶万赶，终于还是在钟玉书服药前赶到了。

钟玉书捏着那晶莹剔透的药丸，嘴角含笑，一只手轻轻抚摸着山羊胡子，眯起双眼，就这么看着对面的青年，不知道在想些什么。

林副阁主无声无息间向前两步，挡在钟玉书身前，一道道青色风刃环绕全身，随时都有出手的可能。

卫乐神情淡然，一副有恃无恐的样子，就好像哪怕钟玉书现在恢复实力，他也有自信安全离去。

一时间，气氛越发凝重，众人越发焦灼。

一道白光闪过，有那么一瞬间，余生短暂失明了，耳边似乎还有呼吸声。弩弓几乎第一时间滑落到他的右手上，他对着近在耳边的呼吸声的方向抬起手，随时准备将弩弓射出。

整套动作如行云流水，余生甚至没有哪怕一秒钟的犹豫，完全是出于本能做出这些动作。

“同……同学，先把手收一下，好吗？”一个明显有些迟疑的声音响起，是一个女人。

而此时的余生也已经恢复了视力。他先是看了一圈四周，只见一群学生正手足无措地看着他，露出一副震惊的模样。

站在他身边的，是一位戴着眼镜的中年女教师。

“请相信我，你目前绝对没有任何生命危险。放下……武器。”

看着余生那把造型特殊的弩弓，这位老师迟疑了一下。

余生沉默着放下手，却依然将弩弓拿在手里，没有收回去的想法，并且小臂绷直，完全可以在零点几秒内，再次抬手射击。

那老师看着这一幕，推了推眼镜，有些好奇地打量着余生，没有再说什么。

时间一分一秒过去，这空间内的人越来越多。

空间很大，虽然是觉醒物，但脚下的土地显得很真实，不远处还有一片郁郁葱葱的树林。

赵子成和杜旭在较远的位置冲着余生挥了挥手，似乎有些兴奋。

而一个偏瘦的家伙自人群中挤了过来，认真地打量着余生。

“你……也是学生？”李亦寒咽了口唾沫，有些不可思议地问道。

看着这位“世界第一杀手”，余生点了点头。

“完了……我还想着实现自己的梦想，从拿个全省第一开始。如今看来，只能拿第二了。”李亦寒如遭雷击。

“你这种怪物还考什么试？”李亦寒嘟囔了一句，神色很快就变得严肃起来，小声嘀咕道，“我还欠你一条人命，快给我安排刺杀任务吧。”

他完全没有开玩笑的意思，甚至有些期待。

但余生此时有些出神，思绪明显没有放在这上面，他没有回应，而是看向不远处的老师。

“请问考试规则是什么？还要多久开始？我有事，赶时间……”余生注视着这名监考老师，问道。

“快了，三分钟后考试。考试内容很简单，只需要冲进面前这片林子里。在树林的中心点处，有一个圆圈。按照进圈的先后排名。那个圈也是传送阵，你们站在圈里的那一刻，自然就会被传到外界去。”这名老师看了一眼时间，发现已经没有新同学进来后，开始说着考试规则。

一群人面面相觑。

这规则……的确过于简单了，他们总感觉有问题。

总不能一年一次的全国大考，比的只有速度吧？

“全省排名怎么看？比如我要拿全省第一，需要做到什么程度？”余生再次提问。

看着眼前这个穿着一身广告牌校服的孩子，监考老师一时间有些无奈。

这小家伙也太自信了，上来就问全省……

不过想到刚才这人进入结界一瞬间的举动，她还是解释了一句：“这结界是墨阁一位前辈生前的觉醒物，囊括了江北省的所有城市，一共有七个入口。所有城市的考生分成七个方向，一起冲向树林中心。所以，只要你保证自己是第一个进圈的，自然就是全省第一。”

她负责监考也有几年光景了，还是第一次遇到这种上来就剑指第一的。

“谢谢老师。”余生点了点头，退了回去，不再说话，眼神也逐渐恢复冷静。

“喂，你还没说让我刺杀谁呢！赶紧随便指一个。”李亦寒又一次凑了过来，只不过这次他的声音稍大了点，顿时吸引了很多人的目光。

一时间，众人下意识地离他们远了些。

这俩人是疯子吧，一个进来就拎着把弩弓，另一个还嚷嚷着要刺杀任务，太离谱了。

众人总感觉自己面临的已经不是考试，而是战场了。

“两分钟后，考试开始。”监考老师再次看了一眼时间，开口喊道。

一时间，所有人都安静下来。

大部分人都带着紧张的情绪，不停地深呼吸。

唯有一些觉醒物是敏捷系的，眼中带着一丝喜色。

“与神同行！”

数不清的邪教教徒从各个方向冲出，眼中带着疯狂。

这就是邪教能够在墨阁眼皮底下存在下去的依仗——平凡！

邪教的教徒们，在真正爆发之前，就是生活在城中的普通百姓，过着正常的生活，偶尔接受一下神的教导。

为了这一天，邪教筹划了数月之久，抽调了数千人融入这座城市。

在漠北城数十万庞大人口中，多出那么几千人，翻不起什么浪花。

虽然真正动起手来，这几千人可能不敌，但最起码能拖很长时间。

这，就已经足够了。

至于学校一群还未觉醒的学生和几名老师，在人潮的冲击下，不过片刻就会覆灭。

此时学校大门紧闭着，平时看起来嘻嘻哈哈、不怎么靠谱的校长此时默默地站在操场上，挺着啤酒肚。

校长身后站着的，是那严谨的教导主任，以及一名名老师。

漠北城资源有限，很多老师不过是二次觉醒罢了，三次觉醒的都不多。但哪怕如此，面对正冲过来的邪教教徒，所有人脸上都没有丝毫畏惧。

因为他们身后的教学楼内，是一名名学生。

“镇妖关英灵，守护的是人族。学校教师，守护的是学生。今日，荡平邪教，守我人族未来。此战退者，按军规处置。”看着那些邪教教徒已经开始向学校大门发起冲击，校长声音洪亮。

老师们沉默着，没有说话。他们不是怕，而是校长突然严肃起来，他们一时间不太能接受。

“校长，您没有权力按军规处罚教师，按照墨阁法律，这是犯原则性错误的。不过可以临时制定新的校规。”

依然穿着精致的西装裙的教导主任还是那么严谨、理智。

校长被她一句话噎了回去，不知道再说些什么。

“起势！”校长一声暴喝，身后浮现出一把刀。

一件件觉醒物相继浮现。

门破。

这些教师沉默着，等待着。

教学楼内的窗口，一名名学生紧张地看着，有的眼中带着恐惧，有的眼中带着愤怒，还有的跃跃欲试，恨不得亲身上场。但说到底，还没觉醒的他们不过是待宰的羔羊，真要脑子一热冲出去，只会成为老师们的累赘。

“小家伙们，看好了。今天，就让老师们给你们上一课，让你们知道，何为……人族！”

校长一时间豪气万千，手中那把长刀散发着幽红色的光芒。

"浑浑噩噩十多年，谁还记得……我当年……也是上过镇妖关的啊。"校长喃喃自语，不等那些邪教教徒冲过来，就独自一人冲了过去。

长刀上，晶石的光芒闪过，刀身显得格外大。

他双手举起长刀，跃至半空，用力砸了下去。

一时间，冲上来的邪教教徒被这刀砸得散开。一名名老师无声地跟随在校长身后，借着这一刀之威，杀入邪教教徒之中。

很快，操场上的青砖就被染得鲜红。

一些学生惊呼着缩回了脑袋，不敢再看，只是坐在教室里，浑身颤抖地祈祷着。而有些学生则眼睛通红，咬着牙，一言不发地盯着这一幕，仿佛要将这一幕牢牢记住。

当一名名老师倒在血泊中时，看着平日上课时总是一脸严肃，甚至训斥他们的人就这么倒在了眼前，他们心中莫名悲愤，却又无力，不由得自责起来。

为何自己还未觉醒？

为何……自己只能看着？

"呵呵……邪教的小崽子们……"校长气喘吁吁地拄着长刀，看着对面那些彻底陷入疯狂，如同怪物般的邪教教徒，冷笑着。

看着老师人数不断减少，校长心中终究还是生出了一丝无力。

还是……老了啊。

"预备役，出征！飞行系觉醒者，升空！"

突然，邪教教徒后方传来一个冰冷的声音，随着声音落下，一道道人影升空，整齐划一，只不过这些人的觉醒物大多数都有些破损。

"分！双翼翔空。"

声音再起，空中十多名退伍老兵一瞬间分成两列。

"维持高空火力压制。"

这声音十分平静，校长抬起头，看见的是刘青峰那张冰冷的面庞。

这家伙……什么时候这么猛了……

“肉身强化系，冲锋，切割战场，以点打面。神念强化系，后方压制。辅助系，随时准备。”刘青峰有条不紊地下达着一道道命令。

比起教师，这些退伍老兵实力可能更弱，甚至都无法完全发挥出觉醒物的优势，但在老兵们默契的配合下，数百邪教教徒在短短半分钟时间内，就被彻底打散，没有了之前的气势。

清晨的阳光下，刘青峰胸口处那枚两纹云勋，仿佛散发着特殊的光彩。他深吸一口气，身后长剑发出一声清脆的剑鸣，他右手一抬，将剑握住。

只不过……那残缺的小指，终究让他无法把剑握稳。他表情不变，从衣服上扯下一根布条，用布条将剑与手牢牢绑在一起。

“犯我人族学子，当诛！”刘青峰没有大声喊叫，只是平静地说了一句。

在这一刻，他的情绪与余生更接近一些。

刘青峰就这么手握长剑，冲入邪教教徒之中。

一名名退伍老兵不时从上空掠过，给邪教教徒带来压力。

肉身强化者横冲直撞。

从视觉效果上来看，邪教的这群散兵游勇不堪一击。

但……这些老兵终究只是一些身体残缺的老兵啊……

“爸！那是我爸啊！”一名学生趴在窗台上，眼睛血红，死死地咬着牙，把嘴唇都咬破了，一缕鲜血顺着嘴角流下。

他的父亲，没了一条手臂的老兵，已经倒在地上，永远停止了呼吸。

在临死的那一刻，这个老兵依然死死地抱住一名邪教教徒，手如同铁钳般，任由那人如何挣扎，都牢牢地挂在那人的身上。

直到那邪教教徒死去，与他一起倒在血泊里。

“畜生，一群畜生……我父亲征战一生，没死在妖族手里，竟然死在……”那名学生说到最后，只剩下了呜咽。

他拳头紧攥，指甲抠破了肌肤。

但哪怕如此，他也只能在这里看着，连下场的资格都没有。

“此生，我与邪教不死不休！”

这名学生哪怕面对这样的场面，都没有退后，而是就这么看着，看着在场的每一个人，看着场上的每一张脸。

他要记住，记住邪教的恶行，将这些画面烙印在脑海中。

刘青峰此时已经冲到了人群的中心处，与校长站在一起。

“嗬，两道云纹，挺低调啊。有这本事当教导主任啊，当什么老师？”校长擦拭着嘴角的血，一刀砍飞一名邪教教徒，开口说道。

“校长，革除我的职位需要给出合理的解释，不然的话我可以去教育署告你。”

教导主任虽然是女人，但下起手来有着绝对不输男人的凌厉，手中的觉醒物——两把匕首，每次划过都会有邪教教徒倒下。

依然是那严谨的神情、语气，只可惜，她的后背已经出现了一道伤口。

“我啥时候说要开了你？总打断我，你是校长我是校长？”校长骂了一句，再次陷入混战中。

一时间，局势僵持不下。只要等城门口的战斗结束，警卫司那边占据优势后，将学校合围，漠北城就会大胜。

毕竟，这次邪教可是调动了一个省的人力。

邪教此次失败的话，未来很长一段时间内，江北省的邪教将再也翻不起什么浪花。

可就在此时，校门外出现了一名中年人。

他的腰上还系着围裙，嘴角带着一丝微笑，淡然走了进来。

“神说，当光明降临大地时，人人得以永生，人人……皆可为神。”

这声音听起来倒有几分神圣、肃穆之意。

伴随着一声鸣叫，一只鹰的虚影浮现，四颗晶石分外明亮，光芒甚至开始蔓延至第五道凹槽。

这代表他距离五觉，也不过一步之遥。

一双翅膀凭空浮现，他整个人飞到半空。

“洗涤世间罪恶，为人族建立新的秩序。”他依然在不断呢喃着。

随着他的出现，下方那些邪教教徒变得更加疯狂起来，甚至不顾自身伤势，不停地冲击着。

他们的神说过，为神赴死的人，将会在光明彻底降临那天复活，并且成为新的神灵。所以，他们无所畏惧。

刘青峰在人群中止住脚步，冷漠地转过身，看着这中年人：“你是……邪教的神侍？”

“见笑了。”中年人点了点头。

强烈的能量波动自两人身上席卷四周，清出一片区域。

残剑对苍鹰。

“邪教，就来了你这么一个小家伙吗？”钟玉书看了看四周，包括卫乐身后那两个老人，依然显得有些不满，“反正也没什么事，再聊聊吧。单纯的利益牵扯，就让你们闹出这么大的声势，我不信妖族就这么信任你们。那群畜生又准备什么后手了？”

钟玉书就这么捏着那颗药丸，也不急着吃下去，反而坐在马扎上，一副云淡风轻的模样。

卫乐看着钟玉书的状态，神情有些凝重，感觉有些不对劲。

但如今已经到了这一步，他不得不前进。

“加上六位六星妖王，够吗？晚辈能力有限，从镇妖关外带这些人进来已是极限，让钟老见笑了。如今那六位已经藏匿在江北省，随时可以发起冲击。只要您吃下这颗药，那六位就会同时出手，席卷人族。人族四大关隘，也会有妖族发起冲击。其中……有一位八星妖主，更是会亲临镇妖关。这对人族来说，牺牲会很大。”卫乐的笑容逐渐消失，微微皱眉，身体微微绷直，盯着钟玉书的眼睛说道。

不对。

这件事太不对了。

钟玉书的反应和他预想中的完全不同，仿佛成竹在胸。

但根据卧底传来的情报，钟玉书就算吃下这药，最起码也要半小时的恢复时间，真出了问题，这么长的恢复时间也够他从容离去才对。

“啧啧，真看得起我啊，将六位妖王、一位神侍、整个北方的邪教教众，作为我钟玉书复出的献礼。算了，勉强不亏。可惜那妖主想要存活够呛咯。”钟玉书自言自语般说着。

坐在马扎上、身材消瘦、留着山羊胡子的“猥琐”老头，在这一刻气息陡变。

一柄红色的长枪，悄然自他身后浮现，周围气氛逐渐变得压抑。

一道道纹路遍布枪身，上面镶嵌着足足八颗晶石，每一颗都闪烁着耀眼的光芒。

隐约间，一道虚幻的人影出现，坚定地抓住了枪身。

一时间，湖面炸裂，掀起一股浪潮。

“八觉？怎么可能！就算你伤势痊愈了，也应该是七觉才对！”卫乐表情猛地一变，难以置信。

“呵呵……你这家伙，还不如余生那小子来得聪明哟……”钟玉书自马扎上慢悠悠地起身，身躯不算高大，却仿佛屹立于天地之间，如战神般璀璨。

第 21 章

考试开始

恐怖的压力下，卫乐甚至连动一下都觉得十分艰难。

“你们为了在墨阁埋下那个卧底，费了不少心血吧。没有我打那个电话的定位数据，这个卧底还真不容易揪出来。现在，一切也该结束了。”

钟玉书带着些许落寞，叹息一声，随手将那颗药丸丢在地上。

这一次，又会死很多人吧。

每一场战争的胜利，往往都伴随着生命的逝去。

或许，这就是每一位觉醒者的归宿。

他……是真的累了。

战争，永远没有胜利者。

那虚幻的人影飘浮在半空，手握长枪，如同战神。

而下方的钟玉书微微佝偻着身子，神情失落，仿佛乡间老农。

一时间众人竟认不清，究竟哪个才是真正的他。

“考试倒计时……三、二、一！”看着所有老师统一对好的秒表，监考老师开口喊道。

在“一”字落下的瞬间，所有学生全部向树林冲去，一件件觉醒物浮现，虽然连一次觉醒都算不上，但也能稍微提升他们的身体强度。

尤其是飞行系、敏捷系的那些觉醒者，速度极快，一眨眼就冲到了树林中。

余生同样在跑，但他速度不快，左手匕首，右手弩弓，完全没有召唤觉醒物的想法。

李亦寒紧随余生身后。

“你能不能先告诉我，你要杀谁？”他还在追问着。

这件事俨然已经成为他的心魔，自从离开余生的房间后，就时常浮现在他的脑海之中。

“出去之后……再说。”

留下这么一句话后，余生猛然提速，但没有觉醒物的支持，他依然是落在最后的那批学生之一。

突然间，一声痛苦的哀号自树林中响起。

一名学生倒飞出来，重重砸落在地上，身后那鸟类觉醒物也变得暗淡不少，回到他的体内。

隐约间，树林中传出一阵阵低吼声。

大量学生退了出来。

透过郁郁葱葱的树木，可以看到那一双双血红的眼，狰狞、恐怖。

“树……树林中有妖兽！”

在场很多人都有些不知所措。

毕竟在他们一贯的认知里，妖兽，往往都是凶残的代名词。

“愚蠢的人，这是考试！我就不信了，妖兽还能杀了我们不成？”

人群中传出赵子成的声音，下一秒他身前出现一个沙袋，他一把将沙袋抱在胸前，冲入树林中。

随后……

“啊，好疼，好疼！”凄厉的惨叫声响起。

但惊奇的是，硬顶了虎妖一爪，这沙袋竟然没有消失的迹象，而赵子成虽然在惨叫，却依然顽强地向里面冲锋。

杜旭跟在他的身后，两人横冲直撞，没有任何章法，拼的就是“你拍不飞我，我就硬冲进去”。

“咱们人多，一股脑儿地冲进去。”

“谁被打出来谁倒霉！”

很快，其他学生就反应过来，一个个呼喊着，再次向树林冲去，热闹非凡。

而余生表现得一点都不起眼，总是能找到最不引人注意的位置，如同鬼魅般，以一种不快但稳定的速度，在树林中不断深入着，巧妙地避开周围那些妖兽。

李亦寒全程跟在余生身后，对于立志做“世界第一杀手”的他来说，余生所表现的每一个细节，都是绝对的大师级。

他甚至在想，以余生这种水平，哪怕不动用觉醒物，对付一名二次觉醒者，也有不小的成功率吧。

他刻意地模仿着余生的步法。但很快他与余生之间的距离越来越远，直至余生的身影彻底消失在他的视线中。

他有些懊恼，但更多的是激昂。

李亦寒攥紧拳头，不断回忆着余生之前的每一个细节，有条不紊地前进着。

至少……他已经超越了大部分人。

而最开始那一批仗着自己速度快，直接开启觉醒物的学生，此时都成了妖兽的靶子，不说受伤，最起码体内积攒的能量已经消逝了许多。

那监考老师默默地注视着这一幕，没有任何反应。

罗云看着一名小队成员的尸体，忍不住悲愤起来。

“学校那边还不知道是什么情况，再拖下去容易生变！”

他怒吼着，眼睛血红，完全放弃了防御，疯狂地进攻着，而且速度极快，让对面那名神仆十分狼狈。

“战场法则，永远不要违背上级的命令。”

向来疯狂的王文轩此时却十分理智，拎着巨斧的手开始微微颤抖。

赵青衣身后那冰雕逐渐暗淡，显然能量也已经有些不足。

安心也是如此。

唯一值得欣慰的，可能就是对面情况要比他们更差。

刘青峰单手握着长剑，胸口处有一道狰狞的抓痕。

虽然双方同为四次觉醒者，但他的身体原本就有残缺，而且能量未到巅峰，与那神侍比起来，就差了许多。

“刘青峰，你回来，我来对付他！”校长此时也有些狼狈，咳嗽两声，看着刘青峰喊道。

刘青峰面色不变，平静地说着：“论职位，你是领导。但在战场上，我有两道云纹，你……必须听军令！”

鲜血顺着他的手臂不断滴落，将那绑着手的布条都彻底染红了。

“放弃吧。这世界终将被神的光辉照耀。尔等不过是大地上的污浊之物，需要净化。”

神侍摆出一副高高在上的姿态，哪怕周围的教众伤亡惨重，他的表情也没有任何变化。

这种碌碌无为却又想着一飞冲天的蠢货，随时都可以再发展一批，搭配上面传下来的特殊药水，很快就能培养到位。

而自己，只需遵照上面的旨意，将这学校毁灭，就可以抽身而退，以自己妹妹在上面的地位，或许就可以更进一步了。

唯一让人心烦的，就是这令人厌恶的小虫子有些棘手。

或许，要加快节奏了。

看了一眼时间，神侍的眼神逐渐变得冰冷，再次向刘青峰冲去。

随着在树林中不断深入，妖兽越来越多。

余生身边已经看不见任何同学的身影了。

余生依然是那平静的神情，只不过将弩弓收了起来。

或许，这件武器要被淘汰了。

以这些妖兽的防御，想要靠弩弓进行有效击杀，不太现实。

余生藏匿身影的经验再如何丰富，也终究还是顿住了脚步。

前方是一道封锁线。

一只只妖兽连成一排，趴在地上，无精打采，却没有留出任何死角。

“还需要……更快啊，已经过去二十二分钟了。”

不知为何，刘青峰离去的背影总是出现在余生的脑海中，挥之不去。

明明两人之间真正接触，也才两个月而已。

刘青峰似乎和当年那老人……真的不一样。

余生不相信画卷，也不相信刘青峰，但他相信自己的内心和直觉。

“总是要去看看的……”余生呢喃着说了一句，身上泛起淡淡的能量波动，很快就吸引了所有妖兽的注意。

一时间嘶吼声不断，所有妖兽都向余生冲来。

余生手中出现了那根龙纹棍。

不可思议的是，这龙纹棍上竟然镶嵌着一颗淡灰色的晶石，那颗晶石是如此明亮。

余生……一次觉醒了。

在没有击杀妖兽、没有购买晶石的情况下，他悄然觉醒了。

这，是他目前为止最大的秘密，也是那画卷真正的作用之一。

余生向妖兽的方向冲去，在一只青狼即将与他碰撞的那一刻，龙纹棍上晶石一闪，那青狼一瞬间有些疑惑，愣在原地，完全无视了面前的余生。

而余生则微微弯着身子，从侧面钻了过去，并借着这一瞬间，将手中的匕首插入了青狼腹部。

很快，青狼身体开始了剧烈的抽搐，伤口处更是大面积溃烂，痛苦地在地面上翻滚。

余生则借此机会，猛然提速，向中心处冲去。

整个过程不到三秒钟，余生的动作快、准、狠。

在晶石闪烁的瞬间，其他妖兽几乎也产生了迷茫，仿佛失去了目标。

这，就是余生的晶石所带来的能力。

余生因此为龙纹棍起了一个十分恰当的名字——“闷棍”。

那些妖兽反应过来后，向余生追去，但之前一直保留体力的余生骤然加速，灵活的身影路过一棵棵参天大树，转瞬间就甩开了它们。

但树木上空，一只只苍鹰、秃鹫飞来，向余生发起冲锋，气息凌厉。

仿佛联动反应般，四面八方传来阵阵嘶吼声。

树林外的监考老师微微蹙眉，带着惊讶之色：“有兽魂死了？才过去十五分钟……这届学生中有天才啊。”

她一翻手，面前出现一张虚幻的地图，上面一个红点正在飞速移动，而这红点后方，则是一个个绿点，像是在追逐着红点。

“怎么可能?!有人要到终点了？”

她的手指在虚空中不停点动，很快一份资料出现。

“余生……是那小家伙……江北省终于又要出绝世天才了吗?”

这名监考老师陷入沉思中，目光死死地盯着那红点。

余生身上不知不觉间已经出现了数道伤口，但他仿佛感觉不到疼痛，依然在不断前行。

他前行的路线十分复杂，并非一条直线，他不断绕过一棵棵树，将追击的妖兽甩开。

至于天上的鸟类，完全就是靠半分钟闪烁一次的晶石，偶尔有冲到他身前的，他就硬抗一下。

其实，他有更加稳妥的方法，但他答应过刘青峰，要尝试拿第一。

他更想快点出去，出去看看，看看刘青峰是不是真如自己平时所说的那样……以身作则。

不知为何，此时的余生隐隐有些烦躁，他怕……他怕出去见到的，是另一幅场景。

就如同当年那老人……

或许，真的有可以为他人赴死的人？

余生期待、紧张、恐惧。

在种种思绪中，他眼前已经出现了那由能量汇聚而成的红色的圆环。

这就是终点吗？

猛然间，远处传来一声虎啸。一只庞然大物突然出现，拦在余生与光环中间，嘶吼着。这是真正的一级妖兽，仿佛要将余生彻底阻拦在传送阵外。

“出去……出去就能看到了……”余生低语着，一直表现十分平静的他，在这一刻眼神变得冷冽，空气中都弥漫着杀气。

讨厌的家伙……在这一刻拦在他面前……

该死啊！

余生猛然甩着外套，一根根骨针激射而出，幽暗、无声。他又微微低头，轻轻拉动左手侧一根细线，一支巨型弩箭自他后背射出，直冲虎妖而去。

与此同时，余生猛然跃起，一脚踏在树上，翩若惊鸿，自虎妖上方掠过，龙纹棍上晶石一闪，在虎妖茫然的一瞬间，刀片划过。

余生落地，手中更是不知何时攥着一根透明的鱼线，而那鱼线已经在虎妖脖颈处缠绕一圈。

能量席卷全身，余生用力……

当余生起身时，那虎妖已经重重摔倒在了地上。

一级妖兽……被秒杀。

余生甚至没有回头看一眼，他深吸一口气，站在红圈之中。

伴随着微弱的能量波动，余生消失在树林中。

“希望……希望吧……”树林中，只留下余生的一声轻叹。

余生情绪复杂，不知道自己出去后，是将封印的心彻底打开一道口子，还是再次封闭，且越发冰冷。

“他真的……出去了？”监考老师推了推自己的眼镜，难以置信。

诚然，最先从红圈中离去的，就是全省第一。

但这几乎是不可能实现的！

最终的成绩排名，还是要根据离终点的距离、击杀兽魂的数量以及一些其他因素来综合评判。

哪怕最终真的有人从传送阵走出，也大概率是凭借着人多的优势……

像这种情况，江北省已经太多年没有发生过了。

自从那位前辈牺牲后，其留下的觉醒物经过了无数次改良，第一次投放到考核中，就出现了这一幕。

难道……是哪里出错了？

“算了，反正有监控画面。考试结束后，让那些家伙自己去看吧。”

监考老师逐渐平复了情绪，继续看着地图上的一个个红点。

在所有人的注视下，余生从那扇虚幻的门内走出。

余生看着那墨阁文员，认真地问道：“我第几？”

那文员此时明显有些呆滞，脸上带着不可思议之色。

一共也才二十分钟左右吧，竟然……竟然有人……出来了？

“第一。”他深吸一口气，回复道。

他记得这个学生，那个叫刘青峰的人离去前，曾说过让他拿个第一回来。

于是，他做到了。

“全省第一？”余生再次问道。

文员摇了摇头：“现在还不清楚，至少……你是漠北城第一。”

“嗯。”余生轻轻点了点头，眼中流露出的不知道是不是遗憾，就这么默默地向漠北城的方向走去。

“同学，你要去干吗？”那文员看着余生的背影怔了一下，急忙问道。

余生脚步不停：“进城。”

“不行，城里现在太危险！而且你身上还有伤，需要简单处理一下。”那文员果断开口，并且小跑着追向余生。

余生脚步停顿，转过身，默默抬起右手，手中是那把小巧的弩弓，表情认真且严肃：“你拦我，我会动手。”

他没有任何开玩笑的意思，空气中都散发着淡淡的冰冷气息。

尽管如此，那文员依然在向前走着，脚步坚定：“哪怕你杀了我，也不能进城。我必须对你的生命负责！”

余生有些疑惑地看着那文员，似乎不太理解。

难道……他们真的不怕死？

或者，这一切都只不过是一场戏，表演给自己看的戏？

但……自己还没有那样的价值。

余生扣动扳机，弩箭插在文员脚前，箭尾轻颤。

那文员脚步一顿。

“谢谢你。我会对自己的生命负责。现在……请不要再拦我，不然，我真的会出手。”说完，余生骤然加速，向漠北城的方向冲去。

那文员一脸焦急，似乎还想说些什么，但余生的速度太快，转眼间就已经远去了。

“在我临死时……你可以解答我内心的一个疑问……吗？”卫乐单膝跪地，脸上满是汗水，有些不甘地抬起头，看着不远处那瘦弱的小老头儿，“你究竟是什么时候……恢复的？”

“哦，不可以。”不知为何，钟玉书想起了余生那说话简短有力的风格，模仿着说了一句。

随后，长枪闪烁，卫乐及其身后的两名老人身体炸开。

“哪有时间和你废话？”

钟玉书嘟囔了一句，目光落在明显有些呆滞的林副阁主身上：“给陈以默打个电话，可以收网了。”

“啊……啊？”

林副阁主像是才反应过来，看着钟玉书的眼神中满是震惊。

“啊什么，让你打就打！等着那几个妖王作乱吗？天天傻乎乎的，你们灵念学院出来的都这么蠢？”钟玉书张嘴就骂。

“钟老，您是军校出来的，没必要对我们灵念……”

“闭嘴！打电话！”钟玉书直接打断了林副阁主的话。

学院荣誉大过天，除非骂学院的人是钟玉书……

林副阁主闷头打了一个电话过去：“钟老说，可以收网了。”

“知道了。”陈以默那大嗓门只是回了一句，就挂断了电话。

而林副阁主也慢慢反应过来。

“您其实是在……钓鱼？”他指了指湖边的钓鱼竿，差点哭出声来，“我承认，江北省的墨阁的确有问题，您哪怕怀疑到我身上也正常。但是……我上午刚刚辞职了……我是副阁主啊……”

自己原本满怀着愧疚，一脸认真、严肃，带着不舍辞去了副阁主的职位，等着劝钟老出山后，就去镇妖关以死谢罪。

但现在……被耍的只有自己一个吗？

“老头子我还是挺喜欢你这种小家伙的，镇妖关最近也缺人手。”钟玉书摸了摸山羊胡子，目光落在漠北城的方向，眼神复杂，“这次收获大，但代价……也不小啊。走吧……是时候做最后的清洗了。”

收回觉醒物的钟玉书，宛如田间老农般，卷着裤腿，回到茅草屋拿出当年那破旧的布包，就这么拎着，没有带任何多余的东西，有的……只是那满腔热血、一身赤诚，一如当年。

“钟老，这一去就不要回来了！为人族出，为天下战！”

“愿您再归来时，身后跟随的，是天下太平……”

一名名老兵看着钟玉书离去的背影，纷纷喊着，神情激动，眼中含泪。

钟玉书没有转身，只是抬起满是皱纹的手掌，在半空挥了挥。

从墨阁孙老杀神兽归，到神侍过镇妖关，在人族眼皮子底下带进来六个妖王，以及钟玉书服药，到如今……

一场布置许久的大网，彻底到了收起的时刻。

此次之后，江北省数年内将再无邪教容身之地。

镇妖关，那妖主被重伤，短时间内也无法发动大规模暴乱。

钟玉书，一人镇一关的绝代战神，他让妖族恐惧的，从来不是实力。

这其中牺牲的，就是一位位觉醒者，但……这就是他们的宿命，作为战士的宿命。

至少，正如当初林副阁主所说，墨阁从未将他们当作弃子。

他们只不过处于原本就该属于他们的战场上。

而那些退伍老兵、教师是否在钟玉书的计划内，永远不会有人知晓。

战争，永远都会死人，慈不掌兵，如果钟玉书是优柔寡断的人，那镇妖关或许早就被破了吧。

其实，任何事都有两面性。

如果只站在一个角度去思考，就会永远缺失部分视野。

或许，钟玉书利用了人心，甚至导致一些觉醒者战死。

但正是这些人的牺牲，换来了人族的大胜。

就如刘青峰说过的一句话：哪位英雄手中没有沾染鲜血？

第 22 章

英雄，是在战场上历练出来的

“你为什么还不去死？为什么！蝼蚁，这世间的污秽之物！阻拦神的光辉降临！”神侍不断地咒骂着，身上已经出现了一道道伤痕。

而他对面的刘青峰此时已经脸色苍白，全身遭受重创，但依然努力地站直身体，单手拄着剑，支撑着自己的身体，不让自己倒下。

神侍脸色阴沉得可怕，时间拖得越来越久，最多半个小时，那边拦截警卫司的力量就将覆灭，如果再拖下去，自己将会置于险地。

但上面交代下来的任务就是毁了这学校，拖住漠北城的守卫力量。

十分钟……

如果十分钟内再打不下来，自己就必须撤退了，哪怕为此受到处分！

不过有妹妹在高层，问题应该不大。

全怪这个蝼蚁，明明不过是一个连剑都握不住的废物，为什么能拖延如此长的时间？为什么！

“给我去死！”伴随着一声怒吼，神侍身后的羽翼四散，如同利刃般向刘青峰席卷而去。

“应该……快了吧……”看着身后的战场，估算着城门口那边需要的时间，刘青峰嘴角勾出一丝笑意。

残废了这么久，原来上战场的感觉……还是这么令人怀念。

一根根羽翼扎在他的身体上，溅起一朵朵血花。

校长身上的能量此时已经消耗殆尽，看着这一幕眼睛血红，疯狂地在敌人中劈砍着。

刘青峰手臂颤抖，却依然拄着剑，屹立不倒。

那平凡的身躯，在此刻却如巨人般，仿佛支撑着一片天。

教学楼内，一名名学生看着这一幕都忍不住哭了出来，回想着自己曾经懒散甚至荒废学业的样子，他们从未像这一刻这般悔恨。

这天下真的太平吗？

只不过是一位位看起来十分普通的长辈，用原本不高大的身躯，为他们挡下了敌人的攻击罢了。

或许，有的人痛哭过后，会变得畏惧、退缩。

或许，有的人在时间的打磨下，会将这些遗忘，依然浑浑噩噩地度日。

但还是会有人咬着牙，哪怕再苦再累，仍然不断向上拼搏，终有一日站在镇妖关上，如同当年的先行者般，守护自己想要守护的一切。

这，就是漠北城二中所有老师，用自己的生命给人族下一代所上的一课。

这是最深刻的一课。

余生缓缓入城，完全无视不远处的战场，哪怕其中有他认识的王文轩。如今的他，心中只剩下一个声音：去看看……去看看这罪城外与罪城内究竟有没有区别。

“余小哥，你进城干吗？快点出去！找死吗？”衣服上带着斑驳血迹的王文轩看见余生的身影，忍不住开口喊道。

余生有些茫然地看了他一眼，又看向地面上的几具尸体，神情越发迷茫。

真的……有人死了吗？

他们拼搏，真是为了一种叫作守护的东西？

“我找人……”余生说了一句，速度更快，在角落里不断腾挪，总能很巧妙地避开战场上的能量余波。

他向学校的方向走去。

快了……

就快了。

不知为何，此时余生的心跳速度有些加快，这……应该就是一种叫作紧张的情绪吧？

“你们一个个的平时不都挺强悍的吗？悍哪儿去了？”王文轩看着余生的背影，以及学校那边不断传来的能量波动，破口大骂，“真窝囊！”

王文轩表现得越发疯狂，再也不去管刘青峰下的军令，不断挥舞着手中的巨斧。

显然，王文轩的话也深深刺激到了其他人。

虽然没人说话，但大家的打法明显变得更加凶悍了，都不遗余力。

刘青峰那个家伙，说什么人族的未来需要年轻人，今天他们这些老人发挥发挥余热就够了，还拿军令压他们。

如果修炼了这么多年，依然如同那群学生般，在先行者的庇护下苟且偷生，那他们这些年就白活了！

所有人心中都憋着一团火。

谁也想不到的是，最先斩杀敌人的，是赵青衣。

她作为灵念学院的学生，讲究的是以念御物，斩敌于无形。

但连对面那神仆都没有想到，在冰刃破碎的瞬间，赵青衣手中出现了一把冰刀，她就这么将冰刀攥在手中，冲了上去，将冰刀扎在那神仆的胸口。

当然，她的代价是觉醒物炸碎，身上出现一道道伤痕，就连握着冰刀的手都流血了。

这个不染尘埃的仙子，终究还是染血了。

“坏人……你们都是坏人，不能伤害百姓……更不能伤害学生。我以我身，守护人族……”赵青衣呢喃着，身后的冰雕有些虚幻，被她收回体内。

她回过头看了一眼还在战斗的众人，深吸一口气，依然神情冰冷，她没有去支援同伴，而是有些虚弱地向学校方向走去。

她的速度不快，走起路来甚至有些摇摇晃晃。

她走过的地方所留下的，已经不是冰霜，而是点点血花。

但她步伐坚定。

这一刻，赵青衣没有了出尘的气质，可所有人望着她的背影，目光中都带着真正的尊敬。

或许，这就是高校让学生出来历练的真正原因吧。

再优秀的天才，没有经历过战争，终究也只是温室里的花朵，不堪一击。

只要有些许风吹过，就能令其枯萎甚至死亡。

英雄……都是在战场上历练出来的。

“可恶啊！”安心眼睛眯着，嘴里不满地嘟囔了一句，下一刻学着赵青衣的样子，向一名神仆冲去。

神仆眼中充满了警惕，向后退去。

只不过他身体受了重伤，后退速度极慢。

不过数秒钟的时间，安心就能追上他。

奇怪的是，那神仆虽然看起来有些惊慌，眼底却泛着一丝冷冽，仿佛是在等待猎物上钩的猎人。

“真当我是憨货？”

就在安心距离那神仆只剩下三米时，她脚步一顿，头顶那本书快速翻动着，空气突然变得沉重，压在那神仆的肩膀上。

书上镶嵌的四颗晶石同时泛起光芒，璀璨异常。

安心在这一刻脸色变得异常苍白，身体摇晃了一下，嘴角溢出一抹鲜血，但她眯着的眼睛依然直直地看着对面。

空气都仿佛凝固了。

那神仆的身体不断扭曲，像是被什么东西挤压着，开始变形，最终在绝望的眼神中化作肉泥，瘫在地面上。

书本暗淡，消失不见。

安心额头上已经布满了汗水，也不知道是不是错觉，此刻的安心似乎长大了一些。

“呵呵……讨厌的赵青衣，抢我风头。”一口血喷出，安心随意地擦拭一下就直起身，坚定地朝赵青衣离去的方向奔去。

“被两个疯女人压住了，丢人不？一米八的大个儿白长了，一群废物！”王文轩还在狂骂着。

当然，他骂的人中也包括自己。

所有人的呼吸都变得沉重起来，以命搏命，打法凶悍。

一时间，空气中都蔓延着惨烈的气息。

“你……你也快没能量了吧！”刘青峰看着对面的神侍，说道。

一句话说出，他就再也忍不住，吐出了一口血。

而他对面的神侍此时脸色也有些发白，忍不住看了一眼时间。

三分钟，三分钟内杀了这家伙，还有机会攻破学校，到时自己抽身应该也还来得及。

或许……还能立功！

“你这个疯子！”神侍忍不住骂了一句，终于不再选择谨慎的战斗方式，而是施展出作为飞行系觉醒者的技能，向刘青峰冲去。

他眼底带着一丝疯狂，嘴里还在不断咆哮着：“所有阻挡神的光辉降临的人，都该死！”

刘青峰有气无力地站在原地，看着距离自己越来越近的神侍，笑了。

“你知道……我这剑的名吗？我称它……葬妖。可惜，它这最后一击，竟然用在了人的身上。”刘青峰有些惋惜，却十分果断。

这么久的时间，这家伙终于选择近身肉搏了……

他的视线已经变得模糊，隐约间看见远处有一道熟悉的身影正向自己这边冲来。

像是……余生。

“呵呵，人死前果然会出现幻觉。余生怎么可能这么快结束考试……”刘青峰苦笑着，带着遗憾、不舍，但不犹豫。

长剑上，四颗晶石同时闪烁光芒，并且破碎、炸开。

那剑上的裂纹于此刻弥合，成了一把完整的长剑。

“今日，这剑就改叫余生吧……枉度余生，了却余生，倒也应景。”

磅礴的能量自刘青峰体内激荡而起，将地面上的尘土都席卷得飘浮了起来。作为能量源头，刘青峰的身上绽放着蓝色光芒，柔和又锐利。两种截然不同的气息，完美地融入这蓝色光芒中。

“犯我人族未来者……当诛！”一声大喝中，那剑以难以想象的速度脱离刘青峰的手，下一秒没入那神侍的胸膛。

神侍眼中还带着兴奋和疯狂，有些难以置信地低下头，看着伤口。

“你……你为何……”可惜，他再也没有说完这句话的机会，跪在刘青峰的面前，缓缓闭上了双眼。

但临死时，他的羽翼也插在了刘青峰的腹部。

余生的脚步缓缓顿住。

看着眼前这一幕，他沉默着，不知道在想些什么。

深吸一口气，余生缓缓向前走去，来到刘青峰面前，抬起头看着他：“我拿了第一，漠北城第一。省级排名……还不知道。”

余生说这话时，就像往常一样，平静地诉说着。

只不过他的双手紧紧攥住，攥得很紧，轻轻颤抖。

听到余生的声音，刘青峰有些吃力地看过去，咧开嘴笑了：“我就知道……你可以的。你……你是……老师……眼中最……最优秀的……天才，独一无二的……天才。”

刘青峰每说一句话，都需要停顿很久。

他的腹部还在不断流血。

“但你……你要死了。”余生看着刘青峰的伤口，沉默了一会儿，最终还是开口说道。

自己希望看见的，看见了。

刘青峰的确如他平时所说的那样，在为了人族而战斗，在守护人族。

他没有骗自己。

但不知为何，余生此时反而希望眼前这一切是假的。至少……那样的话，刘青峰还能活着。

看着眼前的刘青峰，余生那冰封的内心此时像是传来一道清脆的声响，宛如解开了什么。但他很烦躁，烦躁到……想哭。

他还没有哭过，也不知道什么是哭，只是觉得眼前有些模糊。

“呵呵……其实对我来说，死……反而……反而是一种解脱吧，总好过像个废……废物般，苟延残喘。我……我是真的挺讨厌当老师的。”刘青峰的眼睛在这一刻有些明亮，说话的语速都变得快了起来。

余生却越发沉默。他抬起头，就这么注视着刘青峰的双眼，死死地盯着，仿佛要记住什么一样。

“我应该更快的……”余生看着刘青峰，突然说了一句没头没尾的话。

刘青峰却懂了，一如既往。

毕竟他曾经在一个个日夜里，认真地分析着余生的性格、余生的思维，试图真正了解余生，走入余生内心。

“你应该晚些的。其实……其实就在刚刚，我想通了。”刘青峰笑着摇了摇头，“你就是你，你是余生，没有人有资格让你改变什么，哪怕这个人是我。老师……老师不会再要求你去守护人族，守护万家灯火。老师只……只希望……希望你能守护自己心中那些……你觉得自己应该守护的……人。老师不希望用自己的死，强迫你做……做些什么，老师只愿你在以后的日子里，脸上多些笑容……可……可以吗？”

刘青峰的声音越来越小，却依然用柔和的目光看着余生。

与其说他最初是同情余生，倒不如说，他在余生身上，真的看到了一些自己的影子。

这……或许是互相救赎吧。

他希望余生脸上能够多一些笑容。

同时，也因为余生，他那颗孤独的心重新有力地跳动着，证明他不是一个退出战场的废物，有了新的人生目标。

但……这一切只能到此为止了。

他有些吃力地抬起手，将胸口的勋章扯下，向余生递去：“这……这是老师最骄傲的东西。或许它不能给你带来什么……但……至少能证明，你是烈士家属。你罪城的出身，老师……老师用这一生的荣耀，替你挡了……”

那勋章上沾满血迹。

余生沉默地将勋章接了过来，认真地看着。

刘青峰缓缓抬起头，想再去摸摸余生的头，但手到半空，终究还是有些迟疑，想要收回，一如之前。

余生却轻轻向前凑了凑，主动靠近刘青峰的手，任由他向来讨厌的血，染上自己的头发。

刘青峰怔了，很快又笑了。

他的笑容中带着欣慰，一滴泪水自眼角滑落。

“余生……很长……老师……老师只……只能送你到……到这了……祝你余生……闪闪发……光。”说完最后一个字，刘青峰的手无力地垂落，双眼闭合，嘴角却带着笑，仿佛这一生已经无憾。

十岁，他父母双亡。

看着其他人在父母的陪伴下学习、成长，他却格格不入，连高校考核的资格都没有，只是在外浑浑噩噩地度日，努力赚取资源修炼。

三十岁，他入预备役。

三十三岁，他登镇妖关。

三十六岁，他因伤退役。

三十九岁，他收余生为学生，为了守住学校大门，死战不退，最终……落幕。

这并不算风光的一生，他始终为了自己心中的目标奋斗着、努力着，从未松懈。至少，他可以说上一句："我刘青峰，没有丢镇妖关的脸，没有丢万万英灵的脸！"

看着刘青峰，余生沉默着，攥紧手中那枚勋章，认真地把它放在书包里。书包上，还有着那两行不是很漂亮的字："愿你千帆过尽，归来仍是少年。"

只不过，这书包上也已经沾了鲜血。

那文字看起来是那么沉重，包含着刘青峰所有的希冀、期待。

"我突然很讨厌你们……"余生呢喃着，抬起头看向那些邪教教徒，眼中是化不去的冰冷。

这看起来瘦弱、平凡的年轻人，此时却散发着汹涌的杀气。

与平时的内敛、低调不同，此时的余生宛如从地狱中走出的杀神，令人只是看一眼，就心底生寒。

谁都不知道，为何如此普通的一个年轻人能散发出这么重的杀气，就连空气中的温度都在不断降低。

仿佛现在的余生，才是那个真正卸下伪装的真实的余生。

赵青衣、安心的身影由远及近，看着学校内的这一幕有些出神。

余生双手同时出现匕首，在阳光下闪烁着寒光。

他认真地拿出一个瓶子，打开瓶盖，将其中的液体倒在匕首上。

下一刻，余生如同鬼魅般冲入敌群之中，那瘦弱的身影在敌群中不断闪过，手中的匕首不断划过。

匕首所过之处，哪怕伤口并不致命，可短短数秒钟内，那些邪教教徒就会脸色铁青，沉沉地倒在地上。

或许，面对四觉者，他打不过。

但这种普遍是一觉、二觉的邪教教徒，远远不是余生的对手。

就连余生都不知道，此时的自己究竟在想些什么。

他的脑海中只有一个念头——除掉邪教的人。因为，他们真的……很令人厌恶。

安心、赵青衣毫不犹豫地加入战斗中，原本僵持的局势很快就变成了一面倒。

远处突然出现一位留着山羊胡子，背着双手，宛如农夫的老人。

“够了！”老人的声音有些低沉，一杆长枪凭空出现，压迫着在场所有人，包括余生。

紧接着，一名名邪教教徒的身体炸碎。

而老人没有露出得意的神情，只是落寞地挥了挥手。

看着一名名或重伤、或死去的教师、退伍老兵，看着永远闭上了眼睛的刘青峰，最终老人只在操场上留下了一声叹息。

老人的叹息声有些沧桑、有些凄凉，仿佛经历过太多，已经看淡一切。

第 23 章

二中学子何在

余生站在操场中间，微微低垂着头，背着那已经有些脏了的新书包，一言不发。

不过半分钟的时间，警卫司那边传来一股强烈的能量波动，随后，喧嚣声消失，一切恢复平静。

校长无力地坐在地上，看着周围那倒了一地的或熟悉或陌生的人，那总是喜欢反驳他、行事严谨的教导主任也已经没了呼吸。

校长眼睛有些发红，勉强支撑着站了起来，看向钟玉书，以及他身后那杆镶嵌了八颗晶石的长枪。

“你是墨阁高层？”他拄着刀，腰板挺直。尽管他知道自己的地位与钟玉书有着天壤之别，却没有了往日的谄媚之色。

“算是吧……”钟玉书轻轻点头，没有否认。

校长深吸一口气，勉强让自己的呼吸变得平稳下来：“我漠北二中遇战敢战，可有一人退缩不前？”

他的声音洪亮。

钟玉书摇了摇头：“没有。”

“我二中教师，可担得起人族英雄之名？”校长再问。

钟玉书点头："可称英雄。"

"希望墨阁……善待英雄后人，希望墨阁……善待二中。接下来的一段时间，二中所需物资，就全仰仗墨阁了……"

得到肯定的答复后，校长仿佛卸去了全身力气。

他身体酸痛，伤口还在不断滴血，但尽管如此，刚刚代表逝者发问时，他必须是站着的，而且必须身姿挺拔。

"我二中学生何在？"

校长抬起头，看着身后教学楼窗口处那一名名学生，笑了……

"在！"一名名学生就站在窗口，几乎是咆哮着喊道。

"下楼，清理战场。"又说了一句后，校长缓缓闭上双眼，再也无法支撑，晕了过去。

钟玉书只是看着，没有说会让墨阁的人来处理这种话。

因为他懂，懂校长此时在想什么。

一名名学生沉默着从教学楼内走出，抬起倒在地上的老师们、退伍老兵们，整齐地排列好，又一点一点地洗刷着操场的每一个角落。

学生们来到刘青峰身前时，余生动了，拦在学生面前，默默地将刘青峰背在自己的背上，瘦小的身躯就这么扛着……

余生没有马上走，而是认真地看着钟玉书："我杀了二十三个邪教教徒……记得给奖金，学校有监控。"

说完，余生就这么背着刘青峰逐渐远去，没有停留。

钟玉书似乎想和余生说些什么，但他迟疑了片刻，终究还是没有开口，只是看着刚刚赶来的林副阁主道："那孩子的奖金，尽量快点发下去。"

林副阁主带着茫然之色，看着余生的背影，一时间感觉有些眼熟，但又想不起来在哪儿见过。

"好的，钟老。"他点了点头。

钟玉书抬起头，看了看蔚蓝的天空，叹息一声。

“或许，这才是我不愿恢复的原因吧。终究有些看不得这种场面了。”

一时间，钟玉书的脸上浮现出一丝疲倦之色，他摇了摇头，背着手，有些落寞地离去。他这一生，所经历的几乎只有杀戮。只有在老兵营的这段时光里，他才享受到了从未有过的温馨、宁静。可惜，他这一生，或许都不会再有这样的机会了。

天台上，那来自白春城的神仆青年咬了咬牙。

“目标竟然是钟玉书！拿我当炮灰吗？哼！”青年冷哼一声，将望远镜放下，神色阴沉得可怕。

“一群蠢货，就凭你们几个歪瓜裂枣，也妄图干掉钟玉书？白痴！”他咒骂了几句，从书包里拿出一套校服换上，又将之前的衣服收了起来，转身离去。

次日，人族区域所有城市，电视里都在播放着几条新闻——

钟玉书伤势痊愈，不日将再次登临镇妖关，守护人族！

江北省邪教几乎被连根拔除。

一个八星妖主突袭镇妖关，没想到孙老提前赶到，将其重伤，人族借势反攻，大胜！

这三条新闻振奋人心。一时间，整个人族都变成了欢乐的海洋。

直到三日后，妖族震怒，两个八星妖主携手进攻破晓关，如果不是孙老及时救援，或许破晓关已经被破了。

尽管如此，破晓关上也是伤亡惨重。

一时间，欢乐的气氛骤然而止，人族就像被掐住了咽喉般醒悟过来。

妖族还是那个妖族。

人族如今只不过勉强有了喘息的机会而已。

外界的这些，余生并没有关注。他只是用自己的积蓄默默地给刘青峰举办了一个葬礼。

葬礼规模不大，只有余生一人参加。

在火化场的家属签字单上，余生认认真真地写下了自己的名字。

那书包已经被他认真洗刷干净了，一直背在身后。而书包内，则是那枚带血的勋章。

余生小心翼翼地将装着刘青峰骨灰的瓷坛埋在地底，又立了一块碑。至于碑上的文字，余生想了很久，最后只写下了“刘青峰”三个字。

刘青峰是他出罪城后接触最多的人。直到现在他也说不清，自己对刘青峰究竟带着什么情感。

“再见……”余生起身，对着墓碑认真、郑重地说了一句，微微鞠躬，将书包重新背在身后，默默离去。

就在昨天，成绩单发下来了。他……全省第一。

一时间，余生之名，人人知晓。三大高校都已经向余生发出高校考核邀请，尤其是军校。看了余生的考试录像后，军校负责招生的老师直接在电话里说，只要余生来，面试直接通过。

余生那敏捷的身法，动手时的果断利落，简直就是为军校而生的。

而最让军校看重的，还是余生的心性。只要稍加培养，余生完全可以直接进入战场，成为一名优秀的军人。

但余生有些茫然。因为刘青峰曾经在吃饭时说过，希望他加入墨学院。可到目前为止，他并没有接到墨学院的考核邀请。

余生回到家中。让余生没想到的是，钟玉书来了。他就坐在自己家门口，依然是那身朴素的穿着，依然是那件宽大的外套，仿佛下一秒，他就会悄悄掀起外套一侧，鬼鬼祟祟地问上一句：“小伙子，买碟吗？”

但此时的他没有了之前那副玩世不恭的模样，而是有些沉默。

“小刘……安葬好了吗？”钟玉书想了想，问道。

余生轻轻点头，绕过钟玉书，打开房门，走了进去。

钟玉书没动，就这么站在房门口，看着余生的背影，突然问道：“你怪我吗？”

余生脚步顿了顿，有些茫然地看着他：“为什么要怪你？”

“因为刘青峰是因我而死的，而且，如果我更快些，可以救他！”钟玉书说得很坦诚，没有因为自己的英雄身份而顾忌什么。

余生更加迷茫了：“在罪城，都是如此。为什么要救……”

他不理解。在罪城内，救人这种事，就如同笑话一样。真的会有人因为自己没有救别人而感到自责吗？

钟玉书看着余生的面容，沉默片刻后缓缓说道：“入墨学院要求很高。你是从罪城出来的。”

余生认真地想了想：“哦，知道了。”

他没有觉得不公，也没有愤怒，就仿佛这是一件很正常的事。

他坐在沙发上，仔细地清理着书包，没有再开口的想法。

“但……你有小刘那枚勋章，我也已经向墨学院举荐你了。考试视频我看过，你有资格。我相信我的眼光不会有问题。或许在未来，你能走得很远，但……我只想说，希望未来的你……是刘青峰的骄傲，对得起那枚勋章。走了！对了，卖碟的分红，我已经让人打到你账户了。”

钟玉书这瘦弱的老头儿，就这么拎着那破布包，背着手离去了。

他来，仿佛只是为了和余生聊这么几句。

钟玉书走后，余生看着茶几上的书包有些出神。

他深吸一口气，从柜子里翻出一颗妖晶攥在手中，吸收着其中的能量，进入了修炼中，宛如当初。

熟悉的生活，熟悉的节奏，熟悉的……独自一人。

仿佛变了些什么，又仿佛什么都没有变过。

直到敲门声再次响起。

李亦寒神色严肃地站在门口，看着余生：“我收到了军校的考核邀请！你究竟有什么刺杀任务要我完成？我的时间不多了，未来，我将会成为军校第一学员，毕业后更会成为世界第一杀手！到那时，我会接到很多很多的任务，再想帮你完成任务，就难了。”

李亦寒完全没有开玩笑的意思，仿佛是在阐述一个事实。

余生看着他，默默问了一句：“你考试排名多少？”

“第九！”李亦寒骄傲地抬起头，想要表现得低调一些，却又总是控制不住嘴角的笑。

“江北省第九？”余生惊叹。

李亦寒身体一僵，表情有些不自然，嘴角也微微抽搐了一下：“漠北城第九。”

余生就这么默默地注视着李亦寒，看得他浑身都有些不自在。

“军校……这么缺人吗？”最终，余生沉吟两秒，开口说道。

李亦寒的脸顿时黑了下来：“我是天才，军校一眼就看中了我的身法……”似乎想起了什么，李亦寒果断闭嘴。

那身法，是他偷学余生的。

“嗯……我很讨厌邪教的人，你有时间帮我杀一个邪教教徒吧。”余生仔细想了想，开口说道，而后想到了什么，马上补充了一句，“除掉邪教教徒之后会有奖金，奖金是我的！因为你是帮我动手的！”

说着，余生还有些狐疑地看着李亦寒，好像怕他不给钱一般。

李亦寒幽幽地看了余生一眼，深吸一口气：“好，我知道了。”

说完，他转身就走，绝不多停留一秒钟。

这房间，就是他噩梦开始的地方，尤其是这房间内的人。

每次看见这个人，他都会心绪不宁。

讨厌邪教的人？你还不如直接说，让我帮你赚点奖金！

解决一个邪教教徒奖金才多少，我未来的世界第一杀手就值这么点？

李亦寒一边骂，一边打开手机查了查。

看着后面那一串零，李亦寒脚步一顿，忍不住咽了咽口水。

好多个零……

解决一个邪教教徒，都有三万奖金吗？自己当杀手的话，接一个活儿，便宜点的也不过几千，最主要的是……违法。也就是说，如果自己转行，以后只刺杀邪教的人，赚的钱会比当杀手还多？

一时间，李亦寒有些茫然，甚至怀疑人生。

转行！从这一刻起，他的梦想改变：一定要成为世界第一……邪教克星，当英雄，光明正大地赚大钱！

一时间，李亦寒走在大街上，腰板都挺直了许多。

未来，我可是英雄。

余生吃饭，睡觉。次日，第三位客人登门。

是赵子成。

“老大，我免试了！”还没进门，赵子成那兴奋的喊叫声就传了进来。

他迫不及待地冲进屋内，几乎将手机直接贴到余生脸上，上面是一张电子版的录取通知书。

灵武学院，免试录取！这绝对是天之骄子级别的待遇，就算是余生，灵武学院也只是发了考核邀请。

也就是说，在灵武学院的人眼中，赵子成的价值在余生之上。

不过这很好理解，只要仔细分析过赵子成的考试视频，就不难发现他的觉醒物的特点。

灵念学院可能不觉得有什么特殊，但在一群专修肉体的莽夫眼中，这可是世界上最舒服的沙袋了，一边打，一边还能变强。

如果把这小祖宗请进去，大家排着队来利用他修炼，简直……

一时间，余生甚至已经想到了赵子成的未来。

不得不说的是，赵子成的确很帅，属于那种开朗、阳光型的帅哥。只不过未来很长一段时间内，这个帅哥大概率会很狼狈，逐渐变成一名莽夫。

回忆着陈以默、罗云的身形，又看了看还在嘿嘿傻笑的赵子成，余生忍不住打了一个寒战。

余生突然有些好奇，罗云、陈以默进灵武学院前长什么样儿。

突然，赵子成的手机响了一下。余生看着上面的文字，打断了赵子成的傻笑："要不，你看看新消息？"

赵子成愣了一下，下意识地看去。

"我……啊！墨学院给我发考核邀请了！"赵子成面色潮红，猛地一拍茶几，激动地喊道，甚至完全不在乎手疼不疼。

余生指了指茶几，沉吟两秒："你的手机碎了。"

赵子成拍桌子用的是拿手机的那只手。

"哈哈哈，无所谓了！我现在也算光宗耀祖了，以后我爸这个小小的警卫司司长，见了我也要喊上一声大人！他现在天天跟我开会，给我上课！等我毕业之后，必须想办法回来当漠北城城主，到时候天天跟他开会！"

赵子成的嘴角带着一丝狞笑。很难想象，他平时在家里，究竟遭受了些什么。

"但你的考核邀请函……还在手机里。"余生想了想，还是说道。

赵子成脸上的笑容逐渐僵硬，颤颤巍巍地抬起头，看着面目全非的手机，欲哭无泪。

"只是屏幕碎了，修修还能用。"很快他就松了口气，有些气喘吁吁地坐在沙发上，一副劫后余生的样子，额头上满是汗水。

但他总是喜欢自吹自擂。

"我这叫什么？大难不死！呵呵，在不久的将来，整个人族会传遍我的名字！未来数十年，人族的故事将由我书写，因为我是……赵子成！"

他有些骄傲地起身，摆了一个帅气的动作，还扬了扬那飘逸的秀发，闭着双眼，仿佛已陶醉其中。

余生就这么看着，有些沉默。

房间内的温度不知不觉间似乎变低了些许，一个略带怒气的声音自赵子成身后响起。

“原来……你就叫赵子成啊！”这声音的主人明显在压抑着自己暴躁的情绪，咬着牙，一字一顿地说着。

赵子成有些茫然地转过身，看见的是一张略显熟悉的脸。

“您是……”赵子成下意识地问道。

这中年男子微笑着，死死地盯着他：“我就是你口中那调戏女性，被你亲手送进单间里的流氓，余三水呀。如果不是我老相……老朋友把我赎出来，我还真不能这么快就来报答你的举报之恩呢。这世界……真小啊。”

余三水微笑着，目光却在房间内不断搜寻着，很快从角落里拎起一根拖把……

“叔叔！叔叔你听我解释，我能解释的，我真能……真能！啊，这拖把几年没洗了?!余生，我先撤了，晚点电话说。”

赵子成捂着头狼狈逃窜，嘴里还在不断地喊：“叔叔，三十年河东三十年河西，你记住，莫欺少年穷！”

赵子成已经跑远，但他临走时的叫喊声还在房间内不断回响着。

余三水气喘吁吁地扔下拖把，倚着门，嘴里还在不断咒骂着：“什么人呢！我只是看个手相，就举报我。咋这么多管闲事？真当警卫司是他家开的了？”

“这人你认识？”余三水一边骂着，一边看向余生问道。

余生平静地点了点头：“嗯，他爸是警卫司司长。”

余三水扶着门框的手一软，险些跌坐在地上：“你说……说啥？”

他明显有些慌乱。自己刚才的说话声是不是有点大了？

余生沉默着，没再回应什么。

“对了，听说最近考试了，考得怎么样？”余三水有些尴尬地笑了笑，看向余生问道。

余生点了点头：“还行。”

“还行就好，还行就好。”余三水嘴里嘟囔了两句，房间内再次恢复了安静，气氛略显诡异。

余生的手机响了一下。拿起手机，看着上面的信息，余生有些出神，手下意识地摸了摸书包。而后他起身，背着书包，向门外走去。

“你干吗去？”余三水刚刚换了一身睡衣，看着余生的背影，问道。

余生脚步未停：“办事。”

“哦。那你……小心点……”余三水迟疑了数秒，才开口说道。

只不过他说这句话时，余生已经走远了。

余三水自嘲地笑着摇了摇头，坐在沙发上，鼻子轻轻抽了抽，微微蹙眉。他弯下腰，看着茶几边缘的一抹血迹，很快重新坐直了身体。

他靠在沙发上，嘴里还哼着小曲儿，拿出手机，翻找着一个个号码，最终找到其中一个拨通。

“喂，是我……”余三水的声音有些低沉，表情也逐渐变得严肃，难得正经一回，“我发誓，我这几天真的是出差了，刚刚到家，这不就给你打电话了嘛！怎么可能，你是我的全部……真的，不骗你……好，在家等我，我这就到。”

挂断电话，余三水猛地起身，打开衣柜认真地挑选衣服，换上一身运动服。换装后的他洒脱、随意，又带着中年人的成熟，魅力四射。他对着镜子整理了一下发型，满意地点了点头，很快又有些苦恼：“唉，有时候魅力太大也是一种苦恼。”

“小丽……嘿嘿……我来了！”他有些浪荡地笑了笑，咳嗽一声，重新板起脸来，想了想又翻出一副眼镜戴上，这才出门离去。

第 24 章

人族历史

刘青峰那间十分简朴的房子里，余生坐在沙发上，电视还在播放着动画。他就这么平静地看着，有些出神。

自从刘青峰死后，这房间的钥匙也作为遗物被交到了余生手中。

许久……

“究竟哪里热血呢？”余生嘀咕着，带着不解，关闭电视，握着妖晶，再次修炼。

通过最近一段时间对画卷的研究，他大致上已经摸透了规则。

灰色气体在“闷棍”上蔓延着，每次蔓延到一定程度，一颗晶石就会自动镶嵌上去。但要到余生的能量充盈得随时可以进行下次觉醒时，那“闷棍”才会启动，不然依然会保持安静。

还有就是，在那根“闷棍”旁，已经隐约能够看见第二道影子，只不过那影子特别模糊，看不出形状，唯一能够确认的，就是总体面积不大。

就在上午，余生同样接到了来自墨学院的考核邀请，时间在半个月后，也就是所有高校学子返校前夕。

明天则是二中的毕业典礼。

或许，最近一段时间余生都会在这房间内度过。

深夜，余生独自一人在厨房中做了饭菜，吃完后熟练地在房门口、窗口处布置好陷阱，这才回到卧室，躺在床上，看着窗口的月光，手中紧握匕首，缓缓睡去。

如果说余生的内心是黑暗、寂静的，那刘青峰就是一道微弱的烛光，倔强地燃烧着，成为他心底的光。

但那终究只是一道光。

或许有一天，在各种燃料的不断添加下，这光芒会越发旺盛，彻底照亮余生的心。

可至少，不是现在。

余生那冰封多年的心中唯一的温暖，也只是给了刘青峰一人。面对其他人时，他还是那个漠然、冷静、谨慎的余生。

唯一与以往不同的是，面对那些身上没有灰气溢出的人，余生可能也会尝试着给那些人一个走向自己的机会吧。

现在的余生还做不到，或许未来……也做不到。

这一夜，余生睡得很安稳。

次日清晨，他简单地吃了早餐，将布下的陷阱撤掉，又仔细检查了身上那些“小零件”，确认没什么问题后才出门。每日检查，已经成了余生的“必修课”。任何一个微小的失误，在罪城都有可能成为丧命的根源。

这是二中建校以来最特殊的毕业典礼。

没有欢呼雀跃，没有笑容，每个人的脸上都写满了肃穆、沉重。虽然按照惯例校园里仍是张灯结彩，但整个校园安静得可怕。

鲜花拥簇着的，是一张张黑白照片。

五十六张。

“都板着一张脸干什么！才死这么点人，你们就受不了了？”校长那稀疏的头发明显经过认真打理，梳得一丝不乱，他看着那一名名即将毕业的学生，开口说道，“面对危机，总要有人挺身而出，敢为人先。你们要做的，不是难过、悲伤，而是牢牢记住，记住每一个替你们赴死的人，并且在自己变得强大后，站在需要你们保护的人前面。这，就是人族的薪火相传。这，就是人族赖以生存的精神。”

校长深吸一口气，语气显得有些苍凉：“知道在曙光纪元前人族经历过什么吗？如果你们上课没有偷懒的话，应该都听到过。当时，灵气复苏，妖兽席卷而来。第一代觉醒者们，用自己的生命为人族铸造出了四座关隘。每垒起的一块砖，上面都沾着他们的血。第二代觉醒者们，就站在先行者的肩膀上，为人族换来了数十年的和平。”

全场安静、肃穆。

这些资料，历史书上都有记载，但学生们从未像这一刻感悟深刻。

毕竟，历史书上记录的，只有苍白的文字，而现实，却由鲜血所书。

“你们觉得这些先行者傻吗？第一代老祖禹永言，五年九觉，独身入妖域，灭三族，斩妖主五个，更是灭杀一个妖神，这是何等天骄，何等豪杰！他不知道自己此去，无论如何必死吗？为何他还要如此？他就是要告诉那些畜生，我人族不惧！第二代老祖李默成，独身一人站于镇妖关外，挡妖族百万兵，一战过后，妖族五年不敢来犯。他虽力竭而死，但换来了人族朗朗乾坤。第三代老祖钟玉书，一人镇一关，全家除他外皆战死。数十年内，镇妖关屹立不倒，妖族对其恨之入骨，我人族敬之为神！这每一位都是真正的绝代天骄！他们完全可以不理会这些，哪怕躲入深山老林，妖族敢奈何他们？他们为的，就是心中那团久久不熄的火焰，为的就是告诉世人，何为人族！”校长说这番话时，声音异常洪亮，在操场上久久回荡。不知不觉间，他的眼睛也有些湿润。

“大家都知道，每一次觉醒后，身体机能就会提升。但你们知道……六觉后人的极限寿命是多少吗？无人知晓！从曙光纪元初到现在，一百四十九年间，没有一位人族六觉者寿终正寝！你们也知道，墨阁十老，守护人族。

但除了孙老、钟老外，其他八人是谁，你们知道吗？见过吗？为何？就因为我人族不如妖族，所以他们只能躲在暗处，化作一个个普通人，不给妖族各个击破的机会！当有一天，妖族入侵我人族，必会有一人于俗世中走出，孤身一人入妖域。他们一日不出，妖族一日不敢决战！

“人族英雄，并不光鲜。你们甚至永远猜不到，墨阁的老人究竟在扮演着什么角色。这对他们来说公平吗？但他们就是如此做了，一日复一日。每当有一位墨阁老人死去，就会有其他人顶上，继续默默地等待着，等待着需要自己去死的那一天。这，就是墨阁十老至今依然为人族领袖的原因。墨阁十老，永不聚首！这句话，并非空穴来风。我今天和你们说这些，并非让你们向这些先贤看齐，只是想让你们记着，这世界上，有很多默默守护你们的人。当有一日，你们挺起脊梁，有了能力，也要化作参天大树，为人族顶起一片天！至少……在死的那天，回想起自己的一生时，能够自豪地说一句，我这一生，对得起人族，对得起……这五十六张遗像！这是我校十余年来，第一次举办如此特殊的毕业典礼。愿诸位……人人如龙，人人……成为我人族脊梁。与君同行三年，不胜荣幸。希望有一日，尔等可以成为我漠北二中的荣耀。”

校长深吸一口气，与身后稀稀疏疏的老师整齐地向后退了一步：“此后人生，不能随行，但……与君共荣。”说完，他单手握拳，捶击胸口。

这是人族的礼节。

下方每一名学生都神情格外郑重、肃穆地还礼。

“此生不负人族，不负恩师，不负年少！”

这一日，二中的学子们的吼声在漠北城清晰可闻。

校长露出释怀的笑容，与一众老师转身回到学校，腰板挺直。身为教师，一生最荣幸的，可能就是自己培育的学生们越发光彩夺目了吧。

学生们四散离去。

余生站在操场的角落里，看着刘青峰的遗像有些出神。不时有几名同学过去将鲜花放在遗像前，鞠躬，离去。余生没有动，他不知道摆一朵鲜花能代表什么，这些同学就像在做毫无意义的事。但他们就是这么做了，而且表情肃穆。

等所有人走后，余生迟疑着，从路边拔下一丛野花，来到刘青峰的遗像前，学着那些同学的样子，把花放下。不知为何，这一刻余生内心竟出奇地宁静，就连嘴角都不自觉地露出一丝微笑。

这是一种他从未体验过的情绪波动。

这对一向冰冷的他来说没什么帮助，甚至有害，但他很享受。

“你的骄傲究竟是什么……我要做什么，才会让你觉得是荣耀……”余生呢喃道。

不知为何，余生想到了书包里那枚勋章。他将勋章取出，上面的血迹早已干掉，原本天蓝色的勋章此时有些暗红。

“是这种勋章吗……你说过，这勋章，是你此生的骄傲。”

余生攥紧手中的勋章。他没有擦拭掉勋章上的血，因为他本能地感觉到，这血留在勋章上，才是刘青峰想要看到的。

“那就多拿些吧。”

自从离开罪城后，余生其实并没有什么目标。即使是在罪城，他的目标也只不过是活着。突然有一天，他觉得自己可以尝试去抢那唯一一个出城的名额，于是，他就出来了。

而就在此刻，余生除了赚钱外，有了新的目标——拿勋章。

他没有留恋，瘦弱的身影就这么自校园内离去。阳光下，他的影子被拉得很长……

或许，刘青峰的死让他有些悲伤。

又或许，没有。

连余生自己都读不懂自己内心的情绪，外人更无从知晓。

他就如同那草原上的独狼，消瘦，却凶悍。

取款机前，余生再次输入那熟悉的密码，将大部分钱转了过去，而后收回银行卡。他习惯性地站在阴影中，拿出手机，找到一个号码拨了过去。

“我是余生。”他对着手机认真地说道。

那边沉默许久，才有沙哑的声音传来：“嗯，说吧。”

“我想拿勋章，但不知道邪教的人在哪儿。”

余生说得并不详细，只是简单提出了自己的诉求。

那边再次沉默。过了许久，那人才有些意外地问道：“我欠你的人情，你只用来做这个，不浪费？”

“值得。”余生仔细想了想，才开口说道。

“好。晚上七点前，短信发你。我能查到的也不算多，但战绩应该够你拿一纹云勋了。好奇多问一句……为什么你今天说话没带刺儿？”

那边这次回复得倒很快，话说到最后还带着些许好奇。

余生有些茫然：“我说话带过刺儿吗？”

那人又一次陷入沉默，很快将电话挂断，似乎不想和余生掰扯这个问题。

而余生则看着手机上的日历。还有半个月入学，时间应该够了吧。

军校、灵武学院、灵念学院，都在人族的中心区域，唯独墨学院，在人族的疆城——“边疆”的“疆”。

墨学院距离镇妖关也不过数百公里，也就是说，当某一日，镇妖关被破，首当其冲的就是墨学院。墨学院给学生的一些考核任务，甚至就是登镇妖关。那些教学的老师，在镇妖关压力大的时候，也会随时过去支援。这也是墨学院毕业率低的原因之一。

从漠北城一路杀到疆城……功勋应该够了吧。大致判断了一下，余生将自己的行进路线用短信方式给那号码发了过去。

现在他唯一需要考虑的，就是交通工具。根据墨阁交通法，无证驾驶罚款两千……

就在这时，余生的电话响起。

“余老大，你在哪儿？”电话那头，赵子成鬼鬼祟祟地说道，声音压得很低。

“我爹死活不同意我去墨学院，说灵武学院才是最适合我的。他就是嫉妒我，怕我从墨学院毕业之后，有一天当他的领导！”赵子成不忿地说道。

余生沉吟数秒后说：“或许，他是怕你毕不了业，或者……通过不了入学考核。”

电话那头安静下来，过了片刻，赵子成说：“怎么可能？我可是绝世天才来着！一会儿给我一个定位，我过去找你。我必须证明给他看看，我赵子成，人族未来的绝世天才，一人镇一关，举世无敌……啊，我爹来了。”

伴随着一道汽车轰鸣声，赵子成果断挂断电话，谁也不知道那边究竟发生了什么。

总之，大概二十分钟后，一辆看起来十分老旧的越野车停在了余生面前。

赵子成鼻青脸肿，状态看起来不是特别好。

看着余生那好奇的目光，赵子成尴尬地笑了笑：“那什么……我爹也知道我觉醒物的作用了。他一直念叨着老树也能开花，万一晋级了，没准儿还有机会竞争一下副城主之位。”

说到这里，赵子成眼中带着恐惧，显然这几天给他留下了不可磨灭的记忆。

“其实你这能力……保命挺不错的。我如果是你的敌人，可能不忍心除掉你，想多利用你修炼一会儿。”余生认真地想了想，表达了对赵子成觉醒物的赞叹。

赵子成脸色微黑：“我已经被打到一次觉醒了，我那个抠门老爹还在黑市上买了一块妖核，骗我说是传家宝，如今已经镶嵌上了。这第一颗晶石的能力就是在战斗时，可以控制自己不给对方输送能量，也可以在你们打我时，强化两成能量产出。呵呵……真好。”

但赵子成的脸上完全看不到笑意，只有哀怨。在他的幻想中，自己是那种白衣飘飘，一人一剑立于镇妖关前，吓退妖族百万大军的英雄。

而如今，他扛着沙袋，完全没有进攻能力，每天不仅要担心敌人打自己，还要防备来自队友的伤害。

这让他饱受痛苦的折磨。

不行，自己一定要维持高冷男神的形象，不是谁想利用自己修炼都可以的！如果想要利用自己的觉醒物，他们得跪在我面前求我。嗯……这么想想，似乎也不错啊。一时间，赵子成的脸上露出一丝傻笑。

余生就这么站在车外默默地看着赵子成那丰富的表情变化，一言不发，倒是拿手机拍了一张照片。

强大的赚钱头脑告诉他，这玩意儿……以后兴许能卖钱。

“走！余老大，向梦想出发！”

一时间，赵子成脸上满是对未来的向往，阳光、热血、不羁的他，甚至还在街道上呼喊着，引来众人瞩目。

余生微微侧了侧身子，躲在车后。

“余老大，干吗呢！上车啊！”赵子成浑然不觉，还在不断地喊着。

余生看着这不知道已经开了多少年的古董车，有些发怔。

“你这车……真能开？”沉默片刻，余生还是没有忍住，问道。

赵子成用力拍了拍胸脯：“哎呀，你就放心吧，绝对靠谱！”

看着赵子成的动作，余生脑海中突然生出一个不好的念头。

“你……在预备役部队待过？”他狐疑地问道。

赵子成一脸茫然：“啊？没有啊。”

余生松了口气。

“但我爸是预备役部队出来的。”赵子成补充道。

余生刚刚放下的心又提了起来。

预备役……一个让余生不解的神秘所在，他总感觉从那里出来的人，多少都有些不正常，除了刘青峰。

余生背着书包，坐上那古董车。汽车发动机发出刺耳的声音，尾部冒出呛鼻的黑烟，剧烈抖动，下一刻，这车颤颤巍巍地向城外开去。

看着书包上那两行字，余生有些出神。

或许……自己现在也算在为某个目标而努力了？

向着一个个目标不断前行，这或许就是活着的意义吧。

“愿你千帆过尽，归来仍是少年。”

而现在，应该说：“少年剑已佩妥，出门迎那江湖！”

“那小兔崽子呢？找到了吗？”警卫司，一个中年男子怒吼着问道。

很快，一人小跑着进来：“刚刚查监控，他……他已经出城了。”

“这个小兔崽子，非要去什么墨学院，真是嫌命长！从小就虎，随谁呢！”

中年男子暴怒，不停地敲着桌子，警卫司内鸦雀无声。

过了许久，中年男子的情绪才逐渐稳定下来。他轻叹一声：“唉，或许……我不应该限制他的发展，那样他会有更好的前途……”

一时间，中年男子有些失落，但他还是忍不住咬了咬牙：“这个蠢货，连驾照都没有，那破车年检都过不了，他也敢开！”

“算了，听天由命吧。”最终，他无力地垂下手臂，看着警卫司的其他人，吩咐道，“不用追了，雏鹰总有展翅的那天，谁都要经历一些磨难。”

让中年男子没想到的是，这磨难来得如此之快。

余生和赵子成刚出城，走了不到十里路程。

赵子成将音乐声音放得很大，身体还伴随着音乐的节拍扭动着，不时看看沿途的风景，豪气万千。

然后……汽车越来越慢，最后……抛锚了。

看着一动不动的古董车，赵子成脸色微黑。

余生静静地站在不远处，心中更加坚定了一个想法：以后不能和预备役的玩！哪怕沾亲带故的都不行！

第 25 章

交易规则

“现在咋办？”赵子成无力地靠在车上，用期待的目光看向余生问道。

余生沉吟几秒后道：“或许，可以叫交通厅的人过来把车拖走，我再举报你无证驾驶。按照交通法，你还会被拘留七天，七天后去墨学院还来得及。我也能拿着奖金去坐火车，所以……”

一时间，余生看向赵子成的目光中带着些许期待，甚至将手机都给掏了出来，仿佛在等……

只要赵子成点头，下一秒他就会毫不犹豫地选择举报。

“余老大，你该不会是……认真的吧？”赵子成思绪有些凌乱，但很快就重新镇定下来，用力捶了捶胸膛，“放心，我还有办法。”

看着这熟悉的动作，余生一言不发，甚至开始默默整理起自己的行李，用手机调出地图。

“哎呀，余老大，你再信我一次！这次绝对不会出问题。”赵子成鬼鬼祟祟地从口袋里掏出一个小红本，嘿嘿一笑，“咱们只要走一段路，到了前面的镇子，租……不，直接买一辆！绝对拉风！”

余生看着赵子成手中的存折：“你知道密码吗？”

赵子成如遭雷击，愣在原地，一动不动。

余生看着赵子成的样子，一瞬间懂了许多，对和预备役沾亲带故的人的智商也有了更准确的认知。

余生拿着手机，找到一个号码拨了过去。

“信息不是已经发给你了吗？”

那沙哑的声音再次响起，似乎有些疑惑。

余生看着赵子成，停顿了数秒后道：“我还需要一辆车。”

“啧啧，那就是另外的价钱了。要不你欠我一个人情，我送你一辆最新款的山地越野车，如何？”

电话那头的声音顿时变得有些玩味起来，还透露着些许期待。

余生思索了一下：“不划算。你在黑市有生意，我可以直接举报你，墨阁那边的赏金应该会给得更多，而且我还不欠人情。”

余生的语气特别诚恳。

那人沉默了，过了片刻才再次开口，只不过声音变得有些冰冷：“你调查过我？”

“没有。”余生摇了摇头，“如果你不把所有店名全部取为‘法外狂徒’的话，我应该联想不到你身上。”

一瞬间，那边安静下来。

“但你懂罪城的规矩，交易，必须提出双方都满意的价格。”尽管如此，电话另一端那人却依然坚持着，坚持守着独属于罪城的规矩。

“如果我不举报你，你送我一辆车，你同意吗？”余生迟疑了一下，问道。

“呵呵。你觉得，像我们这种人，怕威胁吗？如果只是这些，就没有聊下去的必要了。我等着你来举报我。”那人冷笑一声，毫不犹豫地回绝，并且准备挂断电话。

余生表情不变：“情报交易。”

“我可以告诉你下一个从罪城走出来的人大概率是谁。”余生再次开口。

电话那头的人情绪明显变得有些暴躁：“你能不把我当憨货吗？我不是罪城外那些傻子！是个人都知道，明年出来的，一定会是原来你身边的那个疯丫头！如果你再拿不出我感兴趣的东西，就可以说再见了。”

虽然情绪暴躁，但这人这次没有挂断电话的想法，反而有些期待，就像余生身上有什么令他垂涎的东西。

“哦，再见。”余生点了点头，挂断电话。

赵子成呆滞地看着这一幕：“这……这就完了？”

“嗯。”余生点头。

赵子成痛苦地挠了挠头：“他明显是希望交易进行下去的啊，你只要稍微松松口，车不就来了吗？那可是最新款的越野车啊！你完全可以……”

他的话还没有说完，余生的电话再次响起。

余生接通。

“你刚才是信号不好？”沙哑的声音响起。

余生摇了摇头，认真回复：“不，是我挂断的。”他的语气诚恳、真挚，没有任何弄虚作假。然后……他再次挂断了电话。

这一次不过数秒钟的时间，余生的电话就再次响起。

“你为什么挂我电话？”那人问道。

“因为我拿不出可以交易的东西。”余生如实回答，又挂断电话。

而后，他整理了一下书包并背好，向远处走去。

赵子成茫然不解，就这么跟在余生身后，慢慢走着。

他很不理解，为什么会有人拒绝一辆最新款的越野车，根据电话那边的意思，余生只需要付出一个人情而已啊。

人情嘛……

电话又响，余生挂断。再响，余生再挂断。每一次铃声响起，都让赵子成的心提起又落下，再提起，再落下。就仿佛他看见了希望，看见了光明，但希望和光明很快就消逝了。最终，只剩下黑暗。

一时间，赵子成感觉万念俱灰。

“别挂，先别挂！你听我说完！”

终于，当余生再次选择接听时，电话那头的声音明显有些焦急。

“嗯……”余生轻轻应了一声。

“好，你先听我说。我知道，拿一辆车换你的人情，有点占你便宜了。你看这样，这车我可以白送给你，但是……以后如果我有什么情报上的需求，在不影响你自身利益的情况下，你要将情报告诉我一次。你看行不行？还有，我很严肃地和你说，别举报我！如果我刚刚没有一直给你打电话，你是不是已经举报我了？”

也许是过于急迫的原因，这人说话的声音有那么一瞬间不沙哑了，听起来还十分有磁性，年龄应该不算大。

“可以。”余生思索了一会儿，很快点了点头。

“你还没有告诉我，刚刚你是不是真想举报我！”交易确定后，那人依然压抑着情绪，问道。

余生茫然：“没有啊。”

电话那头的人长舒了一口气。

“目前你在黑市的买卖还没有违法。不过按照这个发展趋势，最多三年，应该就够举报了，到时能赚一笔。你要加油啊！”余生认真地给电话另一端的人加油打气。

“你不还是要举报我？说，怎样才能让你断了这个念头？”那人咬牙切齿地问道。

“可以交易。”余生双眼闪闪发光。

一阵忙音响起。显然，电话被挂断了。余生有些无奈地叹了口气，显然对这次没有达成交易有些失望，但很快就恢复了平静。

一条短信亮起，只有两个字：“位置。”

显然，那人的情绪还没有彻底恢复过来。

余生将定位发了过去，左右看了看，向远处走去。

赵子成一脸蒙："你去哪儿？不是在这个位置等车吗？"

余生想了想说道："如果有机会，他可能会杀掉我的。"

就这样，余生带着赵子成走了很远一段路，找了个角落坐下，确保能够隐藏自己的同时，还能观察到定位地点。

大概一个小时后，伴随着发动机的轰鸣声，一辆造型夸张的越野车疾驰而来，稳稳停下。远远看去，这辆车如同一只野兽，正张开嘴露出獠牙。那两个大灯，更是如同猩红的双眼，略显狰狞。车的外壳是特制的材质，在野外挡住刚妖化的妖兽袭击，完全没问题。

车上下来一个人。

这人穿着普通，左右看了看，有些疑惑，仿佛是在寻找余生的身影。

他拿出电话，找到一个号码打了过去，很快又挂断，有些震惊地看了那古董车一眼，这才离去。

远处躲着的赵子成，有那么一瞬间感觉到了心痛。

就连开造型这么夸张的越野车的人，都对自己的车表示震惊吗？

余生的电话响起。

"我没必要杀你。至少在目前，你我之间算是盟友关系，甚至未来也会是最好的盟友。毕竟，你还欠我一条情报呢。"那人的情绪似乎已经平复，没有多余的废话，说完就将电话挂断了。

余生依然坐在原地，没有动。赵子成有些疑惑："你为什么怕他杀你啊，我看你们之间聊天……嗯……还算友好。"

"或许是因为……我杀了他老婆？"余生想了想，说道。

而后他起身，向那辆车走去。

"哦，我还以为多大点事儿……不是，大哥，你杀了他老婆，你还敢找他要车？快回来。周围一定有埋伏，我还不想死。"

赵子成果断缩了回去，警惕地观察着周围，试图发现藏在暗处的敌人。

“不会的。他知道我不好对付。”

余生解释了一句：“如果真想杀我，他只会光明正大。”

“这个人……很骄傲。”余生给出了一个中肯的点评。

在罪城内，这家伙的风格十分特殊，每对一个人动手，甚至会提前给人下通知书，而且几乎没有失手过。

嗯，几乎。

因为……这人也给余生下过通知书，然后他老婆就死了。

虽然那老婆不过是他在罪城里随便找的，但这也算是打过他的脸了。

站在车前，余生并没有着急开车，而是仔细地观察着，甚至钻到车底下。

“你不是说他是很骄傲的人吗？没必要找了吧。”

赵子成不过刚带着雄心壮志出城两个小时，内心就已经不知道产生过多少次波澜了。

数秒钟后，余生从车底下钻出，手中还拿着一个正在闪烁着红光的小型仪器。他有些怪异地看了赵子成一眼：“他只是骄傲，但不是傻。”

说完，余生打开副驾驶那边的车门，坐了上去，并且用眼神示意赵子成开车。

“这么好的车，你自己不开吗？”一时间，赵子成热泪盈眶，满满的都是感动。

对于男人来说，谁不想摸一下最新款越野车的方向盘，踩一脚油门，听听发动机那性感的声音呢？

余生竟然把这机会给了我，不愧是我的好大哥。

带着一腔虔诚，赵子成坐在驾驶位上，轻柔地抚摸着方向盘，拧动钥匙。

“在这里，没有驾驶证，被抓到，罚款两千，拘留七天。”余生靠在皮座椅上，说道。

赵子成身体僵硬了那么一瞬：“哥，我也没有。”

余生点了点头：“我知道啊。”

“……”

如果要说赵子成这个人的优点，那就是有着一颗强大的心脏。他永远都可以很快调整自己内心的负面情绪，让自己重新变得开朗起来。

“出发！梦想，我来了！”

带着自己的梦想，赵子成再次扬帆起航。

他的头顶，依然没有任何灰气冒出。

或许这也是余生愿意与他同行的原因吧。

“这就是整个事件的经过！就连我自己都因此身负重伤，勉强逃命。”

那白春城的神仆脸色有些苍白，咳嗽两声，对着电话说道。

他的声音明显有些虚弱，眼神却如以往那般平静、冰冷。

“你知道他是我的哥哥吗？”电话那头，一个悦耳的声音响起，声音中还带着一丝玩味。

青年咽了口唾沫，看起来明显有些紧张：“我……我知道。”

“那你为什么不替他去死啊？呵呵。”一声娇笑，电话那头的女人再次说道。

虽然这声音依然带着那独有的魅力，但其中已经弥漫着刺骨的冷意。

“您……您知道，我只是一名神仆，实力低微，根本凑不上前的。”青年小心翼翼地说道。

“呵呵，你拿我当傻子吗？神仆，都是要求四次觉醒，我那不成器的哥哥，也只是四次觉醒而已。不过也不打紧，谁让我那哥哥命运不济。如今我万神教在江北省的根基几乎被彻底摧毁，急需一个人站出来收拾残局。你觉得……自己可以胜任吗？”

电话那头的女人让人完全摸不透路数，上一秒还一副恶狠狠的语气，下一刻又娇羞地笑着，让人仿佛看到了她楚楚可怜的样子。

眼神平静的青年此刻终于变得慎重起来。

他微微蹙眉，沉默了几秒钟才缓缓开口，语气慌乱："神女大人，我……我怎么能担当这么艰巨的任务？还希望神女大人派遣更加得力的人来统御大局。我一定为万神教的光辉，竭尽全力，宁死不悔。"

青年这番话说得十分诚恳，因为有些紧张，说话都带着些许颤音。

很难想象，情绪如此饱满、复杂的声音，竟然出自一张毫无波澜的脸。

"呵呵，你很谨慎嘛。你心里想着什么，我都清楚，不过就是做了一个局坑死我哥哥而已嘛。我们万神教，需要的就是你这种年轻有为、心狠手辣的人。放心，至少在你还有利用价值之时，我是不会报复你的。"这声音有些慵懒，那女人似乎在伸着懒腰，还发出一声婉转的轻吟，"不过江北省这边暂时就算了。墨阁盯得紧，放弃一段时间也没什么影响。去疆城吧，解决两个墨学院的学生，我就向上面申请，给你晋升为神侍，如何？当然，如果你自己不成器，死在那儿，就当为我哥哥陪葬了。"

听着电话里的声音，青年陷入了沉默。

过了许久……

"好。"青年缓缓开口，这次他的声音没有了之前的卑微、惊慌，而是恢复了平淡。

"咯咯，这就对了嘛。加油哟。或许有一天，我们还可以一起探讨一下生命的起源……"电话那头的女人娇笑着挂断电话。

而青年的表情逐渐变得阴沉起来。

墨学院的人是一群怪物，他区区一名普通的四次觉醒者，想要除掉那些家伙，不说是痴人说梦，也相差无几。

这和送死有什么区别？

但是在刚刚那种情况下，只要他拒绝，等待他的，就只有死亡。

或许……自己只能挑新生下手了。

这疯女人虽然神经兮兮的，但至少还是说话算数的。

只要自己真能达到她的要求，神侍之位、五次觉醒都将不在话下。

深吸一口气，青年起身，看着这简陋的房间，将桌面上的几份文件烧毁，认真地擦拭掉桌面上每一道指纹，确定没有遗漏之后，这才推开门离去。

疆城……

或许，也有点挑战性呢。

“要回校了吗？”罗云看着面前的安心，点了支烟问道。

安心摇了摇头，晃动着自己的双马尾：“学校给了新的试炼任务，要去疆城。”

这次，她的脸上没有了以往的笑容，显得有些严肃。

她来白春城已有半年，带着小队打拼，可惜到了最后，五人小队只剩下了三人，其中还包括了自己和罗云这名队长。

“也对。像你这种天骄不应该被这种小地方限制，未来你的路会更远、更长。去吧！散发属于自己的光芒。”

一口烟吸完，罗云洒脱地笑着，低声骂了一句：“又没智囊了。”

另一名活下来的队员沉默着，带着些许不舍。

安心双眼眯起，嘴角勾出一丝甜甜的笑，看着罗云，在阳光下显得更加可爱、青春、甜美。

“罗云大叔，其实……你也很聪明的！第三小队所有人都很棒。你们……要加油哟！”

安心攥着拳头，轻轻挥动，转身离去，蹦跳着，任由那双马尾左右摇摆。只不过在转身的那一刻，安心眼睛有些红，轻轻地抽了抽鼻子。

人生就如同一辆列车，沿途的风景总有一些令人留恋，但路在远方，车总是要开的。

风景虽好，但人仍要一往无前。

只因为，前方或许有更精彩的人生。

暗阁。

“青衣姐，祝你未来光芒四射，成为我人族脊梁。”

“青衣姐，这些水果带着路上吃。”

一个个穿着墨阁独有的鲜红色文员工作服的小姑娘，恋恋不舍地说道。

虽然赵青衣平时表现得十分冷淡，但她们知道，赵青衣其实也是一个很善良的人。

比如，有人发烧，虽然赵青衣表现得很平淡，但第二天病人的工位上就会出现一盒退烧药。

她只是不说，但大家都知道。

“嗯。”赵青衣轻轻应了一声。

她依然一袭白裙，仙气飘飘，仿佛不染尘埃，神情也依然冰冷。

她拎着一个布包，转身离去，没有回头，就仿佛这世间的一切都与她没有任何瓜葛，就仿佛离别也该如此风轻云淡才对。

直到她消失在众人的视线里，她拐进一个角落，默默地蹲在地上，双手抱着膝盖痛哭起来，身体都在轻轻颤抖着。

“大家……大家都……都好热情啊，好舍不得……大家。”她的嘴里还在喃喃自语。

直到听见脚步声，赵青衣才猛地起身，擦拭掉眼角的泪水，拿出一副墨镜戴上，恢复冰冷的神情。

“泪痕太明显了。”一道无奈的声音响起，林风背着双手走来，看着赵青衣的脸颊说道。

第 26 章

单纯版赵青衣

“嗯？”赵青衣有那么一瞬间身体略微僵硬，但也只是平静地表达了一下自己的疑惑，一如既往地冰冷。

“呵呵……暗阁是有监控的。”林风看着眼前这传闻中的冰山女神，轻笑着说道。

一瞬间，空气仿佛都变得安静了。

赵青衣双手食指下意识地转着圈圈，同时还要维持冰冷的外表，看起来颇有些痛苦。

“诈我的，诈我的。”她的嘴里还在不断地嘟囔着。

“算了，这些都不重要。根据我知道的消息，灵念学院那边这次给你安排的考核任务，是去中心区域的暗阁。我觉得……应该去疆城，在那里可以守护人族。”

“嗯，是的。守护！”这一刻的赵青衣攥紧拳头，热血沸腾地说道。

但很快她就察觉到了不对，咳嗽一声，将手松开，又一次恢复了冰冷的模样，还忍不住低声补充了一句：“才不是因为安心呢。”

“唉！其实灵念学院那边找我要过你的评价资料，我给出的建议是……你最适合的地方，就是暗阁。战场，不适合你。所以，我觉得你应该听从灵念学院的安排。”

林风表情有些复杂地看着赵青衣。在他眼中，赵青衣就是一块璞玉，晶莹剔透，天然纯粹。这种人的内心十分单纯，并不适合镇妖关附近那种尔虞我诈的环境。

尤其是疆城，那几乎已经属于人族的前线。

妖族、邪教，以及其他各种大大小小的组织，全部汇集此处，包括一些在人族排得上号的恶人。

疆城是风险的代名词。

但风险总是与收益并存。

以赵青衣的心性，想要在疆城混出头来，太难了。

“没……没关系的。”赵青衣低着头，轻咬了一下嘴唇，自言自语般说道，“我可以，我……我一定可以。他们都能为了人族慷慨赴死，我……我为什么不行？对，我行的！”

赵青衣的眼睛逐渐变得明亮，眼神越发坚定。

林风轻叹一声。

“希望你记住，在疆城，不要相信任何人，永远要保持一颗冷静、警惕、怀疑的心。如果继续单纯下去，只会有越来越多的蛀虫一拥而上，将你啃得骨头渣子都不剩。”林风说这番话的时候表情极为严肃。

赵青衣有些茫然地点了点头。

“墨学院天骄的死，一半在镇妖关，另一半……就在疆城。如果有一天，你能在疆城崛起，也就代表着你能够真正独当一面了。善良，是留给百姓的。面对敌人，铁血才是唯一选择！加油吧！”林风反复叮嘱着赵青衣。

赵青衣点了点头：“谢谢林副阁主。”

“我……先走了？”她指了指远处，有些迟疑地问道。

“好。”林风应了一声，就这么注视着她。

感受着林风的目光，赵青衣浑身都不自在，她小心翼翼地转身，向远处走去。她的脚步逐渐加快，但那目光如影随形，一直都在。她猛然停住脚步，转身，发现林风就跟在自己身后不远的位置，嘴角还带着笑。

“林副阁主……不会是邪教的人吧？还是说他觊觎我绝美的容颜……”

一时间，赵青衣内心充满了恐惧，越走越快。

但林风总是跟随在赵青衣身后十米处，背着双手，看起来极为淡然。

终于，走到一处人烟较为稀少的地方，赵青衣停下，身后浮现冰雕。

“林副阁主，我……我去车站。”她想了想，说道。

林风点头：“嗯，我也去车站。”

“我去疆城！”

“好巧，我也去疆城。”

一问一答。

再问再答。

周围安静下来。

看着赵青衣那警惕的神情，林风笑了：“看来你还是有一定警惕心的，不错。如今我已经不是江北省墨阁分阁的副阁主了。”

说到这里，林风的神情有些复杂，语气中还带着些许落寞。

赵青衣却更加警惕，冰冷的气息蔓延。

被开除了？

只有邪教的人才会被开除吧？

“是我自己辞职的。钟老抓壮丁，让我登镇妖关。白春城只有这一个火车站，我总不能飞过去吧。”林风哭笑不得。

赵青衣长舒一口气，整个人放松下来，冰雕也逐渐收了回去。

林风无奈地走到赵青衣身边，表情突然变得冰冷，手中不知何时出现一把精致的小刀，架在赵青衣那洁白的脖颈上。

“骗你的，其实……我是邪教的人。”林风狞笑着，舔了舔自己的嘴唇，眼中带着不加掩饰的杀意，“临走时杀一个人族的天骄，也不错。”

赵青衣一怔，眼中露出难以置信以及不屈的神色。

下一秒，林风气势一收。他随手将小刀收回到袖子里，背着双手走在前方，还不忘开口说道："我教过你的，永远要带着警惕的心，不要盲目相信任何人，哪怕是我。两句话就能骗到你，去疆城，会死得很惨。上路吧，不坐火车了，步行。这一路，我找机会多教教你。"

林风人已经走远，声音却在空气中不断回响着。

"哦。"这一刻的赵青衣显得有些笨拙，小跑着追了上去，不过她还是留了个心眼，与林风保持着些许距离。

"白痴！你又信了？我六觉，你四觉，难道你不怕我把你骗到野外再杀？现在不杀你是因为这里人多。"林风有些无奈。

"哦。"赵青衣应了一声，再次与林风拉开了一点儿距离。

林风痛苦地捂着额头，他突然感觉，或许自己这次的任务会艰巨许多。

"往前开。嗯，对，前面路口左拐，有一家工厂，直接撞进去。"余生坐在副驾驶座上，看着手机上的导航，开口说道。

赵子成满脑子都是问号。

"余老大，前面……前面是铁门。这还是新车呢。"

虽然这不是自己的车，但赵子成依然心疼得快哭出来了。这可是最新款越野车，自己还只开了一次，就要眼睁睁地看着这大宝贝破损吗？

看着余生那平静的神情，一点儿都没有开玩笑的意思，赵子成还是咬了咬牙，猛地加油门撞了上去。

好在这个级别的越野车的确不是吹的，车前盖只是掉了些漆，完全没有变形。

铁门被撞开。余生无声无息间打开车门，从车上跳下，关门，躲在车后，动作一气呵成。

下车前，他只留下了一句话："准备手机，打开录像功能。这里有台词，记得喊一下。”说完，他就丢给赵子成一张字条。

如果没记错，这字条应该是余生在路上时写的。

看着字条上的内容，赵子成有些茫然。

这内容……多少有些熟悉啊，就像是江北省考核时，余生在工厂里念的那套台词。

邪……邪教?

这一瞬间，赵子成仿佛悟到了什么，一时间汗毛都竖了起来。

自己刚刚那么勇猛，直接撞了邪教老窝的大门?

这拿出去，在学校里应该够自己吹半年了吧?

一时间，赵子成豪气万丈。

赵子成直接打开手机摄像头，把手机架在方向盘上，而后从车上跳了下去，摆了一个帅气的姿势：“尔等邪教，祸害人族。今日，我赵子成、余生，就要替人族清理你们这些祸害。守护人族，乃我等年轻人之职责，也是必不可少的……”

不得不说，赵子成念台词的时候，相比余生要慷慨激昂许多，仿佛是天生的演讲家，令人热血上涌。

工厂内，三三两两的人眼中还带着疑惑，不解地看着赵子成那略显稚嫩的面容。

这家伙……疯了?

虽然这儿只是一个小据点，但如果让一个十几岁的学生给破了，那说出去也太丢脸了。他们狞笑着起身，一件件觉醒物浮现。

“小子，我劝你死前最好交代一下，你是怎么找到这里的。不然接下来我会让你知道，什么是生不如死。”一人攥紧拳头说道。

另一人则微微蹙眉：“别废话了，谁知道后面有没有警卫司的人。速战速决，这地方暴露了，接下来不能用了。”

全场一共五人，瞬间都向赵子成的方向冲来。

“你们等我念完啊！”赵子成怪叫一声，将手中的字条直接丢下，转身就跑。

有这辆车卡在门口，那五人只要追，就势必会分散开。

突然，一道瘦弱的身影自车后出现，将一把弩弓顶在了一人头上，毫不犹豫地扣动扳机。

与此同时，余生向后退去。在退后的同时，他手中已经攥住一根钓鱼线，猛地一拉。

钓鱼线绷直。

这钓鱼线被打磨得异常锋利，一个还在前冲的人的腹部顿时出现一道血痕。剧烈的疼痛下，那人忍不住发出声声哀号，倒在地上不断翻滚，扬起尘土。

短短数秒钟的时间，那五人就乱了起来。

而面对混乱的战场，对余生来说如鱼得水。

赵子成还在向远处跑着，听到身后的动静，下意识地停住脚步，回头望去，身体很快僵在原地。

破旧的工厂门口，漫天的尘土中，只有余生那瘦弱的身影站在原地。

“打电话给警卫司，让他们来收尸，然后……领奖金。”余生看着赵子成说道，随后用有些狐疑的目光看着他，带着一种浓浓的不信任感，问道，“那个……你录像了吧？”

“录了！绝对录了！”又是招牌的拍胸脯动作。

余生毫不犹豫地钻回车里，看着手机中的画面，这才下意识地松了口气。还好，这次没出幺蛾子。他亲自保存了视频，将手机丢给赵子成，并默默地将弩箭拔下，擦拭干净，重新装了回去。

赵子成明显在沟通着什么，很快就将电话挂断。

看着倒在地上的邪教教徒，赵子成不知道在想些什么，过了许久才咬了咬牙，凑了过来。

“余老大，下次可不可以……给我留一个？我仔细想了想，要成为一名英雄，终归是要上战场的。我不想真到了那一天，心中是恐惧的、迷糊的。所以……我要练！”

这一刻的赵子成十分认真，没有了以往嬉皮笑脸的样子。

墨学院死亡率高，他知道。

疆城很乱，他也知道。

有些时候他只是习惯性地将这些隐藏在笑容下罢了，但道理，他懂。

“好。”余生看了赵子成一眼，点了点头。

赵子成脸上重新露出笑容。

“啊！啊！余老大，救我！”在邪教的另一处窝点，赵子成狼狈逃跑着。

那唯一幸存的邪教教徒就像疯了般，不停地追他。

而余生就坐在车顶，打着电话。

“警卫司的工作人员吗？嗯，对，我要报警。我现在位于……嗯……我看一下。玉林城城东郊外的一处民宅，这里有邪教教徒的窝点……不需要支援，来人收尸就行。最好再带一个财务，结算一下奖金……什么声音？”

余生看着赵子成那狼狈的身影，沉吟两秒后说：“我朋友在被邪教教徒追杀，叫的声音大了点。”

“嗯，问题不大。真不用支援。请相信一名在墨阁教育下成长起来的学子的诚信。”余生认真地说道。

“余老大，能不能先救我啊？顶不住了！”赵子成龇牙咧嘴地喊着，上蹿下跳。

余生放下电话，看着赵子成的方向，仔细分析了一下：“嗯……他打不过你的。加油。”

说完，他拿着刚刚换的一部专业摄影机，对着赵子成的方向拍摄。

其实真论起实力来，后面那个邪教教徒都不能算是完全意义上的觉醒者，至少他的觉醒物上一颗晶石都没有镶嵌。

现在对赵子成来说最难的，不是怎么活下来，而是突破自己内心的障碍，真正意义上做到动手除掉邪教教徒。见余生完全没有救自己的想法，赵子成陷入绝望中，继续自己的逃跑之旅。

清晨，漠北城。

余三水红光满面，推开门走进家中，看着空荡荡的房间，眼底带着一丝落寞。很快，他有些疲惫地坐在沙发上，看着天花板出神，仿佛在回想当年的某些经历。最终，他幽幽叹了口气，脸上带着化不去的悲伤，眼睛也湿润起来。

很难想象，一个终日流连于百花丛中的中年帅哥，竟然也会有如此动情的一面。他默默地拿出一面镜子，轻轻地抚摸着，嘴里呢喃道：“现在这个情绪……应该对了吧。”

他深吸一口气，拿着手机，找到一个号码拨了过去：“雨欣，我……唉……没什么，就是突然感觉情绪有些低落。或许……是因为梦中又浮现了你的身影吧。我知道，前段时间的不辞而别是我不对，我一直想着彻底将你遗忘，毕竟、毕竟你已经结……唉……这段时间我看了许多风景，见了许多人，但世间万种风情，竟皆不如你来得惊艳。或许我会就这么虚度此生吧……嗯，我在家。他……他不在……好，我等你。”

挂断电话，余三水再次长叹一口气，用力搓了搓头发，让头发看起来乱糟糟的，整个人都变得颓废。

他打开柜子，拿出一瓶白酒，轻轻抿了一口，又往衣服上洒了些许，让自己变得满身酒气。而后，他才又回到沙发上坐下，陷入了呆滞中。

“我这几年在墨阁也算积累了一些情报，知道一些邪教的窝点。”林风脸上带着骄傲之色，看着赵青衣说道，“邪教这群家伙，无论实力高低，骨子里都带着奸诈。你可以提前适应一下节奏。”

他表情严肃，指了指前方：“前面不远就有一座工厂，里面住着五名邪教教徒。去吧，尽量在不动用异能的情况下解决他们，顺便再去墨阁领点奖金。不得不说，那个叫余生的小子倒是为我提供了一条新思路。”

带着期待，林风拿出手机，打开摄像头。然后，看着毁掉的大门，以及地面上已经有些发干的血迹，林风思绪凌乱。

到手的银子……飞了？

“谁干的！谁干的！”林风恶狠狠地喊了一句，转身就走。

赵青衣一直跟在他身后，此时有些茫然不解：“我们为什么不开车？”

“当然是穷——当然是为了锻炼你！我也是灵念学院的毕业生，算是你学长。我用这么多年的经验告诉你，不要完全忽略肉身的重要性。在能量耗尽时，肉身强度就显得很重要了。自身觉醒的一些异能，在肉身的辅助下，也能发挥出奇效。当然，我说这些并不是赞同灵武学院的做法，他们就是一群没脑子的莽夫！这点你必须牢牢记住！”林风严肃地说着，语气诚恳，言语中还带着学长对学妹的期盼。

赵青衣似懂非懂地点了点头。

“喀喀，可能是这个窝点恰巧被曝光了。没关系，咱们继续。端了两个窝点之后，我们就买得起——肉身锻炼计划就差不多结束了。到时候咱就开车。”

林风眼中带着些许憧憬。自己当副阁主的时候特意留下了邪教的几个窝点，准备钓出更多邪教教徒。如今离职了，也该收割了。

还有一个免费的打手，简直赚大了。

就这样一路走下去，林风的脸色越来越黑，甚至开始怀疑起了人生。为什么自己资料中的窝点这么多都被端了？

离谱！

有那么一瞬间，林风甚至怀疑自己的情报是不是泄露了。

“林副阁主，您不是说……走过两个城市之后，就可以开车了吗？”赵青衣好奇地看着林风问道。

“还不够！我没想到你的身体素质竟然差到这种程度。什么时候有八块腹肌了再说！”

林风黑着脸，不断前行，心中充满了悔恨。

自己好端端的，为啥要说带赵青衣历练？

现在钱没拿到，大话还说出去了！

想到自己一路走到疆城的场景，林风的心很乱。

当然，他也已经打听到了两个名字。

“余生！赵子成！”

这两个名字最近在各个城市都很出名。

谁都知道有这么两个狠人，从漠北城一路杀过去，不知道捣毁了邪教的多少窝点，拿奖金拿到手软。

发现消灭邪教教徒真的可以在墨阁领取到奖金后，一时间所有的觉醒者都跃跃欲试。

邪教教徒一时间成了众人眼中的“香饽饽”。

在没有妖兽出没的情况下，邪教教徒就是金钱！

于是，类似荒野探险主播的小队应运而生，带着专业摄影器材，到处寻找着邪教教徒的踪迹。

一时间，邪教教徒人人自危，防备的不仅有外面的人，甚至还有自己人。万一有那么两个心狠手辣的穷疯了，把自己干掉换奖金怎么办？

第 27 章

入疆城

一时间，余生、赵子成成了神一般的人物，所有人羡慕的存在。

只不过路才走到一半，余生看着刚刚兑换到的一纹云勋："最近不要动手了……"

"啊？为啥？我看你那边不是还有很多邪教窝点信息吗？"赵子成一脸疑惑地问道。

相比一周前，此时的他虽然依旧阳光帅气，但身上多了些许凶悍的气息。只不过他的气息还没有内收，更没有到像余生这样可以将杀气彻底隐藏的程度。所以路人一眼看过去的话，多少会感觉有些不舒服，甚至想要下意识地远离他。

"我们的行进速度并不算快。这么多窝点被端了，邪教那边差不多也反应过来了。再继续的话，大概率会遇到埋伏。"余生说道，并用古怪的眼神看了赵子成一眼。

连这种问题都想不明白，不愧是跟预备役有关的……

赵子成有些惋惜，咧开嘴笑了笑："嘿嘿，没办法，你也知道，我是出了名的凶悍，就喜欢战斗。一天不战斗，总感觉身上像是缺了点什么。"

余生看着赵子成的眼神越发古怪："你指的是……用沙袋活活抡死对

方吗？”

记得有一次，赵子成这家伙一直闭着眼睛，咬牙，怒吼，抱着自己的觉醒物沙袋，对着空气猛抡，不小心抡到了那邪教教徒的身上。结果就是，邪教教徒昏迷。赵子成不管不顾，最终硬生生用沙袋把那人给砸死了。

赵子成三天后才缓过劲儿来，那脸白得就和大病初愈一样。

现在说自己喜欢战斗？

“谁还没有个第一次啊！那我们现在做啥？还有没有什么其他的事儿做？毕竟现在咱俩在这条线上也算是小有名气了，总不能后半段灰溜溜地去疆城吧。”赵子成忍不住追问道。

但回应他的，是余生那不解的神情：“不然呢……你就这么想不开，一定要死吗？”

在不甘的叫喊声中，后半段路上，赵子成只能暂时放弃扬名的小梦想，老老实实地当起了司机，不再管那些乱七八糟的事，一门心思向疆城前进。

他们的速度明显快了很多，照这么下去的话，应该在考核前三天就能赶到疆城。

“疆城，我来了！颤抖吧！”赵子成兴奋地欢呼着，带着年轻人独有的张狂。

而与他们形成鲜明对比的，则是在后面步行的林风和赵青衣。

由于走路太久，赵青衣那洁白的长裙上已经落满了灰尘。

“林……林副阁主，您不会是没钱吧？我这里有的，够买车。”赵青衣小心翼翼地试探道。

林风承认，自己有那么一瞬间心动了，绝对是心动了。

但他毕竟是一个四十多岁的老学长，如果就这么妥协，还要脸吗？

“我说过，你的肉身强度还远远不够！在漠北城那次，如果你平时注意锻炼身体机能，最后绝对不会伤到那种程度。作为墨阁分阁的副阁主，我一个月的工资是三万！你懂三万的含义吗？我会买不起车？”林风嗤笑一声，略显得意地说道。

赵青衣沉默："但我看您买了很多妖晶来修炼，所以应该——"

"停！看，看见前面那间小院了吗？"

林风突然挥了挥手，眼神中带着激动。按照情报中的记载，这个院子也是邪教的一处窝点，而且是比较重要的那种。现在这个院子看起来完好无损。也就是说，余生那浑小子或许并没有准确掌握所有窝点的情报。

发财了！

车，这不就来了吗？

"一会儿你冲进去，尽量不要使用觉醒物。打得尽量困难一些，不然不好领奖金——不是，不然很难起到锻炼的作用。"

林风边说边掏出手机，打开录像功能，躲在树后，悄悄地拍摄着。

突然他似乎想到了什么，按下暂停键。

"对了，你……嗯……你也念一段台词，大概意思就是邪教害人，你要替天行道，驱散这世界上所有的黑暗。去吧去吧！"

见赵青衣犹豫着准备说些什么，林风挥了挥手，打断了她，并且点开录像键，带着激动，一丝不苟地拍摄着。

赵青衣有些无奈地站在院门口，轻轻敲了敲门。

下一秒，门开。

"我……邪教害人……"赵青衣的话才说了一句……

"有台词！"

"是余生没错了！"

"还真等来了，真当我邪教的人都是傻子？"

一道道能量气息自院内浮现。

三次觉醒者，四人。

四次觉醒者，两人。

显然，最近一周内因为余生，邪教莫名其妙遭受了不小的损失。其实真说起来，余生他们杀的邪教教徒不多，而且死的大部分都是普通教徒。

他们带起来的那阵风才是最严重的。毕竟，杀邪教教徒领奖金这种墨阁条例平时还是很少被人关注的。

之前，觉醒者们都是怀揣着一腔热血的淳朴的人，只知道碰到邪教的人，杀就完了。直到余生首开先河，在奖金的刺激下，邪教教徒一时间如同佳肴般，令人垂涎。如果这次邪教不能以雷霆手段除掉余生，那接下来一段时间就不好过了。

"呵呵，余生，去死吧！"一群大汉狞笑着包围了赵青衣。

"我不是……"赵青衣怔了一秒，下意识开口道。

但对面这些人完全没给她说话的时间，一拥而上。

一瞬间，赵青衣就被打得倒飞出去，摔落在地。

"好多……好多……都是核心人员，发财了。这傻丫头，咋不用觉醒物呢？"林风一边嘟囔，一边小心翼翼地将手机架在树上，确保能对着邪教众人的方向，这才咳嗽一声走了出去。

他脸上带着的，是高手独有的那种沧桑、落寞。

"你们……是邪教的吗？光天化日之下就敢害人，真是丢了我辈觉醒者的脸。"话音落下，林风身边直接形成了一股能量风暴。

缕缕青光，衬托出林风那张冰冷的脸。

林风微微侧了侧身子，保证远处的摄像头能够拍到自己的侧脸，以证明与邪教教徒战斗的是他本人。

为了在气势上压倒敌人，林风甚至直接将自己的觉醒物展现出来。

一缕清风，风中有六颗晶石。

帅气、强大。

对面邪教的人都愣住了。

情报上不是说余生才一次觉醒吗？

他们暗骂两声，毫不犹豫地转身就跑。但已经晚了，他们面对的，是一场彻头彻尾的单方面碾压。

一阵哀号过后，只有林风那有些落寞的身影屹立在战场中心，抬头，以45°角仰望天空，轻叹一声。

为了达到完美的效果，他悄无声息间直接发动了第六颗晶石的强力技能，最终带来的视觉效果震撼人心。

“这就是邪教的魑魅魍魉？不堪一击。”留下这么一句话后，林风看着还倒在地上的赵青衣，面无表情，离开镜头。

在脱离镜头范围的一瞬间，林风变得激动起来。

刚刚的画面绝对酷炫。

他小跑着来到树后，小心翼翼地关掉摄像头，保存视频，简单地欣赏了一下自己的身姿，这才回去将赵青衣搀扶起来，嘴里还嘟囔着：“你为啥不用觉醒物？我说尽量少用，你就真不用？就你这脑子，在疆城死都不知道怎么死的。我记得咱们灵念学院的学生，向来都是以智慧著称啊！你怎么和灵武学院那群憨货一样？”

他语速很快，完全不给赵青衣说话的机会。

赵青衣一脸茫然。

次日下午，林风大手一挥，买了一辆粉红色跑车，戴着墨镜，穿着精致的西装，不再在路上逗留，向疆城疾驰而去。

而与此同时，人族的目光都汇聚到了疆城。

大量记者纷纷拥了过去。

这也是人族历年来的传统。

墨学院是人族顶级的高校，所有人都想知道，今年的墨学院会录取几人。一些地下赌庄甚至纷纷为此设赌局，可以押单双数，也可以直接猜人数，方式五花八门。

另外三大高校热度同样不小，但比起墨学院，终究还是差了点意思。

在这个时间点，每一个进入疆城的年轻人都会被重点关注。

当然，最受关注的还是赵子成和余生。

没办法，他们不仅年轻，车也好。

那最新款的越野车刚进城，就吸引了大量的关注，所有人的目光几乎都汇聚到了他们身上。

“据传，赵子成、余生开的就是这款车，车型吻合，路线吻合，年纪吻合。”

“以这傲人的战绩，我猜今年余生、赵子成一定会被墨学院录取。尤其是有小道消息传出，余生不过十八岁，就已经获得了一纹云勋。”

一时间，关于赵子成、余生的情报自疆城传出。

地下赌庄似乎也得到了准确的内部消息，余生、赵子成的名字被挂了上去。两人能否成功进入墨学院的选项出现，赔率都是2。

当然，投注者也可以赌两人一起进入墨学院，或者一起被淘汰，赔率也更高一点。

加上两人战绩惊人，一时间，投注者无数。

次日，又一青年入城。

相比余生、赵子成，这青年吸引眼球的方式更直观。

他不算高，也就一米六五左右。在觉醒者遍地的人族，他甚至算是一个矮子。但他背着一块墓碑。

墓碑上没有名字，看起来很大、很沉，被他用铁链绑在背上。

那瘦弱的身体，搭配巨大的墓碑，给人一种特殊的视觉冲击。

尤其是这人身上竟然有能量气息不断扩散。

一般人只有在即将进入下一次觉醒时，因为无法完美地控制自身的能量，才会出现这种反应。

这也就表示，眼前这看起来十分普通的青年，竟然即将二次觉醒。

而应届生，几乎都是刚刚十八岁。

天才！

绝世天才！

觉醒只有几个月的时间，就即将二觉了！

一时间，所有人都在调查这青年的资料，却一无所获。

甚至无人知道这青年来自哪里，又叫什么。

包括……地下赌庄。

无奈，赌庄只能挂上“墓碑青年”这四个字。

这青年进入墨学院的赔率，也只有1.5。

显然，连赌庄都觉得这青年进入墨学院的概率很大，不想在这上面赔多少钱。

但即使收益很小，依然有大把赌徒红了眼般将赌注押在墓碑青年身上。

虽然比余生二人晚入城一天，但墓碑青年的热度直追而上，数个时辰后就冲到了巅峰。

墨学院每年招生都能成为全人族焦点的原因，就在于惊喜不断。

夜晚，一个脸上带着雀斑，看起来十分单纯的女孩入城。

这女孩，看起来不过十二三岁的样子。

所有人都十分肯定，这少女绝对未成年，没有到十八岁！

众人都下意识地以为这只是一个路人而已，想要散去。

然而一声低吼响起，就在女孩身后，一只体形巨大的狗慢悠悠地从城外走了进来。

这是一只纯白色的长毛狗，最主要的是，这狗的额头上有两道纹路。

也就是说，这狗是二级妖兽。

一时间，众人都下意识变得警惕起来，带着杀意看向那狗妖，随时都有动手的可能。

疆城竟然混进来一只妖兽？

甚至疆城深处，也有一道恐怖的能量蔓延过来，显然那里的人也关注到了这只狗妖。

“嘻嘻，大家不要怕。它叫大白，很乖的，是我的觉醒物哟。”女孩轻轻抚摸着大白的毛发，这白狗竟然就这么趴下，任由女孩跳到它的背上。

待女孩坐稳后，大白开始快速奔跑起来，在街道上不断腾挪着，没有撞到任何建筑。

“哎呀，大白你慢点啦，太调皮了！对啦，我叫林小小哟……”

女孩的身影眨眼间就消失在众多记者的视线中，只留下“林小小”三个字在空气中飘荡。

那道能量气息也缓缓退去，像是默认了女孩的话。

城门口只留下众多记者的惊叹声。

“她……她刚刚说……觉醒物？十二三岁小女孩的觉醒……物？”

“那是真妖兽吧，我好歹也是二次觉醒者，不会看错的！”

“但那妖兽一点也不残暴，反而充满灵智。而且……她是不是可以算作二次觉醒者？”

“又一个绝世天骄啊！”

对于记者们来说，每年最希望看到的，就是墨学院的入学考核，这代表着大量的热点新闻。

但让他们最痛苦的，也是墨学院的入学考核。

看着一位位自己平日里想都想象不到的绝世天骄在面前一一出现，他们会备受打击，难受好几天。

为啥人家都如此优秀，而自己却碌碌无为？

难道自己的出生，就是为了衬托那些人的优秀？

就在这时，又一阵发动机的轰鸣声响起。

粉红色的跑车帅气飘逸，停在城门口。

众人充满期待地看去，发现从跑车上下来的是一个中年人后，顿时失去了兴趣，纷纷散去。

林风：“……”

我好歹是六次觉醒者，就算在这疆城也算是高手了吧，就这么没牌面？

赵青衣推开车门，下车。

她面容冰冷，在月光的映衬下更显圣洁。

“美女！”

一名记者看得有些呆了，擦了擦下巴上的口水，一个小跑就折了回来，疯狂地拍摄，那枪筒般的相机几乎要贴到赵青衣身上了。

“别拍了，那是赵青衣，灵念学院在读生。她入学那年，我已经做过专访了。”另一名记者好心提醒道，完全没有凑上来的想法，只是摆弄着设备。

“白痴，你不说她是赵青衣谁知道？就说墨学院疑似新来女神级天骄，炒两天热度，过几天再曝光她的真实身份。以她这绝美的容颜，话题度不是更高？”那记者嗤笑一声，依然专心地拍着照片。

他的手法极其专业，每张照片都拍得如同艺术照般，照片上的赵青衣绝美、艳丽。

一时间，众多记者全部僵在了原地，下一秒猛冲过来。

有道理啊！

对于大部分普通人来说，一个长得丑的天骄，天赋再好又如何？

除了赌徒会关注，其他人也就看个热闹。

俊男靓女才是老百姓茶余饭后永远的谈资。

就像前天那个赵子成，赌场赔率不高，但话题度、点击量却高得很。

如今这赵青衣……

一时间，众多记者就像是闻到了血腥味的鲨鱼般，将赵青衣团团围住。

看着赵青衣面容冰冷，但明显有些手足无措的样子，林风一点帮忙的想法都没有，就这么靠在墙边，笑呵呵地看着。

“啧啧，小丫头，这点场面都搞不定，这疆城，你也混不下去咯。”

林风感叹一声，随手把跑车钥匙放在车盖上，转身离去。

这一路上，自己也算给她那单纯的脑袋里灌输了不少东西，至于能不能在疆城好好地活下去，就看她的造化了。

至于自己……或许，镇妖关才是属于自己的地方吧。

江北省未来几年内都不会有太大的压力，自己留在江北省，也只是白白浪费时间罢了。

“余老大，城门口真热闹啊。你说背着墓碑那个是什么来路啊？总感觉很牛的样子。你说，我能不能打败他？”

赵子成攥着拳头，看着余生的目光中充满了期盼，像是想要得到一个肯定的答案。

余生认真地想了想：“如果是被打败的话，你能做到。”

赵子成嘴角微微抽搐，深吸一口气：“哼，说到底大家都只是一觉，谁怕谁？我就不信他……他打得过我！”

赵子成咧开嘴，得意地笑着。

余生却默默插了一句话：“如果他拿墓碑砸你的话，你有可能……的确……挡不住。”

赵子成心情凌乱，不过想到那巨大的墓碑以及自己那小巧的沙袋，他忍不住咽了口口水。

好像的确……是这么回事儿。

“呵呵，至少我比他长得帅。”

最终，赵子成牵强地找到了一个自我安慰的理由。

“但在罪城，长得帅，会挨打，还会被……”

余生怜悯地看了赵子成一眼，仿佛已经想到了这人在罪城内会有怎样的遭遇。

第 28 章

我按静音了

赵子成一下午都有些忧郁，显然受到了什么刺激。

难道在罪城，长得帅也是一种罪过吗？

他心中不禁立下誓言，这辈子一定要远离罪城。

在余生不经意间的描绘下，罪城已经成为他心中最恐怖的所在。

接下来的两天，疆城内出现了一个个年轻的男女。

他们的相同之处就是每个人都带着绝对的自信，独属于天才的自信。虽然他们可能尽量表现得十分低调了，但一举一动间还是带着特殊的气质。

不过人气最高、最被看好的，依然是余生、赵子成、墓碑青年、林小小这几位。

没办法，这几位要么就是战绩太惊人，要么就是太特殊。

也有天才不服，在路上硬拦下墓碑青年，向其发起挑战，结果受了重伤。和余生说的一样，那家伙是真的把墓碑抱在手里，然后……抡下去。

看起来几十斤重的石块，砸地板都能砸出一个坑来，何况是砸一个不过一觉的青年？

只是出手一次，墓碑青年在赌庄内的赔率就再次疯狂降低，直接降到了1.1。显然，在庄家眼中，这家伙进入墨学院已经成为定局。如果不是有规矩在，他们可能直接把这人的名字撤下了，那样还能少赔点。

至于余生、林小小这边，倒是安静得很。

前者双手染血，令人心生恐惧。

后者拥有二级妖兽，惹不起。

不过最令人哭笑不得的是，明明这几天疆城的主角是这些年轻人，但是镜头全被赵青衣抢了。她的热度居高不下，就算后来记者澄清，这是灵念学院的在读生，也依然无法阻挡大家对美的欣赏。

一时间，在这场招生大考中，灵念学院硬生生把热度冲了上去。

灵念学院负责招生的老师更是在采访中谦虚地说道："赵青衣在我们学校……嗯……容貌排第八，不过也还算不错了。毕竟我们学校俊男靓女太多，不像灵武学院，都是一群肌肉男、暴力女。"

此话一出，原本还在灵念学院、灵武学院之间纠结的一批学生，蜂拥着向灵念学院赶去。

赵青衣，女神啊，才排第八?

选什么学校，还用想吗?

灵念学院直接赚得盆满钵满，教导主任甚至亲自给赵青衣打了一个电话，让她最近两天尽量多在疆城走动走动，尤其是城门口等记者多的地方，一定要表现得优雅，精心打扮打扮，最好化化妆，哪儿有镜头往哪儿凑。

对此，灵武学院表现得十分愤怒，一群校领导甚至开始在学校内寻找俊男靓女，想要把赵青衣比下去，证明灵念学院的那群家伙只是在胡说八道。而最终的结果是……他们失败了。

他们环顾四周，有些茫然地发现，灵念学院说的……好像没错。

这是真正的扎心一击。

灵武学院的沉默，更加衬托出了灵念学院所言不虚。一时间，到灵念学院报名的人络绎不绝。

"你们这群废物，一个学校都扒拉不出来个俊的？这一届的好苗子都快被人家给抢没了，你们还在这儿没心没肺呢？招生去啊，看我干吗？”一个皮肤黝黑、壮得像头牛一样的家伙骂骂咧咧地看着下方一群老师，嘴里不停地吼着。

一时间，众人沉默。

“其实……也不一定要俊的。咱们学校也有拿得出手的东西，比如……比如……强健的身体？”一名老师眼睛一亮，开口说道，还顺便秀了秀肌肉。

“你蠢吗？谁在乎你的肌肉？嗯？一天天想啥呢？”

那黝黑汉子更怒了，嘴里不停地吼着，最后从怀里拿出一个钱包，里面珍藏着一张照片。

照片中，一名阳光开朗的少年正咧嘴笑着，帅气逼人。

“看吧，这是当年的我，再看看现在！你是愿意要肌肉，还是要帅气？”他恨不得把这照片贴在众人脸上，还骄傲地微微扬起头，嘴角挂着一丝得意的笑。

“校长，这不是欧池吗？当红明星，也不是您啊……”一名老师小心翼翼地看着黝黑汉子，咽了口唾沫，开口说道。

下一秒，一声巨响传出。

墙壁直接出现一个大洞，而那老师的身影消失不见，远远地只能听见一声哀号。

“他刚刚说什么，我没听清。”黝黑汉子漠然说道。

全场安静，所有人都下意识地摇了摇头。

“还想什么呢？招人去！如果被灵念学院那群浑蛋比下去，你们就全部上镇妖关，给我守三个月！死了也该！”黝黑汉子几乎是咆哮着说道。

一群人心底生出阵阵寒意，下一刻四散而去。

嗯，其中还有几个是从墙壁上那人形洞口钻出去的。

短短数秒后，会议室内只剩校长一人。

又是几分钟后，两名维修工人敲门进来。看着墙壁破损处，他们脸上没有丝毫意外，仿佛早就习以为常，只是有条不紊地和水泥，修补洞口。

全程没人说话。

十分钟左右后，墙壁被修整如初，他们推开门离去。他们见怪不怪的样子，让校长多少有些尴尬。校长咳嗽两声，坐在椅子上生着闷气。最后他终于忍不住了，拿起桌子上的电话，按下一串号码拨了过去。

“浑蛋，你们就不能正大光明地招生？玩这些阴的，要脸不？嗯？我都替你们感到羞愧！”他对着电话吼道。

过了大概十秒，那边才传来一个慵懒的声音：“你刚刚说什么？我按静音了，没听见。”

“滚！”黝黑的校长再次对着电话咆哮。

“好嘞。”那边应了一声，毫不犹豫地挂断电话。

一时间，这校长更加气愤，忍不住想捶墙，但最终还是控制住了自己。

“我灵武学院啥时候能来个有脑子的啊？再这样下去，灵武学院和预备役有什么区别！”

会议室内，只剩下校长那痛苦的呢喃声。

疆城现在陷入了一种诡异的气氛中。明明城内人潮涌动，热闹非凡，墨学院却鸦雀无声，校门紧闭，最近几日更是没有一名学员、老师出没。疆城内潜伏的邪教之人，也都仿佛消失了一般。

在众多记者的报道中，疆城的氛围好得离谱，颇有一种路不拾遗、夜不闭户的感觉。

酒店里，赵子成浏览着报道自己的新闻，啧啧称奇，脸上带着止不住的笑容。

“瞅瞅，瞅瞅他们是怎么说的！一颗即将崛起的新星！俊朗的外表下，却有着一颗冰冷的心，杀得邪教教徒望风而逃。假以时日，必然会成为人族之骄子。说得多好。”

赵子成显然已陶醉其中，幻想着自己有朝一日威震四方的场景。

虽然自己的觉醒物是沙袋，还有着奇怪的技能，但随着自己不断觉醒，万一沙袋的其他技能都是攻击技能呢？

一个沙袋如同巨山，无情地镇压而下，一击灭万妖，多霸气！

余生看着赵子成那陶醉的样子，沉吟两秒："你觉得有没有一种可能，邪教会杀你立威？毕竟所有人都夸你是未来的天骄、邪教的克星。"

赵子成身体一僵。

好像……有道理啊。

如果自己是邪教的人，看到一个帖子如此吹嘘赵子成，同时还贬低邪教，而且那个赵子成真敢杀自己的教众……

或许，干掉赵子成，让所有人知道邪教还是那个邪教，对邪教来说收益很大，顺便还能做一番宣传。

最后邪教只需要跳出来一个人，对媒体说"我是邪教的人，我愿意为赵子成的死负责"，那样绝对会引起轰动。

"现在越火，凉得越快。"余生默默补充了一句。

赵子成忍不住咽了口口水，强壮着胆子："不行！我还能……还能让区区一个邪教给吓唬了？我就不信邪教敢在墨学院杀人，再说还有余老大你罩着我。"说着，赵子成冲余生的方向露出谄媚的笑容。

余生认真地想了想，最终摇了摇头："按照现在有关你的话题的火热程度，邪教如果对你有想法，来的人……我挡不住。"

"那我就进墨学院，大不了在里面待上个一年半载不出来！他们还真敢入校不成？"

赵子成神色凶狠，语气坚定，如果不听他说话，单看他的气势，气吞山河般。

"加油。"余生手里还攥着妖晶，透过窗户看着这座城市，淡淡地说道。

“从今天开始，整个疆城的万神教教徒全部归我调遣。当然，某些人也不用担心我挡了你的路，最多半年，我就会晋升为神侍，调到其他省份。如果大家配合，那么相安无事；但谁要是有其他小心思，别怪我宗仁在任的这半年里，先杀上几个立立威，明白吗？”

来自白春城的神仆戴着一张面具，用冰冷的目光注视着下方众人。

前后不过短短几天时间，他整个人就变得胖了几圈，甚至还矮了些许。

下方几个地位明显偏高的教徒互相对视一眼，用眼神交流了一番后，同时鞠躬行礼：“我等自然谨遵宗神仆的教诲。”

半年……如果只是下来镀金的，忍忍倒也无所谓。

“嗯，最近疆城有什么异常吗？”看着众人的反应，宗仁满意地点了点头，因为肥胖，他有些吃力地坐在椅子上，问道。

“其他异常倒是没有。因为现在是墨学院招生期间，按照疆城的潜规则，这时候是不能出乱子的，不然引来墨学院的怒火，谁也承受不起。”一名教徒开口说道。

宗仁点了点头：“以墨学院的实力，想要清理疆城，应该很容易吧。你们是怎么做到在墨学院眼皮子底下活动的？”

这一点，就连他都比较好奇。

疆城这边的邪教分部势力并不出众，他这个负责人也不过是四次觉醒者罢了。

不夸张地说，墨学院那边一个扫地的老大爷，哪天出门活动活动，没准儿就能把他们全部消灭。

“这个……”几人明显变得有些尴尬，“因为我们有用。”

“嗯？你们违背了神的意志？”

宗仁语气变得冰冷，注视着几人，目光闪烁。

几人急忙摇头：“绝对没有，我们永远坚定不移地跟随神的步伐前行。只不过墨阁是默许我们存在的。疆城因为地理位置特殊，人烟稀少。只要我们不妄动百姓，墨学院反而会养着我们，给学院的学生们历练用，包括城内一些出名的恶人。在墨学院内部都有一份名单，比如我们几个的人头就值……嗯……二十。”

这番话他们说得十分凄惨，欲哭无泪。

宗仁隐藏在面具下的眉头紧皱：“就值二十墨币？”

“那倒不是。是二十学分，换算成墨币的话，两万吧。只不过这实在太少了，学生们看不上，所以一直没找我们麻烦。但如果哪天遇到一个穷疯了的，就说不准了。我们前面几任……都是这么没的。”

几人回忆起曾经，都不禁提心吊胆。

显然，那是一段不太美好的过往。

“废物！你们就窝囊到如此地步？”

显然，宗仁没想到局势竟然已经糟糕到了这种程度。

很明显，邪教在墨学院眼中就是磨刀石。

拿着这样一手烂牌，自己的任务能完成？恐怕送命还差不多。

好在自己足够谨慎，隐藏了身份，戴了面具，改了外形，不然估计自己的资料早就出现在墨学院的任务板上了。

“也……也还好吧。咱们疆城分部这些年也是有过击杀记录的，截至目前，共计击杀墨学院天骄十二人！”

那教徒明显有些不服，微微扬起下巴，说出了一个数字。

宗仁愣住：“多……多少？十二个？怎么可能！”

任谁都不会相信这是真的。

就凭他们这歪瓜裂枣，能干掉十二个墨学院的学生？

“墨学院的学生的确都是天才，但成长起来的天才叫天骄，没成长起来之时，也就是普通的一二次觉醒者而已，充其量觉醒物比我们的好点。而且很多新人入学后，完不成那种高难度任务，以为我们万神教好欺负。他们没有杀敌经验，还骄傲自满，所以被我们反杀挺正常的。我们每年都能干掉一两个这样的。”

说起这个，他们就变得有些激动。

这也是他们明知道疆城危险，却愿意留下来的原因。

立功快啊！

杀一个墨学院的学生，在万神教内积分给得很多，只要努力，早晚会爬上去。

“墨学院不管？”宗仁震惊之下，再次问道。

众人摇头：“这是一种潜规则，墨学院允许的。虽然我们是磨刀石，但如果刀本身有问题，断……也就断了。不得不说，墨学院那群家伙还是挺冷血的。只要我们不伤害普通人，其他都行。”

说到这里，就连他们都有些惊叹。毕竟墨学院的学生每一个的天赋拿出来，都不仅仅是“惊人”二字能够形容的。万神教如果有这样的人，恨不得当宝一样捧着，而墨学院却任其自生自灭。

“我知道了。”宗仁深吸一口气，下意识地攥紧拳头，内心有些激动。

如果是这样，这次任务看起来不会太难完成。

没想到那位神女竟然不是真的想要干掉自己。

或许，自己离神侍之位不远了。

距离墨学院大考还剩下最后一天时间，正午，墨学院那封闭的大门终于开了。

一名穿着宽松睡衣的中年男子睡眼蒙眬地走了出来，站在门口打了个哈欠，看了看手表：“出来个小崽子，干点活儿。”

他的声音不大，却传播得很远。

无人应答。

一时间，场面有些尴尬。

这中年男子有些无奈，补了一句：“一学分。”

话音刚落，院内就传来些许响动，三个人同时从门内钻了出来。

“我左脚先迈出来的，比你们快！”

“我手先探出来，你看不见吗？”

“胡说！看见那颗棋子了吗？我扔的，我最快。”

另外两人下意识地看向地面上一颗黑色的棋子，沉默着，用期待的目光看向中年男子。

“就你了。去把城门都给封了。从现在开始，三天内，不允许人进城。”中年男子随意指了指，开口说道，一副百无聊赖的样子。

在另外两人艳羡的目光中，扔棋子那个家伙笑嘻嘻地走了出来：“老师，你的恶趣味还真是……好啊！”

见中年男子眼神不善，这人果断改口。

如果没记错，距离墨学院考核还有一天时间才对。

这时候就封城，还没赶过来的估计没戏了。

记得他们那届墨学院也玩过这么一次，当时有学生不服，提出质疑，墨学院只说了一句“我乐意”，甚至没有给出一句多余的解释。

啧啧……不知道今年有几个倒霉蛋。

难道他们真不清楚，墨学院的考核其实在发放考核邀请的那一刻，就已经算是开始了吗？

这学生没有丝毫犹豫，一脸坏笑，小跑着冲了出去，速度越来越快，仿佛生怕跑得慢点又进来两名考生。

“希望今年能来几个好苗子吧。最近两年来的都是一群什么玩意儿。”

中年男子瞥了一眼身边的两名学生，嘴里嘟囔了一句，背着双手，溜达着又走了进去。

那两人脸上写满了尴尬。

刚刚，老师是在说他们吗？

好像不是吧。

应该不是!

“一学分都抢的那两个废物，进不进来？我要关门了。”远处突然又传来中年男子的声音。

说话时，门已经关了一半，完全没有等他们的意思。

“啊！”两人惊呼了一声，转身就往回冲，在大门即将关闭的瞬间钻了进去。

也就是在这一天，墨学院一年没有动静的官网上，发布了最新的帖子：明日早上八点，所有考生在校门口集合，过时不候。

而此时疆城的两座城门，已经全部关闭。就连那些记者都被墨学院的学生“友好”地请了出去。一时间，疆城突然变得神秘起来。

城门外还站着两名学生，正在不断地骂着。

看着如此“赏心悦目”的场景，负责封城的学生咧开嘴傻笑了半天。

只不过当他开开心心地回到学校时，发现大门紧闭，他突然觉得自己和门外被拒的学生好像也没什么两样，都是可怜人。

唯一值得庆幸的是，他被关在外面一宿，能赚一学分。

那些人没学分拿。

一时间，他心头又顺畅起来了。

夜逐渐深了。

突然，城东门传来一声巨响，轰鸣声传遍原本宁静的疆城。

随后，又是一声巨响。

警卫司、预备役的人纷纷出动，向城东门赶去。

第 29 章

城下何人

仅仅在一瞬间，城东门就引起了大部分人的注意。

“为什么不让我进城？”一个人穿着一身兽皮衣，宛如从深山里走出来的野人，身高两米出头，皮肤黝黑，肌肉健硕。他站在普通人面前，就仿佛是一个巨人，是普通人需要仰视的存在。此时的他脸上写满了愤怒，不知道在哪儿找到一块巨大的石头，他双手紧抱着石头，对着城门一下又一下砸落，嘴里还不断发出愤怒的喊声。

单看那巨石，最起码也有百斤了，也不知道这家伙是怎么扛起来的。

“城下何人？”被困在学院外的那名墨学院学生飘然站在城墙上，眼神冰冷，注视着下方的巨人，开口说道。

随着声音落下，一股无形的能量自他身上激荡而出，将巨人震退。

“墨学院叫俺来考试，俺来了，又把俺挡在门外，是什么道理？”那巨人大声喊着，声音异常洪亮。

“墨学院的话，就是道理！既然已经封城，那就是不收了！回去吧！”这学生淡淡说了一句，转身就走。

那巨人的眼睛却突然红了起来，一瞬间，隐约可以看见他体内有一道道暗红色的纹路在不断游动。

他没有觉醒物，甚至没有能量。

伴随着一声怒吼，这巨人再次举着巨石向城门砸去。只不过这一次他的速度、力道，都比之前提升了三倍左右。

巨响声在城内不断回荡，就连城墙都轻微地摇晃了一下。

在那墨学院学生有些茫然的目光中，城门被砸出了一个缺口。

“嘿嘿，这门真结实啊。”巨人随手将巨石扔在地上，对城门强度表达了自己的惊叹后，费力地从那有些狭小的洞口钻了进去。

其他几名学生眼睛发亮，感激地看了巨人一眼，纷纷跟在他身后，与他一起进城。

见那墨学院的学生依然注视着自己，巨人眼睛一瞪：“咋了，不行？”

“没问题。”这学生深吸一口气，转身离去。

大概半小时后，一队工人连夜赶了过来，修补城门。但巨人带着几名学生进城这件事，墨学院就仿佛不知道一般，直接无视了。

“墨学院的规矩，就是没有规矩吗……”余生远远地看着这一幕，又看了一眼墨学院所在的位置，喃喃自语。

隐约间，他猜到了些许墨学院的想法。

其实……和罪城模式还是挺像的。

做事不能循规蹈矩，随时跳出固有的刻板印象，出奇往往才能制胜。大体上，应该就是这么个意思吧。

余生若有所思，于夜色中默默离去。只不过他没有回酒店，而是来到了墨学院大门口，抬起头望着。

在这座现代化的城市中，墨学院其实是显得有些格格不入的。

因为它更像是古代的建筑，油漆门是红色的，砖瓦是复古风格的。

整个墨学院占地面积很广，一眼望不到尽头，而且建在疆城的市中心。

黑夜中，余生不断地忙碌着，时而离去，时而回来，而且他始终完美地隐藏于黑暗之中，动作隐蔽。

直到两个小时后，他才转身离去，回到酒店房间睡去。

只不过余生不知道的是，就在墙壁上方，一直坐着一个人。

这人一身睡衣，半靠着，仿佛睡过去了，身上没有散发出一丝一毫气息，甚至连呼吸都没有，唯独眼睛睁着，一直默默注视着余生的行动。

直至余生离去，这人才慢悠悠地坐直身体，嘴角露出一丝有些慵懒的笑："这小家伙……真狠啊。看来这届学生……有点意思，不像……不像这群蠢货……"

看着从远处匆匆赶回来的那名学生，这人的脸瞬间黑了下来。

墨学院辛辛苦苦教了他们一年时间，究竟都教出了些什么？

一个个和老古董一样！

大门关了，你不会跳墙进来吗？非要走门？活该受罪！

无声地看了那可怜兮兮的学生一眼，这人撇了撇嘴，从墙上跳了下去，嘴里哼着曲儿，回到自己的宿舍。

至于余生留下的那些小东西，和自己有什么关系？

清晨六点左右，余生就睁开了双眼。他在床边轻轻擦拭着手中的匕首、弩弓，并且再次打磨鱼线。

这么多年下来，那根鱼线已经被余生打磨得很细，甚至不仔细看，根本看不清。那根鱼线不知道是什么材质的，尽管这么细了，但依然坚韧，异常锋利。将鱼线缠绕在袖口处，又把匕首放好，确定没有遗漏后，余生起身。

而此时的赵子成依然躺在床上，呼噜声震天。很难想象，一名如此英俊的帅哥，睡起觉来竟然也如此不雅。

站在门口，余生仔细思索了片刻，最终还是喊了一句："起床，考核了。"但余生这个音量，叫赵子成起床远远不够。

余生没有再费第二遍力气，只是拿出一个小瓷瓶，将瓶子打开，远远地丢到赵子成床上，而后果断转身，出门。

他将房门关闭，靠在墙边安静地等待着。

大概半分钟后，房间内传出一声哀号。

“余老大，你把什么东西丢我床上啊？好臭！”房间内喊声不断，又是十秒钟过去，赵子成已经出现在了门外，表情古怪地看着余生。

“准备考试了。”余生没有解释，只是简单说了一句，就转身向远处走去。

赵子成茫然地看着手表，上面的指针很清晰地指向“6”这个数字。

“不是……还有两个小时吗？”赵子成心情凌乱。

“哦。你可以再睡一会儿。”余生脚步没停，回了一句，人越走越远。

赵子成有些留恋地看了一眼房间，但很快就又想起了那股味道，脸有些变色，于是小跑着跟上余生，逐渐远去。

在清晨的阳光中看去，墨学院有一种特殊的美感，古色古香，仿佛能让人的内心瞬间安静下来。

周围一个人都没有。

余生左右看了看，最后挑了个离大门最近的位置站定。

赵子成就站在他的身边。

很快，零零散散又来了一些人，包括那墓碑青年、林小小、巨人……

在时针指向七点的那一刻，墨学院的大门慢悠悠地开启。

出来的还是那仿佛永远都穿着一身睡衣的家伙，他嘴里打着哈欠，有气无力地靠在门上。

就在门开的一瞬间，远处角落里，一道人影一闪，钻了进去，还哈哈大笑着：“老师，别忘了我那一学分！”

“按照校规，夜不归宿，扣两学分。欠的那一学分，记得自己去教务处缴纳一下。”

仿佛刚刚回过神来，这人伸了个懒腰，整个人也显得稍微精神了那么一点点。

“我叫许元清，是这学校的老师。不过比起做老师，我更喜欢当老板。你们叫我许总就行。”这人懒洋洋地说了几句，“现在，进来吧。”

说着，他让出了位置。

余生第一个抬脚，迈进大门。紧接着，一群人陆陆续续向里面走去。直到后面还剩下三人时，许元清动了，挡在门口，虽然还是慵懒的状态，但看向这三人的目光十分明亮：“你们……被淘汰了。”

三人脸上都带着些许茫然，很快就变得愤怒起来。

“凭什么？我们需要一个理由！”三人咬着牙，一脸不忿。

如果说实力不如人，他们认。但现在不过因为进门的先后顺序的问题。就被淘汰，这是他们无法接受的。

“因为……嗯……”许元清认真地想了想，“因为我心情不好，看你们不顺眼。”

他说得十分诚恳，而后就准备关门。

“我不服！这难道就是墨学院的规矩吗？”

“没错，我虽然从不认为自己天资如何过人，但灵念学院也给了我免试入学的邀请，如今我就是这么被你们墨学院羞辱的？”

“我会选择上诉！”

三个人都义愤填膺地骂着。

他们放弃了珍贵的免试入学邀请，千里迢迢赶到墨学院这个死亡率最高的学院，结果连门都进不去。这对他们来说，无异于一种莫大的耻辱。

“上诉？可以。”许元清点了点头，将门只留下一道缝隙，在睡衣口袋里不断翻找着，最终找到一张工作证，夹在胸口。

“同学们好，我是疆城教育署副署长。请问你们是要投诉墨学院吗？放心，我教育署一向都是为学生们服务的，你们遭受到任何不公平待遇，教育署都会替你们做主。放心大胆地说出你们要投诉的对象、问题，我会认真记录的。”许元清脸色严肃，开口说道。

一时间鸦雀无声。

三人深深地看了一眼许元清那张颓废中带着些许嘲讽的脸，咬着牙，转身就走。而许元清则嗤笑一声，将工作证摘下并收好。

其实让他讲道理的话，他也能讲出一堆令人无法反驳的道理。但是，他为何要解释？有些东西，还是自己领悟来得更加深刻。而且，他也没这个时间。

就在大门即将关闭的一瞬间，原本已经远去的三人中，有一人又鬼鬼祟祟地折了回来，对着狭小的门缝开口说道：“那个……许总，我有钱。”

原本即将关闭的大门骤然停住。

紧接着，门缝变宽了些许。

许元清的眼睛就这么透过门缝，幽幽地注视着他。

“这卡里有我的一点零花钱。我愿意投资许总的公司，不要分红。”他将银行卡顺着门缝递了过去。

许元清拿着银行卡，眼神有些玩味：“零花钱……不知道是多少呢？”

这人伸出两根手指。

许元清嗤笑一声：“两万就想进门，未免太不把我当……”

“是二十万。”这人摇了摇头，纠正了许元清认知上的错误。

许元清拿着银行卡的手微微颤抖。

“密码多少？”他看着这人问道。

“147……最后三位数等我通过墨学院考核后就告诉您。”这人仿佛明悟了什么，嘴角含笑，看着许元清说道。

许元清深吸一口气，摇了摇头：“这钱不够。”

“简单。”这人拿出手机操作了一会儿，“嗯，我刚往这卡里又转了三十万，一共五十万。这大概是我一个月的零花钱。一个月……许总您懂吧？也就是说，以后的日子里……”

话不说透，点到为止。

这一刻的他不太像是一名学生，反而像是精明的商人。

许元清的眼睛彻底明亮起来，身上那股慵懒的气质都消失不见了，下意识地搓了搓手。

“你……不是，您怎么称呼？”他迟疑着问道。

这人有些羞涩地低下头：“孙闻，我爷爷……孙英雄。”

孙英雄，墨阁十老之一，也是在人前显露的两人中战力较高的那位。

“孙总，请进！欢迎加入墨学院，希望您能在墨学院有一段愉快的学习生涯，顺便听我聊聊咱们公司未来发展的蓝图。”

大门敞开，许元清的双眼已经眯成了一条缝，憨态可掬。

“我多问一句，孙总是故意把那两人支走的吧？不然说不通……”许元清看着孙闻，突然说道。

孙闻脸上带着恰到好处的茫然：“许总说什么，我听不懂呢。”

“当我没问。”许元清耸了耸肩膀，在孙闻进门后，再次关门。

此时不过七点十分而已。

眼看着远处几名考生正在向这边狂奔，许元清没有任何停顿的想法，毫不犹豫地将大门关闭。

“那家伙我认识，除妖阁总阁主的亲孙子。你确定不等等？”孙闻透过门缝，看见一道熟悉的身影，指了指，好心提醒道。

许元清一脸无辜：“孙总您刚刚说什么？我这人在镇妖关待久了，留了点后遗症，总是间歇性耳鸣。刚才没太听清。”

他还特意将手放在耳朵上，大声喊着。

“没事了。”孙闻看着许元清，眼神复杂，回了一句。

“好嘞。”许元清笑呵呵地说道，态度恭敬，“孙总，请入队，委屈一会儿。”

孙闻看着许元清的样子，一时间不禁有些茫然。

说这人油滑吧，除妖阁总阁主的亲孙子，说拦在门外就拦在门外。

但要说他无私，五十万，就把自己放进来了。

远处的余生也默默地看着许元清的身影，若有所思。

昨天已经提前封城，这时候有点脑子的应该都会选择提前来，以免发生意外。

所以最后来的这批人，大概率是脑子不太灵光那种。

先淘汰一批蠢的吗？

至于这个孙闻……能够变通地想到用钱解决问题，本身就证明了他思维灵敏，这或许才是他会被放进来的主要因素。

不过，在场的大部分人想不到这一点。

“墨学院的入学名额，难道只值五十万？都说在墨学院绝对公平，今日所见，真令人失望。”一人脸上带着骄傲之色，负手而立，嘴里说着。

许元清脸上的笑容缓缓退去，看着这人淡淡地说道：“哦，那你有五十万吗？”

“没有！但将来，等我活到你这个岁数，区区五十万，我看都不会看一眼。”这人依然是那么骄傲，微仰着头，意气风发。

“嗯，很不错。你要加油！再见。”

许元清听了那人的话后，脸上又有了笑容，在那人错愕的神情中，友好地挥了挥手：“替我把他送出去，一学分。”

话音刚落，远处一道人影就如疯了般冲出，脸上带着狞笑，手中还拎着一根烧火棍，腰间系着围裙。

一棍落下，那名骄傲的天才直接晕倒在地上，连反应时间都没有。

这人将他拖着就走，把门打开一条缝隙，把他丢了出去，关门，回来。

“许老师，下次再有这生意，记得叫我。大不了学分咱们五五分。经过半个小时的深刻忏悔，我已经知道为什么昨天自己会被关在门外了。是我太贪婪、太不懂事！许老师安排了如此简单的任务，并且亲自将任务交给我，如果我连一颗感恩的心都没有，那还是人吗？”这人一脸真诚地说道。

“啧啧，小子，上道！我算算啊……”许元清的手指在人群中不断点着，像是在查人头。

“今天最少还能抬四十人出去，咱俩一人二十。”许元清笑着说道。

那人却毫不犹豫地摇了摇头：“许老师，您这是说的什么话！我只要十……不，五学分就行！剩下的，都是您的！”

许元清这才满意地点了点头。

“去吧。先好好做饭，这零点一学分也要把握住。学分嘛，都是攒出来的。”他看向那人的眼神越发温和了。

那人笑呵呵地回到厨房，继续乒乒乓乓地忙碌着。

老学员和许元清这段对话，让在场所有人都变得茫然起来。

这……

这人他们认识啊。

他是镇安省上一届的第一名，更是以碾压之势加入墨学院，尽显无敌之姿。那时的他，何等高傲，何等不羁，说他是未来天骄，不会有任何人质疑。现在翻新闻，还能找到这人的照片，照片上是他那张狂的笑容。

但现在的他，系着围裙，拿着烧火棍，一脸谄媚，为什么？五学分就能让天骄折腰，还折得如此彻底？

但如果说这家伙废了，以他刚刚出手的速度以及他没有散出一丝能量这两点来判断，他最起码四觉了吧。

一年……四觉，甚至有可能五觉。

天骄还是那个天骄啊！

一时间，所有人都大为震撼。

许元清则笑眯眯地看着他们：“诸位，还有人有脾气吗？我正好……淘汰一批，免得浪费时间。”

这次众人纷纷保持了沉默。

通过这点就能看出来，赵子成还是很油滑的。

他平时是话痨，但在这种场合下，能硬生生地憋住，一言不发。

倒是余生突然向前走了一步："老师，请问……我能不进行考核，直接入选吗？"

看着余生冒失的身影，赵子成吓了一跳，在后面拽了拽余生的衣袖。

余生却仿佛没看见般，只是认真地看着许元清。

"你叫……嗯……余生？"许元清认真回忆了片刻，问道。

余生点头。

"我知道你，罪城出来的那个，是吧。恭喜你，你现在是墨学院正式学员了。"许元清点了点头，当着众人的面说道。

众人满脑子疑问。

他们原以为自己大体上弄懂了墨学院的规矩，但现在，他们发现自己其实一无所知。

余生对这个结果没有感到任何意外，只是平静地拿着一个小型遥控器，走到一边。

遥控器上，有着红色的按钮。

这按钮……很大。

第 30 章

一视同仁

“老师，我觉得我也可以直接晋级！”

另一名学生眼睛亮了起来，猛地向前一步。

“哦，你被淘汰了。”许元清看了他一眼，云淡风轻地说道。

“为什么？凭什么他可以，我不行？”他不甘地说道，“难道大名鼎鼎的墨学院，考试如此儿戏？”

“他在墨学院埋了炸药，嗯……十二斤。你也埋了？什么也不懂，就瞎跟风。我拒绝他的请求，墨学院就会没一半，你们都得陪葬。我拒绝你，你能干吗？”

许元清玩味地看着他，嘴里还喊了一句：“出来抬人咯。”

人影一闪，这家伙直接顺着院墙被扔了出去。

而那人影几乎没有停留，就又钻回了厨房中。

十二斤炸药……

全场鸦雀无声，所有人都用复杂的眼神盯着余生。尤其是赵子成，原本已经迈出一条腿的他，看见那个学生凄惨的下场，默默地把脚收了回来。

只有余生，依然是沉默中带着些许羞涩的样子，安安静静地站在一旁，完全不像是刚刚那个没等考核就晋级的家伙。

许元清嘴角带着一丝笑意，看向余生："你就不怕昨晚你埋完炸药之后，我给它拆了？"

"我仔细观察过的，墨学院的风格其实和罪城很像。我很懂罪城。所以只要我不真的按下起爆器，应该就不会有问题。"余生认真地想了想，说道。

"罪城……或许明年可以试着从罪城挖出两个好苗子来啊，比这些眼高手低的家伙强多了。"许元清若有所思，目光在人群中扫视着。

一时间，所有人都感觉自己胸口似乎中了一剑，莫名有些堵得慌。

"小家伙，如果我刚刚拒绝你的请求，并且将你淘汰，你会不会按下去？"许元清指了指余生手中的起爆器，有些好奇地问道。

余生摇了摇头："不会。"

许元清的眼底闪过一丝失望，似乎这并不是他期待的答案。

"外面都传我墨学院养的是人族英雄、墨阁栋梁，但其实说到底，我们只是养了这世界上最硬、最臭、最不要脸的一群家伙而已。毕竟在危机之下，这样的家伙的生存能力，远比英雄强。我不知道你的答案是否带有虚伪的成分，但至少，这个答案，我不喜欢。"许元清淡淡地说道。

这个一直表现得十分懒散的家伙，在此刻竟然难得地和余生多聊了几句。显然，从某种意义上来说，余生还是很对他脾气的。比如那十二斤炸药，就让他觉得刺激。

"按下去的前提是……能炸。"很快，余生的声音传来，他看起来不太好意思的样子，解释了一句。

许元清有那么一瞬间身体变得僵硬起来。

"炸药是假的？"

他的反应极快，几乎第一时间就想明白了问题究竟出在哪里。

余生点了点头："根据墨阁刑法，私藏枪支、火药等危险物品是严重违法行为，可依据问题严重程度，处以五到十年不等的有期徒刑，甚至无期徒刑。十二斤……够把我判到死那天了。"

许元清许久没有说话，呼吸声明显变得有些沉重，双眼发红，看着余生：“不可能，我闻到了火药的味道，不会出错。”

“我随身带着一点爆竹，踩碎了，撒在上面就可以了。”

“你早就知道我在墙上？”

“不知道，但墨学院如果连我埋炸药这件事都不知道的话，或许早就覆灭了吧。”

“你无耻！”

“啊？还好吧。”

一问一答间，许元清甚至完全忽略了在场的其他学生，只是目不转睛地盯着余生，咬牙切齿。

其他学生沉默地注视着这一幕，看向余生时目光多少都有些复杂。显然，他们通过这简短的对话，差不多还原出了整件事情的经过。

尤其是孙闻，一直死死地盯着余生。

余生用了几根爆竹、一些泥块，就换来了真正的入学资格。

自己花了五十万……还不一定能成。

相比起来，余生才是一个真正厉害的商人啊。

“喀，喂喂，喀喀，许元清监考不力，扣五十学分。”突然，不远处的树上，大喇叭响了起来。

许元清的脸瞬间黑了下来，转过身看向墨学院深处某个方向，嘴里嘟囔着：“不要脸的老梆子，扣我学分？祝你……”

他话还没有说完，那喇叭再次响起：“喀喀，喂，嗯……许元清辱骂领导，再扣五十学分。”

一时间，原本还暴跳如雷的许元清彻底安静下来。

自己欺负学生，都是一学分一学分地拿。为啥到了他这儿，都是五十五十地扣？就因为他好欺负？

一时间，许元清的眼睛都红了起来，恶狠狠地瞪着余生。

如果不是这家伙戏耍自己，自己那一百学分就不可能丢。

余生却有些茫然："老师，如果你不主动问我……我不会解释的。"

简单一句话，就把许元清的怒火硬生生给堵住了。

许元清深吸一口气，从口袋里翻出一张皱巴巴的名单，仔细看了看，这才狞笑着抬起头："你叫……余生？很好，我记住你了。希望未来的三年里，你能在墨学院……很愉快地活下去。今天哪怕没有炸药那回事儿，我也会让你入学，不然……这仇我可怎么报啊。"

许元清舔了舔嘴唇，深吸一口气，不再看余生，反而死死地盯着剩下的四十多名学员，如同饿狼。

就指望这些人回回本了。

"下面进行第一场考核。请你们务必相信我，作为一名刚刚被资本力量剥削过的穷鬼，每抬走你们一个人，我都能赚个零点八学分。我保证，今年的考核将会特别残酷！"

在众人眼中，此时的许元清就仿佛一个猎人在注视着自己的猎物，让人毛骨悚然。

"第一场考核内容，和余生进行一对一搏斗，输者……直接淘汰。不过分吧？"许元清不怀好意地说道，"作为这一届最先入学的大师兄，帮着调教调教后加入的同门，我觉得是你义不容辞的责任。"

说着，他目光饱含深意地盯着余生。

余生若有所思："老师，你不怕今年只有我一个人入学吗？"

话音刚落，群情激愤。尤其是那巨人、墓碑青年，看向余生的目光中全部充满了战意。

林小小那张带着雀斑的脸都微微皱了起来。

"呵呵，墨学院讲究的是宁缺毋滥，哪怕一个学生都没有也无所谓。而且这次的监考老师是我，哪怕暗中有某个偷窥的老家伙，也无法擅自改我的考题。你如果真把他们全淘汰，我分你几个学分。"许元清笑呵呵地说道。

余生认真地点了点头："嗯……你的意思是，墨学院招生，数量其实是无所谓的，对吗？"

"当然。"许元清点头。

自己这次想出来的计划简直完美，不仅光明正大地报复了余生，而且还提高了入学门槛，毕竟能够一路捣毁邪教窝点的，也不会是善茬儿。

"那我就放心了。"

"一万墨币，我可以放水，现金、扫码都可以。当然，如果你们想尝试打赢我的话，也没问题。但我已经入学，你们却还需要考核。我输得起，你们输不起。"余生果断转过身，看着那些即将考核的学生说道，只留给许元清一个后脑勺。

这些学生先是愤怒，但紧接着就反应过来，余生说的……似乎……有点道理啊！

赵子成反应最快。见许元清的脸色越来越黑，随时都处于爆发边缘，他猛地一步踏出。

"我辈年轻人，当以无敌之姿，镇压当代。余生，我承认你很强，但是……我要挑战你！"这番话说得让人完全挑不出毛病，他带着一往无前之势向前冲去，甚至自信到连觉醒物都不召唤。

只不过在前冲之际，他手中多了一部手机，远远地就精准扫到了余生的二维码，下一刻……

伴随着墨币到账那哗啦啦的音效，赵子成冲到了余生身前。

下一秒……

"好强。"余生说话永远是那么僵硬，演技更是可以说为零分。他木然地说出这两个字后，倒飞出去，摔倒在地，过了数秒才一个翻身爬了起来。

"老师，我败了。"他一脸认真地看着许元清说道。

此时的许元清已经很难说清自己内心究竟是何种情绪了。

最开始应该是玩味，居高临下戏耍新人；紧接着是气愤，觉得被余生耍了；再之后就是心疼，因为学分丢了；现在的话，应该是……眼馋？

短短十分钟的时间里，他的情绪多次波动。

“够了！你们真当墨学院是娱乐场所吗？现在，重新制定第一轮考核规则……”许元清看着余生那拙劣的演技，终于忍不住开口喊道。

赵子成呆滞地站在那儿，有些发蒙。

这一万墨币，是他辛辛苦苦积攒了好多年的生活费，按照余生一贯的作风，一定是不会退款的。

如果考核不算数，那自己岂不是亏大了？

“喀，喂喂喂，插句话啊。考核内容一旦定下，就不许修改，否则将扣除监考老师三年工资。”

那该死的喇叭声又一次响起，许元清的脸漆黑如墨。

这老东西，绝对正躲在学院深处笑话自己，绝对！

而且可能不仅仅是一个老家伙，而是……一群！

这就是墨学院一贯的风格。

被坑的绝对不止学生，还有老师，甚至校长。老师坑学生，校领导坑老师，学生坑老师、校长。只要在规则允许内，怎么玩都可以。

墨学院坚信，只有在这种环境的熏陶下，出去的学生才能成为真正独镇一方的顶梁柱。

赵子成眼睛一亮，小跑着站在余生身后，脸上带着抑制不住的笑容。

一万墨币，换墨学院第一轮考核通过，赚大了。

嗯，至少比孙闻那个冤大头强。

“但是，这种方法也是不可取的。接下来，一切按照规章制度正常考核，违者……直接淘汰。”喇叭的质量并不是很好，说话声刺啦刺啦的，有些刺耳。

一时间，原本对自己没什么信心，已经开始动小心思的几名学员变得失望起来。

倒是许元清，幸灾乐祸地看着这一幕，目光更是全程落在余生身上，就像在说：我赚不到的钱，你也别想赚。我坑不到你，后面还有老东西坑你。真以为一个新人入校，就能无法无天不成？

余生倒是表现得十分平静，就这么默默站在原地，安静地等待着下一个对手。

率先走出的，是那巨人。

他庞大的身躯如同一座小山，脸上还带着憨厚的笑容，挠了挠头，看着余生："那个……要不你直接认输吧，我怕失手。"

看着余生那瘦弱的身躯，他不禁有些担忧。

余生没有反应，只是看了许元清一眼。

"开始。"

随着许元清有气无力的声音响起，余生身影一闪，只不过一个呼吸间，就闪到了巨人身后。

而在战斗开始的那一刻，原本还憨态可掬的巨人眼睛瞬间变得血红，咆哮一声。即使失去了余生的踪迹，他也浑不在意。

隐约可以看见一道道红色的纹路在他体内泛着光芒，如同血管般。他用力跺了跺脚，地面都轻微地颤抖起来。下一秒他仿佛察觉到了什么，猛然转身，沙包大的拳头对着身后某一处轰去，伴随着瑟瑟风声。

但那里空无一人。

巨人有那么零点几秒的迟疑，拳势不止，而是抡圆了，直直地砸在地面上。地板碎裂，化作一块块尖锐的碎片四射而去。其中有一些直接打在巨人的身上，不过都被他那坚硬的皮肤挡住了。

许元清欣赏着眼前这一幕，对向自己冲击来的碎片视若无睹，身前仿佛有一堵透明的墙，将这些碎片拦住。

倒是那些学员有些慌乱，躲避着这突如其来的范围攻击。那只白狗依然懒洋洋地趴在地上，只是微微挪了挪身子，挡在林小小面前。墓碑青年则转了个身，巨大的墓碑如同盾牌般，将他完全挡住。他处理得风轻云淡，处理方式还有些古怪。

只不过，让所有人都惊讶的是……余生去哪儿了？

余生自从第一次闪到巨人身后后，就彻底消失在了其他人的视线中。

即使在巨人发出这突如其来的一击时，众人依然无法看见余生的身影，他就像凭空消失了。

只有许元清脸上浮现出一丝淡淡的笑容："这小家伙，完美利用视野盲区吗？刚觉醒就有如此丰富的战斗技巧，看来明年真的可以申请从罪城引进几名学员试试水啊。"

此时的余生就仿佛一片树叶般。

巨人每一次行动，都会带起一阵微风，他则随着风势，不断改变自己的位置，永远卡在那巨人看不见的地方。他甚至还有选择性地顺便躲避其他学员的视线，以免他们的眼神、表情暴露出自己的位置。

一场原本应该让人热血沸腾的战斗，却如同灵异事件般。

巨人一拳拳挥舞在空气中。他敏锐的直觉告诉他，余生就在自己身边，但他每一次锁定目标后出手，面对的都是空气。

巨人不停地喘着粗气。显然，几分钟内始终保持着全力出手，已经让他的力气消耗殆尽。

一声低吼，巨人身上青筋暴起，双脚用力踩踏在地板上。在这股巨力之下，地板炸裂。而巨人则猛地跳跃到空中离地近三米的位置。

所有人都无法想象，眼前这么一座"小山"，弹跳力竟然如此惊人。

"终于抓住你了！"看着下方显露出身形的余生，空中的巨人终于露出了一丝笑容。

随后，他借着下冲之势，向余生一拳打来。

空气爆裂声有些刺耳。

但余生神情依然平静，就这么默默地注视着。

一根长棍的虚影一闪即逝，众人甚至都没有时间仔细看，余生的觉醒物就已经消失了。

而巨人的眼神有那么一秒变得茫然起来，然后一拳直直地打在地面上。

地上出现一个小坑，而他也重心不稳，摔倒在地。

千钧一发之际，余生只是微微挪了两步而已，就避开了这一击，顺势掏出弩弓，弩箭顶在巨人的脖颈上，同时一拳打在巨人的太阳穴上。

余生稍微控制了点力道，保证这一拳只是让巨人有一瞬间的眩晕。

但尽管如此，他的拳头也有些发麻。

确认了巨人的肉身强度，发觉弩箭可能无法破开巨人的身体防御后，余生直接将弩弓换了个位置，对着巨人张开的嘴巴。

这一套动作他做得十分熟练，仅仅用了不到三秒钟的时间。

当巨人缓过神来时，嘴角已经开始溢出鲜血。

余生游斗了数分钟，真正出手就发出雷霆一击，宛如在黑夜中潜伏的刺客。没有把握时，安静潜伏；一有机会，就干脆利落。

“这家伙，有点东西啊。”许元清嘴角露出一丝微笑，“只是可惜这傻大个儿了，还是很强的，至少比上届那几个废物强。”

他说话时，目光从在远处厨房里忙碌的身影上一闪而过。

“好，我宣布……这傻大个儿，淘……”许元清轻咳一声，清了清嗓子。

他话还没有说完，不远处那个他恨不得砸了的喇叭就又一次响了起来。

“喀喀，喂喂。听得见吗？做个交易，你认输，我给你一万墨币。”

这个躲在墨学院深处的人每次都要对着话筒喂喂喂几声。

余生抬起头，看着那破旧的喇叭，认真思索了一下：“动手前的价格，是一万；动手后……两万。”

那边沉默了三秒钟。

“成交。这笔钱就从许老师的工资里扣，没意见吧？”那喇叭继续喊着。

许元清压抑着自己内心的怒火：“到底你们是监考官，还是我是监考官？凭什么从我的工资里扣？校领导就能这么欺负人吗？”

许元清的咆哮声在校园的操场上不断回响着。

远处厨房的窗口，一颗脑袋探出，幸灾乐祸地看着。

很快他就迎来了许元清那张冰冷的脸。

“你在笑我？”

周围的温度逐渐下降。

哪怕在厨房这种生着火的地方，这学生也感到一股刺骨的凉意。

“嘲笑老师，扣三学分，一会儿你自己去教务处缴纳。”许元清咬着牙说道。

那学生蒙了，很快就喊了起来：“凭什么？这不公平！”

许元清冷笑：“我是老师，你是学生，所以我的话就是规矩，有问题？”

“我是副校长，你是老师，所以我的话就是规矩，有问题？”喇叭内，那刺耳的声音又一次响起。

响起的时机是如此巧妙。

第 31 章

我输了

“我真是受够你这老东西了！”

下一秒，喇叭凭空炸碎。

虽然碎的只是一个简单的大喇叭，但在喇叭破碎的那一刻，许元清感觉自己的心都变得通透起来，长舒一口气。

“毁坏学校公共物品，罚十学分。”一个声音自学院内部响起，远远地飘开，伴随着能量波动。

许元清脸色发黑，额头上青筋暴起：“啊，一个喇叭十学分？”

“嗯，这喇叭是建校时就有的，纪念意义很大，见证了墨学院的兴衰。还有刚刚被那傻大个儿捶坏的地板，你身为一名老师，没有保护好校内建筑，再扣十学分。最后……嗯……我是副校长，你是老师，所以我的话就是规矩，有问题？”

学院中心区域，距离门口处的小操场有近千米的距离，但这人的声音清晰可闻，可见其实力的夸张。

“没……没有！”许元清咬着牙，恶狠狠地说道。

“乖。”这人满意地说了一句，而后恢复安静。

没有管许元清什么心情，余生收回弩弓，向后退了两步，又一次乖巧地站在远处，一动不动，看起来人畜无害的样子。

周围那些学生的表情越发古怪。墨学院的新生考核才刚刚开始，他们就见识到了墨学院的……天马行空。

副校长亲自下场捞人？

墨学院的规矩就是没有规矩？

老师都被坑成这样？

但是不知为何，他们心中没有畏惧，没有觉得不合理，反而莫名其妙地兴奋起来。

好刺激啊！

“下一位！谁上？”许元清咬着牙喊道。

墓碑青年沉默着，向前走了一步。

由于墓碑太重，他走那一步时，地面上都扬起了尘土。

余生歪着脑袋，开口说道：“这次……三万！”

随着他的声音落下，墓碑青年的表情逐渐变得冰冷，依然沉默寡言，轻轻抖了抖手臂，那铁链滑落。墓碑重重地摔在地面上，发出一声闷响。

墓碑青年将手轻轻搭在墓碑上，目不转睛地看着余生，神色郑重。

按照之前他的观察，余生是那种力气不大的灵敏型选手，此时应该率先发起抢攻才对。但让他意外的是，余生就这么站在原地，一动不动。

他深吸一口气，猛地拽着铁链用力一抡，那墓碑就仿佛流星锤般，被他猛地甩起，向余生疾飞而去。

余生向后退了两步。

墓碑砸落，地板粉碎。

余生有些同情地看了许元清一眼，此时的许元清脸已经黑到了可怕的程度。按照那老家伙的脾气，这几块地板，最起码要他三学分。

“小子，你再敢砸地板，我就砸了你！”许元清一字一顿地说道，看着墓碑青年，没有任何开玩笑的意思。

墓碑青年微微皱眉。

“没关系，放心大胆地砸。我有钱。当然，如果你能重伤他，我另有奖赏。”孙闻突然笑呵呵地开口说道，眼中发光。

墓碑青年那皱着的眉头瞬间松了下来，就连许元清都直勾勾地盯着孙闻，下意识地搓了搓手。

如果没记错，墨学院已经好多年没来过这种土豪了。

有了孙闻兜底，墓碑青年的打法越发凶悍，那墓碑不断从半空划过，伴随着瑟瑟风声，很快就将余生逼到了墙角。

留给余生的空间越来越小，再这么下去，最多三十秒，余生必败。

毕竟以余生的体格，只需要一下，不死也会受重伤。

但靠在墙边，余生手中突然多出了之前那小巧的遥控器，对着那红色按钮，他毫不犹豫地按了下去。

很快，一阵剧烈的轰鸣声响起，而且声音来源十分分散。

墓碑青年有那么一瞬间的迟疑，而余生身后的棍影再次一闪即逝。

瘦小的身影自墓碑侧面冲过，他下意识地拿出鱼线，对着墓碑青年缠绕而去。但他最终有些纠结地收回了鱼线，仔细想了想，手弩也不行，匕首……来不及了。

余生进入墨学院后，在战斗中第一次出现了失误。

这失误源自他的肌肉记忆、身体本能。

只要有那么一瞬间的机会，他就总是下意识地想要直接把人除掉，这种本能甚至已经到了不需要大脑操控的程度。

就这样，在所有人疑惑的目光中，余生只能向远处退去。

“为什么？多好的机会啊，他刚刚有机会近身的。”

“对啊，近身几拳，匕首一架，就赢了。”

“可能没什么经验吧。”

不远处几人小声讨论着。

许元清听着议论声，目光转了过去，手中拿着那份皱巴巴的名单，在说话几人的后面打上了一个问号，并且备注：眼力不够，战斗经验不足。

这种，倒是没必要直接淘汰。

毕竟实战几次，自然就练上去了。

但在考核中，这肯定也是要作为一项考核标准的。

墓碑青年回过神来的瞬间，轻轻一抖锁链，那墓碑迅速返回，立在他面前，如同盾牌。他本人更是警惕地看着远处的余生。不知为何，他刚刚浑身汗毛都竖了起来，仿佛嗅到了死亡的味道。即使是现在他都有些后怕，身上全是冷汗。

至于余生那按钮带来的爆炸声，是从几个小音箱里发出的。

余生借着自己分神的瞬间，发动觉醒物技能，突袭……

“我输了。但是，我有些不甘，还想打一场试试。可以吗？”墓碑青年第一次开口，看着余生问道。

过了几秒钟后，墓碑青年大概已经想清楚究竟发生过什么了。

在阳光的反射下，他隐约看见了一根晶莹剔透的线。

或许那根线，是能让自己死的吧。

“不可以。”余生摇了摇头，“没钱赚的架，打了没意思。”

“这人三万，交易不？”余生看着校园深处某个方向说道。

“可以。再打一场，给你三万。老规矩，从许元清工资里扣。”那个声音再次响起。

许元清早就已经认命了，此时没有任何反驳的意思，麻木地靠在墙边。

很明显，自己收了五十万这件事，那老家伙肯定偷窥到了。

今天他不把这五十万榨干，是不可能结束的。

“三万不够的，他很危险。”余生却轻轻摇了摇头。

“五万！”深处声音再响。

余生深吸一口气，缓缓转过身，看着那墓碑青年：“请指教！”

墓碑青年眼中带着一丝羞愧，开口说道："其实我只是输得有些不甘，因为没来得及动用真正的能力。我只出一招，无论输赢，我都承认你比我强。至少在生死断杀上，我远不如你。"

墓碑青年诚恳地说了几句，神情变得肃穆。

那墓碑上竟然泛起了些许能量，紧接着，一颗黑色晶石显露。

全场哗然。他们之前一直疑惑墓碑青年为何要一直背着块墓碑，万万没想到，这墓碑竟然是他的觉醒物。

这也太夸张了吧！

墓碑青年猛地咬破了自己的食指，对着墓碑似乎在写着什么。

余生幽幽地看了一眼，下一秒手中出现一把弩弓，用弩弓对着他："你输了。"

墓碑青年："……"

"你再写，我就扣动扳机。我相信，你写字的速度没有弩箭快。"余生认真地说道。

墓碑青年悬在半空的手僵住，一时间不知道该做些什么。

在他的想象中，这是两名天骄的决战，不应该是我等你出招，我接招，最后其中一人心悦诚服地说上一句"我败了"，战斗落幕吗？

剧本不对啊。

许元清微微皱眉，在那考核名单上随意写上："战斗经验太差，死亡概率高。"想了想，他又添了一句，"余生大概率能活到毕业，可以尝试资源倾斜。"

墓碑青年所想，实在太幼稚了。

在真正的战场上，谁会给你机会咬破手指，然后一笔一画写下去？

哪怕是预备役那群憨货都知道，你这是在憋大招。

难道对方就眼睁睁地看着你把大招憋出来，然后除掉自己？

"他不值五万。"许元清看着学院深处，突然开口，神情郑重，"你的判断出现问题，不应该从我的工资里扣。所以，五万，你自己出，不然我会去教育署告你。”

说着，他再次拿出那张教育署副署长的证件，挂在衣服上。

学院深处的副校长沉默了片刻。

“你是对的。这五万，我可以出。不过我看你不爽，从现在开始，你被教育署开除了。”副校长的声音响起。

许元清怔了一下，愤怒地喊道：“凭什么？！”

“凭我是教育署的署长，嗯……整个边疆省教育署的署长。”副校长给出了一个合理的解释。

一时间，许元清无语。疆城教育署副署长一个月的工资是七千墨币，也就是说，自己一年八万多的收入没了？就为了较五万墨币的真儿？

许元清有些失神。这一上午，他受到的打击实在太大了，这哪是考核新生啊，简直是考核自己这个老师！

墓碑青年也终于反应过来，有些失神落魄地拖着墓碑，走到角落，一言不发。显然，他已经明白了自己刚刚那个举动究竟有多么愚蠢。把后背露给敌人，并且还疑惑敌人为何不给自己放大招的机会……

考核还在继续。

看着一人走出，余生仔细观察了片刻：“这个……给钱吗？”

“不给！”远处回应。

余生却倔强地坚持着：“你看他能量也很充沛的，也是一个好苗子，最起码也值……五千！”

“没钱，不给。正常打，输了就淘汰。”副校长没有任何犹豫，就再次开口。

余生顿时有些失落。

而那原本带着自信出场的人此时已经呆滞地站在原地。

什么……情况？

这两人的对话，和直接给自己判死刑有什么区别？

之前那俩输了还给钱赎，自己就没这待遇了？

他咬了咬牙，一脸不服地冲了上去……

三十秒后，在厨房一直悄悄观察着的那家伙开开心心地跑了出来，拽着这人的腿，顺着墙壁就扔了出去。

这一切都在所有人的注视之下。

墨学院表达的态度很简单。在这里，天才不值钱，太多了。要么，你是天才中的天才；要么，你就在其他方面展现自己的价值，就比如，孙闻。

孙闻是第四个出场的，他的嘴角一直挂着微笑，没等余生动手，就突然开口说："学院该修缮了啊。啧啧，看这房子旧的。听说现在有一种新型设备，刚研发出来，可以调动人体内细胞活跃度，使人更好地吸收妖晶。对了，还有种设备可以初步检测妖核与觉醒物的匹配程度。唉……我也就开了几十家公司玩玩，钱多到没地方花，可咋办啊？对了，我还是九纹，也不算是废物……"

没等余生动手，远处副校长的声音都变得尖锐起来，没有了之前的稳重："同学……不，孙总，欢迎加入墨学院！恭喜你成为今年第二名入选的学生。希望未来三年内，你在墨学院玩得开心、玩得愉快！"

隐约间，大家似乎还听见了咽口水的声音。

"承让，承让！"孙闻对着余生拱了拱手，依然是笑呵呵的样子，向远处走去……不对，是站在余生身后，背着双手，以一种学长的目光去看其他学生。

"这不公平！从考核开始到现在，就没有公平可言！先是这个余生，莫名其妙就被特批入学。那两个家伙明明败了，也被保下来了。现在这么一个废物，就因为钱多，你们也收？这就是墨学院？如果真是这样，那这所谓的人族第一高校名不副实，我不服！"其中一名学生再也忍不住了，站了出来，说话掷地有声，脸上写满了愤怒。

“我觉得我们很公平啊。或许对现在的你看来，我们是在袒护这些人，你觉得不公平。但未来，他们死亡的那一刻，你会不会想着……当初为什么不淘汰他们，真不公平。这世界上原本就没有绝对的公平可言。至少你口中这几个走后门的家伙，你一个……都比不上。最后说一次，我墨学院的规矩，就是规矩。留下，还是走？”许元清此时难得地平静下来，看着这人说道。

这人沉默着站在原地。

“我留下。”过了许久，他还是说出了这三个字，但他仿佛感觉有些没面子，又补充着说道，“但是我不服，尤其是这个叫孙闻的。”

他伸手指了指。

孙闻愣了一下，显然没想到这里面竟然还有自己的事儿。

“陪他练练。谁输谁淘汰，包括你自己，没问题吧？”许元清看着孙闻淡淡地说道。

这一次，学院深处那副校长罕见地没有说话，像是默许了许元清的提议。

孙闻无所谓地耸了耸肩膀，转过身看着那人。

而那人则表现得有些兴奋。击败余生他没把握，但是击败孙闻这么一个仗着背景的纨绔子弟，绰绰有余。

但当孙闻默默展现出了自己的觉醒物后，这人沉默了。

那是一锭金元宝，金灿灿的，在空中散发着金色光芒。上面已经镶嵌了两颗晶石，看能量蔓延的程度，距离镶嵌第三颗晶石也不远了。

看进度，最晚一个月，孙闻就能达到三觉。

那人呆滞地站在原地。

孙闻收回了觉醒物：“兄弟，我只是懒得打架，但不代表我是废物，明白吗？墨学院，是不收废物的。哪怕，哪怕我是你口中那个什么都不懂的土大款，那又如何呢？至少在这三年里，我能帮助更多的学生进步。而墨学院又损失了什么？在你心中的美好形象？多想想吧，兄弟。”

孙闻轻轻拍了拍这人的肩膀，完全没有打下去的意思，就这么背着双手回去，再次站在余生身后，颇有一种贴心学长的风范。

那人失魂落魄，这一刻仿佛明悟了什么，又仿佛什么都没懂。

他就这么走到门口，推开门离去，还不忘顺手关门。

孙闻站在后方，无声地松了口气，额头上已经挂着些许汗水，却依然强装镇定。

直到余生回头看了过来，他才咧开嘴笑了笑："余哥好，以后在学院罩着我点呗，听说这里的学长一个个都不好相处来着。放心，小弟别的没有，就是钱多。"

他的笑容中充满了谄媚，完全没有了刚刚那种几句话就说得人心态崩溃的高手气质。

考核继续……

除了林小小之外，剩下的人已经全上了场。

其中也有那么几个，被副校长分别用一万、五千、三千、一千的价格给保了下来。而最后上场的林小小，被余生要价八万。

在许元清那难以置信的目光中，副校长毫不犹豫地选择了交易。

一时间，许元清狠狠地瞪着余生，恨不得吃了他一样。

而余生则一脸无辜。

当然，他不知道的是，自己也算是打破了一个纪录——他是最近几年内，唯一一个在入学时，将同期所有同学都打了一遍的人。

之前也有过这样的人，没死的都已经乘风而起，站在云端。

而看余生的习惯、风格，怎么也不像个早夭的人。或许，墨学院又要出一个狠人了。一时间，许元清有些期待。

他对墓碑青年、林小小之类的，甚至都开始兴致缺缺起来。

那不过是一群让自己赔钱的家伙罢了。

（本册完）